講談社文庫

# ST 化合 エピソード0

## 警視庁科学特捜班

今野 敏



講談社

# 目次

# ST　化合　Episode0　警視庁科学特捜班

1

一九九〇年六月十四日木曜日未明。

一斉の無線が流れた。

警視庁板橋《いたばし》署管内で、殺人事件との通報があったという。

菊川吾郎《きくかわごろう》は、係の仲間といっしょに無線に集中していた。ほとんど無意識のうちに、現場の住所をメモしている。

一一〇番通報があった場合、最初に現場に駆けつけるのは、地域課の係員だ。所轄の刑事課と、機動捜査隊は今現場に向かっている最中だろう。

本庁捜査一課の菊川たちが臨場《りんじょう》するかどうかまだわからない。担当管理官の指示待ちだ。だが、殺人事件との通報があったというのだから、臨場することになるだろう。

変死体が見つかった場合は、事件性があるかどうかを見極めた後に、本庁捜査一課が出動ということになる。

「やれやれ。当番のときにコロシかよ……」

同じ係の中年捜査員が言った。

コロシの捜査が嫌なら、刑事をやめればいいんだ。

菊川は心の中で言った。

捜査一課に転属になってまだ一年ほどだ。ようやく本庁の仕事に慣れてきた。所轄のときは、とにかく外を歩き回っていたという印象だ。

だが、本庁に来るとやたらに書類仕事が増えた。やはり、警視庁も役所なのだと思った。三十代半ばの菊川には、書類に追われるような仕事は、ちょっともの足りない。

さきほどの中年捜査員の気持ちもわからないではない。何事もなく当番を終えて、明け番をのんびり過ごしたい。そう思って悪いことはない。

だが、まだ若い菊川は、ついやる気が先に立ってしまう。

いつも菊川と組んでいる三枝俊郎《さえぐさとしろう》が言った。

「すぐに出るぞ。用意をしておけ」

「はい」

三枝は、四十代前半の警部補だ。正確な年齢は覚えていない。たしか、四十一か四十二歳だったと思う。菊川より六、七歳上だ。まるで、銀行員かホテルマンのような印象がある。

どうしたら、三枝のようにすっきりとスーツを着こなせるのか、菊川はいつも不思議に思っていた。三枝が細身のせいもあるだろうが、もともと、自分とはセンスが違うのかもしれないと、真似《まね》をするのはほとんど諦《あきら》めるしかなかった。

三枝が言ったとおり、ほどなく管理官から出動の指示があった。刑事調査官も臨場するという。

刑事調査官は、検視官とも呼ばれる。変死体が発見された場合、事件性があるかどうか、もっとわかりやすく言えば、他殺かそうでないかを見極めるのが、刑事調査官の仕事だ。

殺人の通報があったというのだから、残された死体は、他殺体に決まっているのだが、確認のために臨場するのだろう。一般人の通報がどこまで正確かわからない。遺体を見ただけで、咄嗟《とっさ》に「殺人」と通報してしまう例も少なくないのだ。

捜査車両に分乗して現場に向かった。現場は板橋区西台《にしだい》一丁目の西台公園。静かな住宅街の中にある小さな公園だ。

歩道の脇には高い生け垣があり、さらに木々が並んでいる。菊川には何の木かわからない。どうせ、事件には関係ない。問題は、その生け垣と立ち並ぶ樹木が、歩道から視界を遮《さえぎ》っている点だ。事件が起きやすい環境にあるということだ。

現場は、すでに菊川にとってお馴染みの光景だった。黄色と黒のロープを張って、現場を封鎖してある。

出動服に略帽の鑑識《かんしき》係員が、地面に番号の書かれた札《ふだ》を並べ、それを写真に収めている。カメラのストロボが、絶え間なく瞬《またた》く。

指紋や靴跡の採取をするグループもいる。誰もが、手慣れているように見える。

機動捜査隊の隊員と、係長が話をしている。菊川が所属している第四係の係長は、夏木浩《なつきひろし》。四十五歳のノンキャリアの警部だ。

「木が多い公園だ……」

三枝が、独り言のようにつぶやいた。菊川もそう思っていた。こうして、自然が残されているのはいいことだが、犯罪者にとっても都合がいいに違いない。

実際に、死体が転がっている。

一斉の無線が流れたのが、午前三時十五分頃。菊川たちの現着が四時三十分だった。

公園の周囲は静まりかえっている。夜明け前、まだ人々は眠りについている。この時間に起きているのは、かなり特殊な人々だけだろう。

菊川は、その静けさに安堵《あんど》する思いだった。狂乱の時代は終わった。それを実感できるのだ。

バブルが弾《はじ》けて、ようやく世の中が落ち着きを取り戻しはじめた。まだ、バブル景気の名残《なごり》はあるものの、こうして人々が夜は眠るものだということを思い出したのだ。

機捜隊員と係長の話が終わった。自然と係長を中心とした第四係の捜査員の輪ができた。

「被害者は、生田忠幸《いくたただゆき》名義の運転免許証を携帯していた。写真で人相を確認したところ、本人と見て間違いないということだ。年齢は、三十二歳。住所は、港区麻布十番《みなとくあざぶじゅうばん》二丁目……。現場とはずいぶんと離れているな……」

刑事調査官が遺体の検分をしている。菊川は、係長が話す内容をメモに取りながら、ちらちらとその様子を見ていた。

被害者は、髪を茶色に染めており、日焼けしている。スーツを着てネクタイを締めているが、サラリーマンには見えなかった。

「第一発見者は、田代裕一《たしろゆういち》、三十五歳。不動産業者だ。住所は、渋谷区神宮前《しぶやくじんぐうまえ》四丁目」

夏木係長の説明が続いていた。「ここを通りかかったときに、争うような物音と声が聞こえ、何事だろうと様子を見に来たら、被害者が倒れており、走り去る男の姿を見たということだ。後ろ姿しか見ておらず、しかもかなり暗かったので、人相は不明。着衣は黒っぽいスーツを着ていたということだ。紺色だったかもしれないと、田代裕一は言っている」

「被害者の住所が、港区麻布十番。そして、第一発見者の住所が渋谷区神宮前……」

ベテラン捜査員の一人が言った。「ここは板橋……。土地鑑《とちかん》がないなあ」

菊川も同感だった。捜査員の誰もがそう思っているはずだ。ベテラン捜査員は、それを代表して発言したのだ。

夏木係長が、その捜査員の顔をちらりと見てから言った。

「その点については、今後捜査が進むのを待たなければ、はっきりしたことは言えないが、第一発見者の田代裕一については、六本木のクラブのホステスをここまでタクシーで送ってきたのだという。その帰りだということだ」

「六本木のホステス……?」

さきほどとは別の捜査員が言った。「彼女らは、もっと店のそばに住んでいるものと思っていたがな」

不動産業者か……。

菊川は思った。自分とそれほど年齢が違わない。だが、羽振りのよさは段違いだ。

六本木からここまでタクシーを使えば、おそらく五千円以上はかかるだろう。ここから神宮前の自宅まで帰るにしても、同様の金がかかる。

バブルが弾けて不動産業は一気に冷え込んだはずだ。それでも、バブル時代の生き方をなかなか変えられないということだろうか。

まだ過熱した不動産投資の余熱がくすぶっているようだ。二、三年前の絶頂期に稼《かせ》いだ金やその時に購入した何らかの財産がまだ残っているのかもしれない。

菊川は、殺人事件そのものよりも、こんな時間にホステスをタクシーで自宅まで送るという人々の生活に興味を引かれた。

刑事調査官の検分が終わったようだ。菊川たちは、話を聞くために近づいた。

「刃物による刺創《しそう》が数ヵ所。失血死《しっけつし》だ。死後約一時間だから、通報の事実と矛盾しない。刃物は、包丁のようなものだと思うが……」

鑑識の係員が言った。

「あれでしょう」

地面に血染めの包丁が落ちていた。番号札が横に添えられている。

刑事調査官はうなずいた。

「解剖《かいぼう》すればはっきりしたことが言えるだろうが、あれが凶器と見てほぼ間違いないだろう」

夏木係長が、確認する口調で言った。

「通報どおり、殺人事件と見ていいですね？」

「間違いない。では、私はこれで引きあげるぞ」

「お疲れ様でした」

刑事調査官の階級は警視だ。

本来、変死体が発見された場合、医師立ち会いのもとに、検事が検視を行わなければならない。

だが、常に殺人現場に検事がやってくるわけではない。現場に足を運んでくれる医師もなかなか見つからない。そこで、司法警察員による代行検視が行われるようになった。

警視庁では、十年以上の捜査経験を持つ警視で、大学の法医学教室で研修を受けた者を、刑事調査官として任命し、代行検視に当たらせている。

現場で警視というのは、かなり階級が高い。本庁の課長と同じ階級なのだ。だから、刑事調査官の鶴の一声で捜査方針が決まってしまうことも珍しくない。方針が決まれば、もう役目は終わりだ。刑事調査官が引きあげるのは珍しいことではない。

現場を封鎖しているロープをくぐろうとして、刑事調査官は身動きを止めた。そして、ゆっくりと体を起こした。

何かに驚いている様子だ。

菊川は、その視線を追った。背広姿の男が、現場に近づいてくるのが見える。

本庁の捜査員たちも、刑事調査官同様にそちらを見て立ち尽くしていた。

菊川は、三枝にそっと尋《たず》ねた。

「誰です？」

「烏山《からすやま》検事だ」

「検事……？」

「烏山亮《りょう》、三十七歳」

三枝はまるで、容疑者か何かのような言い方をした。

菊川とそれほど年が違わない検事。少しばかり複雑な気持ちでその姿を見ていた。

中肉中背で、グレーのスーツを着ている。ネクタイは、臙脂《えんじ》だろうか。投光器の明かりでは色がよくわからなかった。これといって特徴《とくちょう》のない風貌《ふうぼう》だ。街中で見かけても記憶に残ることはないだろう。だが、近づくにつれて、印象が変わってきた。

眼力が強いというのか、意志の強さをはっきりと感じさせる眼をしていた。

検事の役割は、もちろん公訴を提起し公判を維持することだが、必要ならば、捜査の指揮を取ることもある。

変死体に、犯罪性があると判断された場合、現場の捜査員は所轄の警察署長にまず報告する。さらに、警察署長は、その旨《むね》を検事に知らせなければならないのだ。それから検視という段取りになるわけだが、普通は代用検視で済ませる。そのために、刑事調査官が来ているのだ。まさか、検事がこの時間に乗り込んで来るとは思わなかった。

「ごくろうさまです」

烏山検事は、誰に言うともなくそう言った。

すぐにこたえたのは、一度帰りかけて戻ってきた刑事調査官だった。

「検察官がおいでになるとは驚きましたね」

「どうしてです？」

烏山検事は、にこりともせずに言った。「本来、検視は検察官が行うものでしょう」

「それはそうですが……」

今の一言で、烏山検事がどういう性格かだいたいわかった。

やる気満々の若手だが、少々融通《ゆうずう》がきかないところがありそうだ。もしかしたら、
正論を振りかざして現場の捜査員を困らせるようなことがあるかもしれない。

菊川はそんなことを考えていた。

「遺体はまだ、運び出していませんね？」

「はい」

刑事調査官が引きあげる段階で、遺体を板橋署に移送することになっていた。検事が到着して、遺体がない、では問題になっただろう。危ないところだった。

「では、拝見しましょう」

捜査員たちは場所を開けた。烏山検事は、かがみ込んで遺体の検分を始めた。捜査員たちは、その間じっと待っていなければならない。

菊川は間が持たなくなり、周囲を見回していた。

公園内は暗い。照明の数も少なく、木々が生い茂っている。第一発見者は、この暗がりの中で、走り去る犯人の姿を見たというのだろうか。

そもそも、被害者は、どうしてこんな場所にいたのだろう。自宅は港区麻布十番だという。六本木の近くだ。

菊川は、烏山検事に眼を戻した。

ずいぶん念入りに遺体を見ているな。慎重な性格なのだろうか。

ようやく立ち上がると、烏山は言った。

「刺創がありますね。凶器は？」

刑事調査官がこたえる。

「あれだと思われます」

地面に落ちている血まみれの包丁を指さした。

「犯人は凶器を捨てて行ったということですか？」

「そういうことでしょうね」

「指紋は？」

刑事調査官は、出動服の鑑識係員の顔を見た。鑑識係員が首を横に振った。

刑事調査官が鳥山検事に言った。

「採取できませんでした」

鳥山検事は、凶器と思われる包丁を見つめていた。おもむろに近づき、またしゃがみ込んだ。

しげしげと包丁を見つめている。

捜査員たちは、また待ちぼうけだ。

「殺人事件ですね」

やがて、鳥山検事は言った。「捜査本部が必要でしょう」

そんなことは、あんたが来る前からわかっているんだ。

菊川は心の中で抗議していた。代行検視で済むところを、わざわざ乗り込んできて、言うことはそれだけか……。どうせなら、もっと気のきいたことを言ってほしかった。

鳥山検事は、刑事調査官に尋ねた。

「それで、初動捜査の結果は？」

「本庁の係長がおこたえします」

そう言われて、夏木係長が発言した。先ほど菊川たちに説明したことを繰り返す。

これも時間の無駄だと、菊川は思った。

「第一発見者が、犯人を目撃しているのですか？」

烏山検事は、さも重大なことを聞いたというふうに、夏木係長に聞き返した。

「はい。ですが、後ろ姿しか見ていないということです」

「後ろ姿でも体型はわかります。服装で、職業などもだいたい見当がつく。貴重な手がかりです」

それも、捜査員たちは百も承知だ。

菊川はそう心の中でつぶやいていた。

夏木係長がこたえた。

「黒っぽい背広を着ていたということです」

「黒ですか？　それとも黒っぽい背広ですか？　真っ黒なら、暴力団関係も視野に入れる必要があります」

「黒っぽいということしかわかっていません。もしかしたら紺色かもしれないと、第一発見者は言っています」

「黒いスーツと紺色のスーツじゃ事情が変わってくるのですよ」

それほどこだわる問題だろうか。鳥山検事は、暴力団員が黒いスーツを着ているというイメージにとらわれているようだ。

夏木係長がこたえた。

「わかりました。今後の捜査でその点を留意しておきます」

夏木係長は、事なかれ主義だ。

よく言えば平和主義者なのかもしれない。争い事を好まないのだ。特に、上の者と対立することを避ける。下の者の批判も恐れている様子だ。何事もそつなくこなすことが何よりだと考えている様子だ。中間管理職にとっては、それも必要なことなのかもしれない。

菊川は別に係長を批判しようとは思っていなかった。だが、正直に言って頼りないと思っていることも事実だった。

争い事を避けて通って、よく警察官がつとまるものだとも思う。

「遺体は、司法解剖に回してください」

刑事調査官の表情が曇った。

「その必要がありますか？」

「殺人事件ですよ。あるから言っているのです」

「死因も凶器も明らかです。検察官がこうして検視もやってくださいました。それで充分ではないですか？」

「指示に従ってください。遺体は司法解剖に回す。いいですね？」

「わかりました」

「今日これからの予定は？」

「捜査員たちは、聞き込み等、得られるだけの情報を得ようとするでしょうが、なにせ、この時間ですから……」

鳥山検事がうなずいた。

「では、捜査本部でお会いしましょう」

ようやく引きあげてくれた。検事が姿を消すまで、捜査員たちは動こうとしなかった。刑事調査官が言った。

「今度こそ本当に帰るよ」

夏木係長がおずおずと尋ねた。

「あの、遺体は本当に司法解剖に回すんですか？」

「検察官の指示だから仕方がないだろう。本来はそうすべきなんだ」

「はあ……」

「じゃあな」

刑事調査官が引きあげていった。

夏木係長が溜め息をついた。偉い人がいなくなったので、安堵の溜め息かもしれない。あるいは、司法解剖のことを思っての溜め息かもしれなかった。

刑事調査官が言ったとおり、事件性のある遺体は、すべて司法解剖をすべきだ。だが、全国的に見ると、ほとんど司法解剖は行われていないに等しい。

専門の医師が不足していることもあるが、何より予算がないことが大きな理由になっている。犯罪性が疑われる遺体すべての司法解剖を行っていたら、捜査費用などたちまちパンクしてしまうだろう。さらに大学側は、それでも一件当たりの解剖費が安すぎると受けいれを渋るのだ。

刑事調査官は、それを憂慮したのであり、夏木係長は、それ故《ゆえ》に確認を取ったのだ。

「烏山検事は、何が何でも自分の手で被告を有罪にしたいらしい」

三枝が静かな口調で言う。

「そうですね」

菊川は、そうこたえた。検事が何を考えているかなど、あまり興味がなかった。殺人の捜査をするのは、検事ではない。菊川たち捜査員なのだ。言われなくたって、被疑者の身柄は押さえるさ。

菊川は、そう思った。

もうじき夜が明けるだろう。今日も蒸し暑いのだろうか。おそらく、このまま板橋署に詰めることになるだろう。

朝になれば、板橋署はてんてこ舞いだ。所轄署にとって、捜査本部が設置されるというのは大問題だ。人員も割《さ》かねばならない。多くの署員は、抱えている仕事を一時棚上げにして、捜査本部の活動に専念しなければならなくなる。

金もかかる。捜査本部ができた年は、年末の宴会旅行が吹っ飛ぶと言われている。

「さて、この時間だから、聞き込みに回るというわけにもいかんな……」

係長が言った。「板橋署で一休みするか」

異論のある捜査員はいなかった。ぞろぞろと、捜査車両が停めてある場所まで移動する。ロープの外に出たとたんに、記者たちの質問攻めにあう。

だが、ここで返事をする捜査員はいない。記者たちもそれはわかっているはずだ。なのに、同じことが繰り返されている。記者は質問しなければ気が済まない。刑事はそれを無視しなければならない。この約束事は、いったいいつから続いているのだろう。

菊川はそんなことを考えていた。

「どう思う？」

横を歩いていた三枝に突然そう訊《き》かれた。もちろん、この事案についてだ。菊川は、あわてることもなく、こたえた。

「被害者、第一発見者、ともにまったく土地鑑がないのが気になります」

「二人をつなぐ要素があるかもしれない。私もそれを考えていた」

「第一発見者が、逃走した犯人らしい男を目撃したとのことですが、この公園の暗さを思うと、にわかには信じがたい気もするのですが……」

「予断は禁物だ」

「ええ、わかっています」

「だが……」

三枝は言った。「案外、いいところをついているかもしれない」

2

夜明け頃に、猛烈な睡魔《すいま》に襲われた。当番でも、何もなければ交替で仮眠が取れる。今回は、仮眠の時間が奪われてしまった。午前中には捜査本部が設置される。

菊川は、顔でも洗いに行こうとトイレに向かった。同じ係の先輩が小用を足していた。四十代後半の警部補だ。

「おう、菊坊か……」

「どうも……」

配属されたとき、係で一番若かったので、菊坊などという、あまりありがたくないあだ名をちょうだいした。今でも、何人かは、そう呼んでいる。

「なんかこう、寝不足だと、ションベンが近くなってな。年のせいかな……」

「自分もそうですよ」

「そうか……。菊坊くらいの年だと、一日や二日の徹夜は平気だよな」

「そうでもないですよ」

「情けないことを言うなよ。警察官なんて、徹夜してナンボだぞ」

先輩は、手を洗ってからトイレを出て行った。たしかに、彼の言うとおり、警察官は、徹夜に慣れていく。帳場《ちょうば》が立てば、文字通り不眠不休の捜査が始まるのだ。

冷たい水で顔を洗うと、多少はしゃきっとした気分になった。鏡を見た。

まだ三十代半ばだ。疲れただの、眠いだのとは言ってられないぞ。鏡の中の自分にそう言い聞かせてトイレを出た。

朝まで床に座り込んでいた講堂に、机が運び込まれ、電話や無線が設置された。テレビも持ち込まれる。マスコミの報道をチェックするためだ。

午前九時から第一回の捜査会議が開かれると発表された。

本庁からは、二個班二十四人、菊川たちの係十二名がそのまま捜査本部に参加することになった。板橋署でも、二十人程度の捜査員が参加する。その他、管理官や幹部を含め、五十人態勢の捜査本部だ。

講堂に並べられた長テーブルに捜査員たちが着席する。後方の席を選ぼうとしたら、三枝に言われた。

「前のほうに座るんだ」

本庁の捜査員だからといって、前に陣取ることはないと思った。

「なぜです？」

「板橋署から見れば、私たちはお客さんなんだ。客を下座に座らせるわけにはいかないんだよ」

「そういうもんですか……」

「そういうものだ」

三枝に言われたらそうするしかない。以前から、捜査本部で本庁の刑事が前のほうの席を占拠することが気になっていた。何だか、所轄を見下しているような気がしていたのだ。

三枝の説明を聞いて納得したわけではないが、そういう考え方もあるのだと思った。

捜査本部長は、刑事部長ということになっているが、部長は出席していない。名目だけの捜査本部長だ。

菊川から見れば、刑事部長など雲の上の存在だ。普段は、あまり顔を見かけない。そんな偉い人から直接指示を受けたら、緊張してできることもできなくなってしまうだろうと思った。

副捜査本部長は、板橋署署長だ。これも儀礼的な措置《そち》だ。刑事部長と署長は、ほとんど捜査本部に詰めることはないだろう。

その代わりに、捜査本部主任を置く。実質的に仕切るのは、この捜査本部主任だ。たいていは、捜査一課長がつとめる。理事官の場合もある。

その下に管理官がいて、直接捜査員に指示を与える。

今回の捜査本部主任は、捜査一課長の百目鬼《どうめき》篤郎《あつろう》だ。四角い体に四角い顔。見かけはいかついが、現場経験はあまりない。

百目鬼課長は、キャリアの警視正だ。捜査一課のノンキャリアの中には、百目鬼課長より年上の捜査員がたくさんいる。彼らは、当然、課長よりも捜査経験が豊かだ。

そういう捜査員への対抗心の現れなのか、百目鬼課長は、やたらに現場に顔を出したがる。今回、現場に来なかったのは珍しい。

やる気があるのはいいことだと、菊川は思った。現場に迷惑さえかけなければばいい。キャリアなのだから、どうせ、二、三年で異動になるのだろう。だから、捜査員は誰も積極的に百目鬼課長と関わろうとはしない。すぐにいなくなってしまう上司よりも、長く付き合う同僚のほうが大切に決まっている。

経験の少ない百目鬼をいつもフォローしているのが、理事官の牧野《まきの》篤志《あつし》だ。牧野は、百目鬼よりも十歳ほど年上の五十歳の警視だ。ノンキャリアで、刑事畑での経験が豊富だ。

菊川たちの係を担当している管理官は、上原良吉《うえはらりょうきち》。やはりノンキャリアの警視で、年齢は、四十代半ばで、こちらも、百目鬼課長より年上だ。

ひな壇に幹部が並び、捜査会議が始まった。ひな壇には空席が二つある。刑事部長と板橋署署長の席だ。

牧野理事官が司会だ。

「それでは、これまでに明らかになっている事実を共有しておこうと思う。夏木係長、報告してくれ」

夏木が立ち上がった。

「被害者は、生田忠幸、三十二歳。イベント会社の代表という名刺を所持していましたが、その会社の実体はありません。住所は、港区麻布十番二丁目……」

牧野理事官が眉をひそめる。

「架空の会社ということか？」

「というより、ちゃんと登記された会社じゃなくて、サークルのようなものだったらしいです」

「なんだそのサークルというのは……」

「これから詳しく調べます」

牧野理事官はうなずいて、先をうながした。

「遺体は現在、司法解剖に回されておりますが、刺創が数ヵ所あり、死因は失血死と見られています。なお、現場に包丁が落ちており、それが凶器と見られています」

「包丁から指紋は？」

「出ておりません」

「そうか」

「第一発見者は、田代裕一、三十五歳。職業は不動産業。住所は、渋谷区神宮前四丁目……。通報したのも、この人物です。なお、彼は、現場から走り去る男の後ろ姿を見ています」

菊川の知らなかった事実はない。メモを取りながら、一つ一つ心の中で確認していた。

牧野理事官は、サークルと聞いてぴんと来なかった様子だ。若者がディスコなどを借り切ってイベントをやるのだ。

酒とドラッグとセックス。まあ、そういうイベントだ。

バブルの頃は、そういうイベントを開くだけで、嘘のように儲《もう》かったそうだ。おそらく、被害者の生田忠幸も定職に就《つ》かず、そうしたイベントで稼いでいたのだろう。

「被害者も第一発見者も、住所が現場とずいぶん離れていますね」

百目鬼課長が発言した。

いかにも、重要なことに気づいたという態度だった。だが、第一発見者については、すでに調べがついている。

牧野理事官が、夏木係長に尋ねた。夏木係長は、昨夜の話を繰り返した。

「ほう……。ホステスをタクシーで送っていった……」

百目鬼課長は思案顔になった。キャリアが何を考えているかなど、菊川には見当もつかなかった。

「そうです」

夏木係長がこたえた。「なお、被害者がどうして現場にいたかは、これから調べなければなりません」

「わかった」

百目鬼課長がそこまで言ったとき、戸口に鳥山検事が姿を見せた。

　捜査員たちは一斉にそちらを見て、それから何事か囁《ささや》き合った。それを無視するように、烏山検事は言った。

「捜査会議は、もう始まっていましたか。失礼、続けてください」

　菊川は検事がどこに座るか興味を持っていた。烏山は、当然のようにひな壇に向かい、あいている席に腰を下ろした。そこは、署長の席だった。

　自分がこの捜査本部を指揮するのだという、強い意志を感じさせる態度だった。

　刑事の仕事は、検事が公判を維持できるだけの材料を集めることだ。そういう意味では、検事の指導を無視するわけにはいかない。刑事事件の場合、起訴するかどうかを決めるのも検事だ。

　だからといって、あまり現場に口出しはしてほしくない。菊川はそう思っていた。

　牧野理事官が、烏山検事に何事か説明している。これまで会議で発表された内容を伝えているのだろう。

　その間、会議が中断していた。小声でひそひそと話をしている捜査員が多かった。

　だが、菊川の隣にいる三枝は何も言わなかった。だから、菊川も黙っていた。無言で待たされていると、眠くなってくる。本当なら、今日は明け番になるはずだった。

　牧野理事官が言った。

「では、班分けを発表しますので、それに従って捜査を進めてください」

地取り、鑑取り、遺留品捜査、予備班などの班分けが発表される。所轄と本庁の捜査員がペアを組むのが一般的だ。地取りとは地域を対象とした捜査、鑑取りとは、交友関係等の関係性の捜査だ。

所轄の捜査員は、現場付近の地理に通じているからだ。

また、教育的な意味から、なるべく若手とベテランを組ませるようにする。

菊川は、鑑取りの班に回され、板橋署の四十五歳の部長刑事と組むことになった。名前は、滝下洋造《たきしたようぞう》。小柄で、白髪《しらが》が目立つ。この体格では、さぞかし、剣道や柔道の術科で苦労しただろうと、菊川は思った。

幸いにして、菊川はそこそこ体格に恵まれている。剣道や柔道といった術科でも、それほど辛い思いをしたことはない。

三枝も同じく鑑取り班になったが、こちらは、板橋署の若手と組んでいた。

捜査会議が終わると、班ごとに集まり、分担を決めた。菊川と滝下は、イベント会社だかサークルだかの交友関係を当たることになった。正直ほっとした。遺族に会いに行くのは気が重い。その役目は、三枝たちが担うことになった。

署を出ると、滝下が両手を差し上げて伸びをした。

「さて、どこから始めるかな……」

菊川は言った。

「どこからって……、被害者が作っていたイベント会社でしょう？」

「馬鹿正直に、朝から聞き込みやってちゃ保《も》たないだろう。どこかで、茶でも飲むか」

あきれてしまった。だが、当直からそのまま捜査本部に駆り出されたのだ。どこかで一休みしたいのも確かだった。

「登記もされていない被害者の会社ってのは、どこにあるんだったかな？」

「被害者の自宅のそばのマンションが事務所になっています」

「その近くまで行って、コーヒーでも飲みながら作戦会議ってのはどうだい？」

「自分は、先輩に従いますよ」

滝下が、にやりと笑った。

「おまえさん、若いのに、けっこう処世術を心得てるね」

そうは思わなかった。もっと器用に生きているやつはたくさんいる。どちらかというと、自分は融通がきかないという自覚があった。

今は疲れていて、滝下の提案に異を唱える気になれない。ただそれだけだった。

『JIプランニング』の事務所は、二の橋の交差点に近い、マンションの1DKの部屋だった。都民銀行の裏手にある。独身者を対象にした部屋割りのマンションで、オートロックだった。今はこの手のマンションに学生が住んでいる。

菊川が大学生の頃は、台所やトイレが共同の下宿が主流だった。それから、ほんの十年ほどしか経《た》っていない。この十数年で、日本は大きく変わってしまった。

「この近くに、喫茶店とか、あるかな……」

滝下が言った。

「さあ、自分もこのあたりにはあまり来たことがありません」

「六本木に出れば、いくらでもあるだろう」

「そりゃそうでしょうが……」

現場まで来ていながら、わざわざ六本木まで茶を飲みに行くのか……。

「とにかく、作戦会議だ」

「はあ……」

結局、芋洗坂《いもあらいざか》まで歩くことになった。喫茶店に入ると、滝下は煙草《たばこ》に火を付けた。

菊川も自然とそれにならった。

わざわざ歩いた甲斐《かい》があったと思った。落ち着いた気分になれた。

コーヒーを注文すると、滝下が言った。

「この事件、どう読んでいる？」

菊川は、先輩刑事にテストを受けているような気分になった。

「まだ捜査は始まったばかりですよ」

滝下は顔をしかめた。

「そんなこたえを聞きたいんじゃないよ。筋を読めって言ってるんだ」

菊川は周囲を見回した。店内はすいている。だが、どこで誰が聞き耳を立てているかわからない。

「そういう話は、ここではしないほうがいいと思いますよ」

「かまうもんか。現場から遠く離れているんだ。具体的な名前を出さなければだいじょうぶだよ」

そうは思えなかった。

菊川は、声を落として言った。

「検事は、第一発見者が目撃したという人物を疑っているようですがね……」

「誰だってそう思うだろう。現場から逃走したんだぞ」

滝下は、コーヒーをすすった。あまり深く考えていない様子だ。

「現場に行って、気になったんですよ」

「何がだ？」

「あの公園、暗かったじゃないですか。走り去る後ろ姿なんて、本当に見えたんですかね？　しかも、その人物は黒っぽい背広を着ていたというんです」

滝下が、面倒くさそうに言った。

「見たと証言しているんだから、見えたんだろう。別に真っ暗じゃなかったんだ。証言をいちいち疑っていたら、捜査が進まないよ」

「滝下さんは、どう考えているんですか？」

「検事の読みで決まりだろう」

「え……？」

「どうせ、検事の意向通りに捜査をすることになる。検事に都合のいい証言を集め、検事に都合のいい証拠を集める。それが刑事の仕事だよ」

菊川も子供ではない。滝下の言うことがわからないではない。だが、そこまで割り切れない気がした。

「もし、検事が間違っていたらどうするんです？」

「刑事事件の有罪率って知ってるかい？」

「有罪率？」

「そうだよ。九十九パーセントを超えているんだよ。これがどういうことかわかるか？」

「どういうことです？」

「検事は起訴したら何が何でも有罪にするということだ」

「なるほど……」

「検事が、捜査本部にまで首を突っ込んで来たんだ。もう俺たちのやることは決まっているさ」

　それでいいのだろうか。

　菊川はひそかにそんなことを思っていた。

3

「えーと、これ、どうするんだ？」

　マンションの玄関で、オートロックを前にして滝下が言った。結局、再び『ＪＩプランニング』が入居しているこのマンションにやってきたのは、午前十一時頃のことだった。

「そこのテンキーで部屋番号を押すと、部屋につながると思いますよ」

「面倒くせえな……。こんなものが防犯に役に立つのかな……」

　ぶつぶつ言いながら部屋番号を押した。

　しばらくして、女性の声で返事があった。

「はーい。どなた？」

　滝下が言った。

「警察です。ちょっとうかがいたいことがあるんですが……」

「警察……？　本当に？」

「はい」

「聞きたいことって何？」

「生田忠幸さんのことで、ちょっと……」

「わかりました」

ややあって、一枚ガラスのスライドドアが開いた。

「開けゴマか……。こんなの儀式としか思えないな。住人が出てくるときに、すれ違いで入っちまえば、意味ないじゃないか」

滝下はそう言いながら玄関ホールに進んだ。菊川は無言でその後に続いた。

『ＪＩプランニング』は、四〇三号室だった。ドアの脇にボタンがついていて、それを押すと、部屋の中でチャイムが鳴った。

さきほどの女性の声がこたえた。

「はーい。ちょっと待ってくださいね」

チェーンが外される音がする。

ショートパンツにＴシャツという恰好《かっこう》の若い女性がドアを開けて、菊川は驚いた。どうやら、ノーブラのようだ。化粧っけもない。

滝下も面食らった様子だった。

「えーと、ここ、『JIプランニング』の事務所ですよね」

「ええ、いちおうはね……。今日は、生田は来てませんよ」

あくびをかみ殺す。かすかに酒の臭いがした。

「ご存じないのですか……」

滝下が言った。

「何のこと？」

「朝刊には間に合わなかったですが、テレビでは報道されたはずですが……」

相手の女性が不安げな顔になる。

「生田がどうかしたんですか？」

「今日未明に、殺害されました」

女性はきょとんとした顔になった。それから徐々に驚きの表情になっていく。これは、菊川にもお馴染みの反応だ。

親しい人の死を知らされた者は、すぐにそれを受け容れようとしないのだ。

「まさか……」

事実を理解すると、今度は激しく動揺しはじめる。気分を悪くする人もいる。

まさか、衝撃で倒れたりはしないだろうな。菊川は、そう思って相手の女性を観察していた。

化粧をすれば、きっと美人に見えるに違いない。今は眉も薄く、顔色も悪い。

倒れはしなかったが、泣きはじめた。ちょっと大きめの目からぽろぽろと透明の涙がこぼれた。鼻がたちまち赤くなった。

相手がそんな状態でも、滝下は容赦《ようしゃ》なかった。

「お話をうかがわせてください」

「あの……」

相手の女性は言った。「あの、殺害されたって言いました?」

「そうです」

「誰が殺したんです?」

「それを突き止めるために、お話をうかがいたいのです」

相手の女性は手で涙をぬぐった。

「ちょっと待ってください」

涙を拭いて鼻をかんだようだった。部屋の奥から声が聞こえた。「ちょっと着替えたいんで待ってもらえますか?」

滝下がこたえた。

「いいですよ」

三分ほど待たされた。それほど服装が変わったとは思えなかった。だが、しっかりブラジャーは着けたようだ。

「どうぞ、入ってください」

菊川と滝下は、靴を脱いで部屋に上がった。ダイニングキッチンに、スチールデスクがあった。さらに、奥の部屋にも同じようなスチールデスクがあった。両方のデスクに電話が載っていた。奥の部屋には、ソファベッドがあり、女性はそこで寝ていたようだ。毛布と枕があった。

菊川たちは立ったまま話を始めた。

滝下が女性に質問した。

「まず、あなたのお名前と年齢を教えていただけますか？」

「宇佐見《うさみ》昭子《あきこ》、二十八歳です」

実年齢よりも老《ふ》けて見える。いや、化粧を落とすとこんなものか……。

そんなことを思いながら菊川は昭子を見ていた。

滝下が、どんな字を書くのか、と尋ね、昭子がそれにこたえた。菊川もそれをルーズリーフのノートに記録した。

「住所とご職業は？」

「えーと……、今東京には住むところがなくて……、生田さんにそう言ったら、しばらくここにいればいいって言われて……。ここでバイトしてます」

「住み込みのバイトというわけですか？」

「まあ、そうですね……」

滝下が実にさりげなく言った。

「お付き合いなさってたんですか？」

「いいえ、付き合っていたわけじゃありません」

「ただ、事務所に住まわせてもらっていただけだと……」

「ときどき、生田さんも泊まって行きましたけどね」

「性的な交渉があったということですか？」

「性的な交渉？　寝たかってこと？　ええ、ときどきね」

実にあっけらかんとしている。最近の二十代というのは、こんなものかと思った。

滝下が質問を続ける。

「東京には住むところがないと言われましたね。ご実家はどちらですか？」

「愛媛《えひめ》です」

「ほう、四国ですか。こちらに住むようになってどれくらいですか？」

「えー……？　三ヵ月、いや四ヵ月くらいかなぁ……」

「生田さんとお会いになったのは、いつどこでですか？」

「最初に会ったのは、六ヵ月くらい前。イベントで……」

彼女は、有名な巨大ディスコの名前を言った。そこを借り切って、生田が主催するイベントがあったそうだ。友達に誘われて、そのイベントに参加したのだという。

「ここに住まわれるようになった経緯は？」

「またイベントがあって、そこでまた生田さんに会ったの。その頃、彼氏と別れちゃって、友達のところを転々としてたんです。そのことを話したら、いいよ、事務所に使っているマンションの部屋があるから、そこに泊まりなって言ってくれて……」

「今はあなたしかいないみたいですが、社員の方はいつもいらっしゃるんですか？」

「社員て、スタッフのこと？」

「そう呼んでいるんですか？」

「生田さんはそう言ってました。午後になると来る人もいますけど、出勤時間とか決まっているわけじゃないし……」

大学のサークル活動そのままだな……。

菊川は思った。

社会に出るということは、それなりの責任を負うということだ。責任を負わずに金を儲けて生活していける。そんな世の中になってしまったようだ。自ら進んで辛《つら》い思いをする者は稀《まれ》だ。誰だって楽なほうに流されていく。

「会社というか、サークル内で揉《も》め事《ごと》はありませんでしたか？」

「それなりにうまくいってたみたいだけど、スタッフの一人があたしとやっちゃって、一度、それが生田さんにばれて言い争いになったことがあったけど……」

「他のスタッフとも関係を持たれていたのですか？」

「夜に、たまたま二人きりになって、お酒なんか入っていると、ついね……」

「それが目的で、夜にここにやってくるスタッフもいたんじゃないですか？」

「まあね……」

「失礼ですが、ここで何人くらいと関係を持たれたのですか？」

昭子は、さすがにこの質問には顔をしかめた。

「なあに、それ、生田さんが死んだことと何か関係があるの？　あたしのプライバシーでしょう？」

抗議されても、滝下は顔色一つ変えなかった。

「実際に、そのことで生田さんとスタッフの方が揉め事を起こしているわけでしょう？」

「あ、あたしを奪い合って揉めたとか、そういうんじゃないんですよ。生田さんの知らないところで、こそこそとやったのがばれたからちょっと喧嘩《けんか》になったんです。生田さん、独占欲が強いから……。別にあたしを好きなわけじゃないと思うし……」

昭子のこういう感覚が、菊川には理解できなかった。今時の女の子は、こんなにドライなんだろうか。

「あなたは、生田さんのことをどう思ってました？」

滝下が尋ねると、昭子はまた顔をしかめた。

「それもプライバシーに関わる問題でしょう。あたしが、生田さんのことをどう思ってたかなんて、捜査に関係ないでしょう」

「関係あるんですよ」

滝下がそっけない調子で言った。「周囲の人が生田さんに対してどういう感情を抱いていたかを、きちんとうかがっておかなければならないんです。もちろん、こたえたくなければ、おこたえにならなくてもけっこうです」

昭子はちょっとふくれっ面になって言った。

「別に言いたくないわけじゃないですよ。生田さんのこと、もちろん嫌いじゃないけど、恋愛とかっていうのとは違いますよ。感謝はしてましたし、いっしょにいて楽しかったですけど……」

恋愛関係じゃなくても、ときどき寝ていたわけだ。

菊川はどうしても、そういうことがひっかかってしまう。だが、滝下はただ無関心そうにうなずいただけだった。

「生田さんと揉め事を起こしたスタッフのお名前と連絡先を教えていただけますか?」

「その人が容疑者になるということ?」

「そうじゃありません。話を聞くだけです」

だが、滝下の頭の中では、要注意人物のリストに入ることは間違いなかった。菊川にしても同様だった。刑事は常に人を疑っている。

「えーと、みんなシゲって呼んでます」

昭子が言った。

「フルネームはわかりますか?」

「たしか、山上茂彦《やまがみしげひこ》……」

昭子は、机の上にあったメモ帳にボールペンでその名前を書いた。「こういう字だったと思う」

はっきりフルネームを覚えていないような相手と性的な関係を持つのか。菊川は、かぶりを振りたい気分だった。

俺は、やっぱり普通より保守的なのかもしれない。

そんなことを思った。警察官は、たいてい保守的だが、世の中の裏側を見て歩くせいで、たいていのことには驚かなくなる。

特に男女の関係についてはそうだ。強行犯係が担当する犯罪には、驚くほど男女関係のもつれが動機となることが多い。

殺人や傷害事件の多くがそうだ。

性的な衝動が原因となる犯罪も多く手がける。そのうちにだんだん感覚が麻痺《まひ》してくる。よく言えば慣れるし、悪く言えば鈍感になるのだ。だが、菊川はなかなか慣れることができずにいた。

「連絡先は……？」

「電話番号しか知らないんです」

「けっこうです」

昭子は、都内の電話番号を言った。それをメモして、ノートを見たまま、滝下が尋ねた。

「あなたに関しての揉め事は、その山上さんとだけだったのでしょうか？」

「なあに？　あたしが他のスタッフとも寝ていて、それが生田に知られたかどうかってこと？」

「ええ、まあはっきりと言えば……」

昭子の機嫌《きげん》がだんだん悪くなってくる。

「ないわよ、揉め事は……。まあ、他のスタッフとも関係がないわけじゃないけど……」

菊川はこの言葉にも驚いてしまった。男たちにおもちゃにされているとしか思えない。だが、本人はそれを普通のことのように考えているようだ。

滝下は、菊川のほうを見た。何か訊きたいことはあるかと、眼で尋ねているのだ。

菊川は昭子に言った。

「生田さんと山上さんが言い争いをしたことについて、他に誰か知っていましたか？」

「スタッフの何人かは知っていたと思うけど……」

「それを知っていそうな人の名前はわかりますか？」

「そんなこと、わかりませんよ。だいたい、スタッフだって何人いるのか正確にわからないんだから……」

「スタッフの人数がわからない？」

「そう。何となく来なくなっちゃったり、イベントのたびに増えたりしてるから……」

これも、会社というより大学のサークルの感覚だ。

「他に、生田さんを怨《うら》んでいたとか、揉めていた人に心当たりはありませんか？」

「さあ……。あたし、生田さんの個人的なことって、あまり知りませんでしたから……」

性的な関係を持っていながら、個人的なことを知らないというのだろうか。菊川は、その類《たぐい》のことは、最も個人的なことだと思っていた。

今ではどうやらそうでもないらしい。昭子と菊川は、六、七歳ほどしか年齢が違わない。だが、今の世の中、それだけ年が違えば考え方もずいぶん違うようだ。

生活している環境が違うのかもしれない。だが、バブルの時代に遊びを覚えた若者は、菊川たちとは違い、享楽的《きょうらくてき》で刹那的《せつなてき》な感じがする。そう感じているのは、自分だけではないはずだと、菊川は思った。

「では、仕事の面ではどうですか？　イベントを開くには多くの人が関わるわけでしょう？　何か争い事とかありませんでしたか？」

「仕事のこともよくわからないんです」

「よくわからない……」

「ええ、あたし、生田さんに言われたことをやるだけですから……」

これ以上のことは、訊いても無駄《むだ》だという気がした。菊川は、滝下にうなずきかけた。滝下が昭子に言った。

「どうも、ご協力ありがとうございました」

滝下が玄関に向かおうとした。

「あの……」

昭子が言った。「本当に死んじゃったんですね」

菊川は昭子の顔を見た。ひどく淋《さび》しそうな、子供のような顔だった。

「お気の毒です」

滝下が言った。

「生田さん、もう、ここに来てくれないんですね。あそこから、入ってきて、元気かって言ってくれないんですね」

また、涙を流しはじめた。

今まで、質問にこたえることに集中していたのだろう。その緊張が途切れたとき、再び悲しみが襲ってきたのだ。

そして、今度は喪失感《そうしつかん》を伴《ともな》った本物の悲しみのはずだった。

滝下が言った。

「誰かに連絡を取って、来てもらってはいかがです？」

「そうします」

昭子が泣きじゃくりながら言った。

「誰か来てくれるまで、ここにいましょうか？」

滝下のこの言葉は少々意外だと、菊川は思った。もっと事務的で冷淡《れいたん》な刑事だと感じていた。

昭子はかぶりを振った。

「いいえ。だいじょうぶです」

滝下がうなずく。

「それでは、私たちはこれで……」

「刑事さん」

「何です？」

「一日も早く、犯人をつかまえてください」

滝下は再びうなずいた。

「わかりました。全力を尽くします」

全力を尽くすという言葉と、滝下の勤務態度は、菊川の中で一致しなかった。

次は、山上茂彦に会いに行くことにした。公衆電話を探して、電話してみた。テレホンカードの残量が少なく気になったが、なんとか切れずにすんだ。

山上茂彦は自宅にいた。もう昼過ぎだというのに、寝ていた様子だった。昭子と同様に、まだ生田が死んだことを知らなかった。寝ていたのだから当然だ。

その件について話を聞きたいと言ったら、すぐに住所を教えてくれた。世田谷《せたがや》区経《きょう》堂《どう》三丁目だった。

「腹へったな」滝下が言った。「まずは、昼飯だな」

山上にはすでに電話をしたのだ。先に話を聞いて、昼飯は後回しというのが、捜査員の本来の勤務態度だと思った。だが、いっしょに行動するからには、先輩捜査員のやり方に慣れなければならない。菊川は逆らわないことにした。

二人は、『ＪＩプランニング』の近所にあった韓国料理の店に入り、ランチメニューを注文した。

## 4

「いや、言い争いというほど大げさなもんじゃないですよ」

山上茂彦は言った。髪を茶色に染めている。ちょっと長めだ。日焼けして、耳にはピアス。年齢は、二十九歳だということだが、もっとずっと若く見える。もっと有《あ》り体《てい》に言えば、子供っぽく見える。

住んでいるのは、ワンルームのマンションだが、かなり広いワンルームだった。

滝下が尋ねた。

「でも、宇佐見昭子さんは、そうおっしゃってましたよ」

山上は、顔をしかめた。

「あいつ……。もとはといえば、あいつのせいなんですよ」

「ほう、宇佐見さんのせい？」

「そうです。あいつ、酔っぱらうと誰とでもキスするんですよ。それもかなり濃厚なディープキス。男のほうも、酒が入ってれば、その気になるじゃないですか」

「で、関係を持たれたと……」

「仕事で事務所に遅くまで残ってたんですよ。あいつが、酔って帰ってきた……。それで、俺も酒に付き合うことにしたんです。ま、そのあとは……」

山上は、西洋人のように肩をすくめてみせた。

「そのことで、生田さんと言い争ったのは事実なんですね？」

「なんか生田さんが、事務所内ではけじめをつけろだのなんだのと、うるさいことを言うから、俺、つい、言っちゃったんです。おまえだって、やってるじゃないかってね。売り言葉に買い言葉ですよ。でもね、それだけです。別に二人とも本気で相手が憎くて言い合ったわけじゃない。その証拠に、それからも俺たちはいっしょに仕事をしていたんです。俺も、生田さんも、昭子のことなんかで本気になったりしませんよ」

菊川は、なんだか昭子のことが哀《あわ》れに思えてきた。

だが、刑事がそんなことを考える必要はない。事実、滝下は頓着《とんちゃく》していない様子だった。

「いちおううかがっておきますが、昨夜……、正確に言うと今朝《けさ》の午前二時から三時の間、どこで何をしていましたか？」

山上の表情が曇った。あからさまにアリバイを尋ねられたのだから、気持ちはわからないではなかった。

「昨夜は、何人かで飲んでましたよ。六本木のキャバクラでね……」

「キャバクラ……。何という店です？」

「『ラヴィ』という店です」

「何時から何時までいらっしゃいました？」

「そうですね……。十時頃に入って、三時頃までいましたっけ……」

「何人かと飲んでいたとおっしゃいましたね。その方々のお名前と連絡先を教えていただけますか？」

山上は、三人の男の名前と電話番号を教えてくれた。もちろん裏は取るが、アリバイは成立していそうだ。

滝下が尋ねた。

「あなたは、生田さんと仕事をいっしょになさっているとおっしゃいましたね？」

「ええ、そうです。生田さんとはわりと長い付き合いでしたね」

「生田さんが、仕事の上で何かトラブルを抱えているというようなことはありませんでしたか？」

「トラブルですか……？」

「どんなことでもけっこうです。お聞かせ願えればありがたいのですが……」

「トラブルっていうか……」

山上は、言うのをためらっている様子だ。滝下は、何も言わず相手がしゃべり出すのを待っている。

この呼吸はなかなかのものだと、菊川は思った。優秀な刑事は、尋問《じんもん》のテクニックに長《た》けている。畳《たた》みかける場合と、相手がしゃべる気になるまで待つ場合とを使い分けなければならない。菊川はまだ、なかなかその呼吸がつかめない。

やがて、山上が言った。

「眼に見えたトラブルじゃないんですけど、『ＪＩプランニング』は、もうかなりやばかったんですよ」

「どういうことですか？」

「バブル全盛の頃は、面白いように金が入ってきました。一度イベントをやるだけで、何千万も儲かったことがありました。でも、そんな時代は長くは続きませんでした。最近は、イベントをやっても思うように人が集まりません。生田さんは、一発逆転を狙って、派手な演出を考える。人気のミュージシャンを呼んだりもしました。当然、出費はかさんで、収入が減る……。最近では、生田さん、借金をしていたようです」

「借金ね……」

滝下は、メモを取りながら、さりげなくそう言った。だが、強く関心をもったことは明らかだった。

菊川も、思わず顔を上げそうになったが、それをこらえた。あからさまに反応しては、相手に警戒されてしまう。尋問はあくまでもさりげなくやらなくてはならない。

「生田さんは、今にまた一発当てられると信じていたみたいです。つうか、がばがば稼いでいた時代が忘れられなかったのかもしれません。もう、バブルは弾けたってのにね……」

山上はだんだんしんみりとした口調になってきた。生田が死んだということがようやく実感できたのかもしれない。

滝下は、あくまでも事務的な口調で尋ねた。

「その借金を巡って、トラブルになっていたというようなことはありませんか？」

山上は、首をひねった。

「さあ、俺にはわかりませんね。生田さん、金のことは心配するなって、何も教えてくれませんでしたから……。見栄《みえ》っ張《ぱ》りでしたからね。たしかに一時期は、信じられないくらいの金を持っていました。でも、それはとっくに吐き出しちまっていたと思いますよ。正直、金に困っていたと思います。でも俺たちにはそんなところは見せませんでした」

滝下はさらに尋ねた。

「生田さんが、借金していた先について、知っていそうな方はいらっしゃいませんか？」

山上はしばらく考えていた。

「猪狩《いかり》さんなら、知っているかもしれないな……」

「イカリ……？」

「ええ、先輩スタッフの一人です。生田さんとは学生のときからの付き合いだったって……。共同経営者みたいなものかな。生田さんが何かを相談するとしたら、猪狩さんしか考えられませんね」

滝下は、フルネームと連絡先を尋ねた。

猪狩裕久《ひろひさ》、三十二歳。電話番号はやはり都内のものだった。

滝下は、礼を言って尋問を終わりにしようとした。

山上が、つぶやくように言った。

「生田さん、もういないのか……。俺、これからどうしようかな……」

親しい人の死を悼《いた》むより、自分の生活のことを心配する。それが本音《ほんね》なのだろうと、菊川は思った。


「あんた、山上のアリバイ、洗ってくれ」

滝下に言われた。

「自分だけで、ですか？」

「俺は、ちょっとね……」

指でまるいものをつかんで捻《ひね》る動作をした。パチンコのことだ。「二人で当たるほどのことじゃないだろう」

手分けをすれば、それだけ早く終わるものを……。

そう思ったが、口には出さなかった。

「調べが終わったら、どうやって連絡をつけます？」

「夕方に、今朝コーヒーを飲んだ喫茶店で待っている。そこに来るなり、電話を入れるなりしてくれ」

「了解しました」

先輩捜査員の指示に逆らうわけにはいかない。たしかに、アリバイ証言の裏を取るなど、捜査員二人で回るほどのことではないかもしれない。

菊川は、山上が昨日いっしょに飲んでいたと証言した三人のもとを回った。電話で済む話かもしれない。だが、直接会って話を聞くことが重要だと思ったのだ。

その結果、山上のアリバイは証明された。間違いなく午後十時頃から午前三時頃まで『ラヴィ』というキャバクラにいたようだ。

次は、猪狩裕久だな。菊川は思った。

5

滝下と別れたのは、午後二時過ぎのことだ。それから、山上の証言の裏を取るのに、約三時間を要した。

菊川が、午前中にコーヒーを飲んだ芋洗坂下の喫茶店に到着して、滝下と合流したのは、午後五時十五分頃のことだった。

山上は、間違いなく昨夜の十時頃から今朝の午前三時頃まで、三人の友人と飲んでいたことが確認されたと告げると、滝下は、ただ一言、「そうか」とこたえただけだった。

別にねぎらいの言葉がほしかったわけではないが、あまりにそっけないと思った。

滝下は、スポーツ新聞を眺《なが》めて渋い顔をしている。ひいきの野球チームの調子が悪いのかもしれない。あるいは、パチンコでかなり損をしたのだろうか。いずれにしろ、昼頃よりも明らかに不機嫌になっていた。

菊川は、滝下に尋ねた。

「次は、山上が言っていた猪狩という男ですね？」

返事がない。さらに菊川が何か言おうとすると、ようやく滝下が言った。

「じゃあ、猪狩の所在を確認してきてくれるか？」

「はあ……」

菊川は、喫茶店内にある公衆電話に向かった。テレホンカードを二枚取り出して電話をかける。一枚目の度数がかなり減っていたので、二枚目は予備だ。

呼び出し音は鳴るが、相手は出ない。留守《るす》のようだ。

切っては、繰り返しかけてみた。結局、つながらなかった。席に戻って滝下に報告した。

「不在のようです」

「そうか」

また、一言だった。新聞を見たままだ。菊川は、少々苛立《いらだ》って尋ねた。

「どうします？」

「ん……？　何がだ？」

「猪狩裕久のことです」

「ああ……」

それっきり、滝下は何も言わない。顔をしかめている。

菊川は、さらに言った。

「山上に電話をしてみましょうか？　もしかしたら居場所を知っているかもしれません」

「そう思うなら、やってみな」

菊川は、また席を立って公衆電話を使った。山上の電話にかけてみる。出ない。すでに出かけてしまったようだ。このまま、席に戻って山上もいませんでしたと告げるのは、ひどく間抜けなような気がした。

菊川は、『ＪＩプランニング』にかけてみた。すぐにつながり、若い男の声がこたえた。

「はい、『ＪＩプランニング』です」

「警視庁の菊川と言いますが、ちょっとお尋ねしたいことが……」

「何でしょう？」

「おたくに、猪狩裕久さんという方がおられますね？」

「はい」

「その方が、どこにおいでか知りたいのですが……」

「わかりません」

社会人の対応ではないなと、菊川は思った。もっとましな言い方があるはずだ。

「どなたか、おわかりになる方はいらっしゃいませんか？」

「つーか、自分らも居場所を探していまして……」

電話の向こうで、何人かの男女が話をする声が聞こえた。生田忠幸が殺害されたことを知ってスタッフたちが集まって来たに違いない。その連中が、猪狩を探しているということだろう。

「失礼ですが、あなたのお名前は？」

いちおう確認しておこうと思った。

「名前を言う必要があるんですか？」

「できれば、うかがっておきたいのですが……」

菊川はできるだけ丁寧《ていねい》に言った。ここで、強気なことを言ったら、相手が不愉快《ふゆかい》な思いをするだけだ。もし、立場が逆だったら、そんな思いをするのはまっぴらだ。

「西本《にしもと》といいますけど……」

「わかりました。西本さん、もし猪狩さんの居場所がわかったら、今から言う番号に電話をいただけますか?」

菊川は、喫茶店の番号を告げた。

席に戻ると、電話のことを滝下に報告した。滝下は、ますます不機嫌そうな顔になった。

「なんだ……。ここを動けなくなっちまったじゃないか……」

反論したかったが、黙っていることにした。ここで、先輩と仲違いをしてもいいことは一つもない。

菊川が黙っていると、スポーツ新聞を畳んで、滝下が言った。

「あんまり入れ込むなよ。猪狩のことなんて、明日でいいんだ。今日は、もう充分に仕事をしたんだよ」

とてもそうは思えなかった。たった二人に話を聞いただけだ。その二人は、おそらく事件にはまったく関係がない。

「動けなくなったって……。どこかへ行くつもりだったんですか?」

「ゆっくり夕飯でも食おうと思っていたんだよ。それから捜査本部に戻れば、ちょうど上がりの時間だ」

菊川は疲れていた。だが、滝下のようにだらだらと捜査をする気にはなれなかった。こうしている間にも、殺人犯ははるか彼方《かなた》に逃走をはかろうとしているかもしれない。

「手がかりは、事件が起きてから時間が経つにしたがって少なくなっていくはずです」

滝下が上目遣《うわめづか》いに菊川を見た。

「何だよ、俺に意見しようってのか？」

「一般論ですよ」

「なら、俺も一般論を言わせてもらうよ。捜査本部ってのは人海《じんかい》戦術だ。本部が立てた方針に従って捜査員が動く。俺たちは、将棋の駒でしかない。それにな、捜査本部が長丁場になることだってある。最初から入れ込んでいちゃ、保たないんだよ」

滝下が言っていることは、正論のように聞こえるが、菊川は納得できなかった。

捜査本部が数を基本としていることは確かだ。だが、それは個々の捜査員が手抜きをしていいということではないはずだ。集団で集中的に捜査するからこそ意味がある。

この集中的という点が重要だと、菊川は思っていた。

それをここで言っても、きっと反論に聞こえてしまうだろう。そう思って黙っていると、突然、滝下が笑い出した。

菊川は訳《わけ》がわからず、滝下を見つめていた。

「あんた、本当に真面目《まじめ》だな」

「そうでもないですよ……」

「いや、真面目だよ。そいつは取り得だが、同時に欠点でもある」

「どういう欠点ですか？」

「いつかは、自分を傷つけることになるかもしれない」

「おっしゃっている意味がわかりませんが……」

「そのうちにわかる」

　真面目であるが故に、自分が傷つく。なんとなくわからないではない。だが、菊川は自分がそれほど生真面目だとは思っていなかった。滝下がいい加減だから、その比較で自分が真面目に見えるだけだ。そう思うことにした。

「賭《か》けをしないか？」

「賭けですか？」

「ああ、『JIプランニング』のやつらが、本当に猪狩の居場所を知らせてくるかどうか……」

　菊川は、戸惑《とまど》った。

「わかれば知らせてくると思いますよ」

「真面目なだけじゃない。他人の善意なんてものを信じているんだ。たいした刑事だよ、おまえさんは……」

「信じて悪いことはないと思いますが……」

「それが裏切られたらどうする？」

「裏切られることなんて、珍しいことじゃないと思います。それだけです」

滝下は、意外そうな顔で菊川を見つめていた。それから、皮肉な笑いを浮かべて言った。

「本当に手ひどく裏切られたときも、そんなことを言っていられるかな……」

その言葉を真剣に考えはじめたとき、滝下が再び言った。

「どうだ？　賭けをしないか？　今夜の夕飯代だ」

「いいですよ。自分は、知らせが来るほうに賭けます」

「いいだろう」

それから、三十分経った。電話は鳴らない。滝下がにやにやと菊川を見ていた。さらに十分経った。

「さて……、どうやら、賭けは俺の勝ちのようだな」

「まだわかりませんよ」

「いつまでもここにいられないんだよ」

滝下が立ち上がった。そのとき、店の電話が鳴った。従業員が、菊川の名前を告げる。菊川は、滝下を見た。ふんと鼻で笑われた。

「西本です」

電話に出ると、さっきの若い男の声が聞こえてきた。「今、猪狩さんがつかまりました。自宅に戻ったところだそうです。これから、こちらに向かうということですが……」

「ありがとうございます。ご協力を感謝します」

「いえ……」

菊川は電話を切ると、すぐに猪狩にかけた。今度は、呼び出し音五回で出た。

「はい……」

「猪狩裕久さんですね？」

「そうですが……」

「警視庁の菊川と言います。お話をうかがいたいのですが……」

「生田のことですね？」

「そうです」

ちょっとの間があった。

「これから、会社に出かけるところなんです。みんな集まっているというんで……」

「『ＪＩプランニング』ですね？」

「そうです」

「自分らもその近くにいます。お手間は取らせません。お会いできませんか？」

また間があった。今度は、かなり長かった。

「えーと、どこに行けばいいですか？」

「『JIプランニング』が入居しているマンションの前でお待ちしています」

「わかりました」

席に戻ると、滝下が皮肉な笑いを浮かべていた。

「賭けは、あんたの勝ちだ。夕飯をおごってやるよ。何が食いたい？」

菊川はこたえた。

「その前に、猪狩裕久に話を聞きましょう」


猪狩裕久は、かなり目立つ風貌をしていた。でっぷりと太っており、背が高い。今時珍しいアフロヘアーで、顎鬚《あごひげ》を生やしていた。

服装も奇抜だった。ピンクのTシャツに黒いジャケットを羽織《はお》っている。ジーパンをはいていた。じっとりと湿った気候で、猪狩は汗をかいていた。黒いジャケットを着ているのは、生田が死んだからだろう。

彼は、マンションの前で、所在なげに佇《たたず》んでいた。もしかしたら、生田が死んだことについて考えていたのかもしれない。一年のうちで一番日が長い季節だが、曇り空のせいで日暮れが早かった。すでに街灯が灯《とも》っており、猪狩は硬質な蛍光灯の光に照らされていた。

「猪狩裕久さんですね？」

滝下が声をかけた。

猪狩は、ぎょっとしたように菊川たちのほうを見た。

「はい……」

「生田さんが、殺害されたことは、すでにご存じですね？」

猪狩は、うなずいた。

「本当に殺されたのですか？」

「我々はそう考えています」

猪狩は、居心地が悪そうに体重を左脚から右脚に移した。さらに、その逆の動きをした。

落ち着きをなくしている。それは、何かの兆候かもしれない。あるいは、単に路上で刑事二人に尋問されていることによる緊張なのだろうか。

そんなことを思いながら、菊川は猪狩を観察していた。

滝下が質問した。

「生田さんとは、学生時代からのお付き合いだったそうですね」

「ええ、そうです」

「『JIプランニング』での、あなたの立場は……？」

「立場……？」

「ええ。役職とか……」

「別にそういうのはありませんよ。生田が企画を立てて、俺たちがそのために動く。あるいは、誰かが言い出したことを、生田が採用して、やっぱり俺たちが全員で動く。そういうやり方でした」

「経理は誰が担当していました？」

「経理っつうか、金のことは、全部生田一人でやっていました。知り合いの会計士が、税金のこととかやってくれていました」

「ずいぶん羽振りがいい時代があったようですね」

「ええ。一回のイベントで、何千万も稼げたことがありました。でも、それはほんの一時期でしたよ」

猪狩の声は、暗く沈んでいる。生田の死がこたえているのだろう。

「最近は、そうではなかったと……？」

「けっこうきつかったと思いますよ」

「生田さんは、資金繰《しきんぐ》りに苦労されていたということですか？」

「何か物を作っているわけじゃないんで、資金繰りってわけじゃないけど……。事務所のローンとか、みんなのバイト料とか、けっこう大変だったと思いますよ」

「借金をされていたとか？」

猪狩は、しばらく考えていた。おそらく借金そのもののことではなく、どうこたえたらいいかを考えているのだ。

滝下はこたえを急《せ》かしたりはしなかった。相手がこたえる気になるまで、辛抱《しんぼう》強く待っている。勤務態度はほめられたものではないが、捜査センスはある。菊川はそう思っていた。

もし、滝下がひたむきに努力するタイプだったら、名刑事になっていたに違いない。天は二物を与えずというところだろうか。

じっと地面を見て考えていた猪狩は、また、体重を左右の脚に移動させてからこたえた。

「たしかに借金をしていました」

「銀行からとか……？」

「銀行が俺たちみたいな団体に、金を貸してなんてくれないですよ」

「じゃあ、どんなところから借りていたんです？」

猪狩は、また沈黙した。考えている。こたえにくい質問だったに違いない。つまり、こちらとしては、どうしてもこたえを聞きたい質問だということだ。

滝下は、今度は待っていなかった。

「生田さんが誰から金を借りていたか、あなたはご存じなのですね？」

猪狩はこたえない。だが、体重移動が頻繁《ひんぱん》になった。眼が落ち着きを失う。両手の置き場に困ったように、腰にもっていったり、だらんと下げたりした。

滝下は、繰り返し質問した。

「あなたは、生田さんが金を借りた相手を、知っているのですね？」

このあたりの呼吸もうまい。待つときと攻めるときのタイミングを心得ている。間違いなく猪狩は揺さぶられている。やがて、猪狩は言った。

「知ってます」

「教えていただけると、ありがたいんですがね……」

猪狩は、滝下を見てから菊川を見た。そして、視線を滝下に戻して言った。

「借金が、殺人の動機だということですか？」

滝下は、おおげさにかぶりを振ってみせた。

「そうではありません。ですが、我々は、いろいろなことを調べてみなければならないのです。借金が直接の原因でないとしても、事件に関連しているかもしれない。あるいは、まったく関係ないとしても、そのことを証明しなければならないのです」

滝下は、饒舌《じょうぜつ》になった。おそらく、猪狩を安心させるためだろう。追い詰めておいて、安堵させると、人はしゃべりやすくなる。

猪狩は、ちらりと菊川を見た。滝下が言っていることが本当かどうか、菊川の表情を見て確かめようとしたのかもしれない。だが、そんなことで、わかるはずもない。

結局、落ち着かない態度のまま、猪狩は言った。

「俺が生田に紹介したんです」

「誰を？」

「マチ金に勤めているやつをです。学生時代からの知り合いでした」

「消費者金融の社員なのですか？」

猪狩は、うなずいた。そして、聞いたことのない会社の名前を言った。

『シティー金融』。

ちょっと聞くと、アメリカの大手銀行の系列のように思える。そうだとしても、消費者金融にその名前を使うとは思えない。混同するのを狙ってのネーミングかもしれない。

滝下は尋ねた。

「それで、あなたの学生時代の知り合いだったという、その社員の名前は？」

「向井原勇《むかいはらいさむ》」

滝下は、どういう字を書くのかを確認した。菊川はルーズリーフのノートにそれをメモした。

「生田さんと、向井原さんの間で、金銭的なトラブルなどなかったでしょうか？」

滝下は、さりげなく尋ねた。猪狩の態度からして、こたえは明らかだった。だが、猪狩は、なかなかこたえようとしなかった。

猪狩の考えていることは容易に想像できた。生田と向井原の間でトラブルがあったのは明らかだ。それが、殺人の動機だとすると、向井原を生田に紹介した自分にも、幾ばくかの責任があると考えているに違いない。見かけとは裏腹に、小心で傷つきやすい男なのかもしれない。

滝下は、また待つ方法を選択した。長い沈黙が続く。

やがて、猪狩は言った。

「ええ、たしかに揉めてました」

「借金が焦《こ》げ付いていたということですか？」

「そうだったと思います。向井原も必死でした。彼は善意で金を貸したわけじゃないんで……。仕事なんですよ。だから、必死にキリトリをしようとした。一方、生田は、利息が高すぎると主張した」

「実際に、利息は高かったのですか？」

猪狩は、さっと肩をすくめてみせた。

「まあ、マチ金ですからね。それなりには……。でも、それ以前に、生田には返済する金が、もうなかったんだと思います」

「なるほど……」

金銭トラブルは、男女関係のもつれについで多い殺人の動機だ。暴力団だったら、保険金をかけさせて殺すということまでやってのけることもある。

「向井原は、生田につきまとっていました。利息だけでも入れないと、彼も会社でこっぴどく叱《しか》られるんです」

生田につきまとっていた。

この一言は、重要な気がした。生田が足を運ぶ場所に、向井原がいてもおかしくはない。

滝下が質問した。

「向井原って人、仕事するとき、いつもどんな恰好をしてました？」

菊川は、思わず滝下のほうを見てしまいそうになった。それくらい、この質問は的を射ているという気がした。

「どんな恰好って……」

「服装ですよ」

「マチ金と言っても、いちおう金融業ですからね。背広を着ていましたよ」

「どんな色の背広を持っていたか知っていますか？」

「そうだなあ……」

猪狩は、思い出そうとしている様子だ。「会うときは、たいてい紺色の背広を着ていたと思いますよ」

滝下は、ごくさりげなくうなずいた。

菊川は、滝下の質問の意図にはっきりと気づいていた。

第一発見者が目撃した、現場から走り去る後ろ姿。その人物は、黒っぽい背広を着ていたという。暗がりで、紺色の背広を見ると、黒っぽく見えるに違いない。

滝下は、菊川のほうを見た。何か質問はあるかと無言で尋ねているのだ。追加の質問などあるはずもなかった。滝下の尋問は、それほどに見事だった。

菊川がかぶりを振ると、滝下は、猪狩に言った。

「どうも、ご協力ありがとうございました」

猪狩は、どうしていいかわからないような顔で会釈《えしゃく》すると、オートロックのテンキーで暗証番号を打ち込み、マンションの中に消えていった。

## 6

猪狩から話を聞き終わったときは、すでに十九時近かった。捜査員の上がりは二十時と決められていた。麻布十番から捜査本部のある板橋署に、二十時に戻るためには、すぐに出発したほうがいい。

だが、滝下は、そう考えてはいないようだった。彼は言った。

「さて、夕飯だな……」

これは半《なか》ば予想していたことだが、菊川はひどい苛立ちを感じた。

「会議は冒頭からちゃんと出席したほうがいいですよ」

「なに……。どうせ、時間どおりには始まらないさ。少し押すに決まってるんだ。飯はしっかり食っておかないとな……」

ここで言い争っていると、それだけ時間が経過してしまう。どうせ、先輩には逆らえないのだ。菊川は、しぶしぶ尋ねた。

「何を食べます？」

「鮨《すし》でもつまむかい？」

「このあたりだと、高くつきませんか？」

腰を落ち着けずに、もっとさっさと済ませられる食事がよかった。

「自分は、マクドナルドでもいいですよ」

滝下は顔をしかめた。

「六本木の交差点に、そば屋がある。そこにしよう」

六本木の交差点に面したビルの一階に、そのそば屋はあった。高級な店ではない。ごく庶民的《しょみんてき》なそば屋だ。八〇年代後半の猛烈な地上げの嵐を、このような店が生き延びられたのは、奇跡かもしれないと、菊川は思った。

店内も、昔ながらのそば屋だ。

「一杯やろうか？」

滝下が言ったが、菊川はかぶりを振った。

「これから会議ですから……」

「あんた、本当にお堅いね。そんなんで、これから何十年も勤まるのかね……」

そんなことを言っていたが、結局、滝下は酒など頼まず、かけそばとカツ丼を注文した。

体が小さいのに、よく食べるな……。

菊川は、そんなことを思いながら、天ぷらそばを注文した。昨日から徹夜しているので、食欲がない。

滝下は、対照的に健啖《けんたん》ぶりを発揮した。そばを汁代わりに、カツ丼をがつがつとかき込んだ。菊川は圧倒される思いだった。

賭けに負けた滝下が勘定し、そば屋を出た。十九時三十分だ。上がりの時刻に、それほど遅れずに、板橋署に着けそうだ。そう思っていると、滝下が言った。

「食後の茶でも飲んでいくか？」

さすがに、切れそうになった。滝下が、にやっと笑った。

「冗談だよ。くそ真面目なやつは、からかうと面白いな」

板橋署の捜査本部に到着したのは、二十時十分だった。滝下が言ったとおり、まだ会議は始まっていない。それどころか、捜査員の半分はまだ戻っていないようだった。

それから五分以内に、続々と人が集まってきた。捜査会議が始まったのは、予定よりもかなり遅れて、二十時三十分のことだった。

朝の捜査会議同様に、牧野理事官が司会を務める。百目鬼捜査一課長は臨席しているが、板橋署長と刑事部長はいなかった。刑事部長の席に、烏山検事が座っていた。検事は、五分ほど前にやってきた。

捜査員たちは、烏山検事の姿を見て、朝と同様に何事かひそひそと話し合った。

地取り、鑑取り、遺留品捜査など、それぞれの班ごとに、聞き込みの結果を発表した。地取りでは、第一発見者である田代裕一が目撃したという現場から走り去る男に関する情報を中心に報告があった。

同一人物かどうかはわからないが、事件が起きたと推量される時刻の前後に、現場の公園近くの歩道を走る人物を目撃した者がいるとの報告があった。

目撃者は、後方から走ってきたその人物に追い抜かれたのだという。だから、顔は見ていないだろう。追い抜いていった人物は、紺色の背広を着ていたという。

「髪型は？」

百目鬼課長が質問した。捜査員がこたえる。

「長くもなく短くもなく……。目立たない髪型だったということです」

「年齢は？」

「目撃者によると、おそらく三十代ではないかということですが……」

「三十代……」

「目撃者は若い女性でして、背後から誰かが駆けてくるので、ひどく恐ろしい思いをしたそうです。追い抜かれたので、ほっとしてその場に立ち尽くし、茫然《ぼうぜん》としていたそうです。だから、走っていった人物のことをよく見たわけではないのです」

「田代裕一が目撃したという人物は、黒っぽい背広を着ていたと言ったね？　だが、その女性が見たのは、紺色の背広だった。それを一致すると見ていいものかどうか……」

捜査員は、戸惑った様子でこたえた。

「暗いところで、紺色のスーツは黒っぽく見えると思いますが……」

「こういう話を知っているかね？　かつて、高校の制服の主流だったセーラー服は、紺色が圧倒的に多かった。それは、紺色が暗くなっても色の変化をあまり感じさせない色だからだ。紺色は、暗いところでも紺色に見えるということだ」

「はあ……」

「実験してみるといい」

烏山検事が発言した。

「実験ですか？」

百目鬼課長が聞き返した。烏山検事はうなずいた。

「そう。たしかに、セーラー服の色の話は聞いたことがあるような気がする。だが、実際にはどうかわからない。暗いところで、紺色のスーツを見れば、充分に黒っぽく見えるのかもしれない」

百目鬼課長が折れた。

「そうですね。憶測で議論をしていても始まらない。今報告された目撃証言は、充分に参考になると判断していいでしょう」

その言葉を受けて、牧野理事官が言った。

「次は、鑑取り班の報告だ」

牧野理事官は、三枝を指名した。あらかじめ指名する順番を決めているようだった。

三枝たちは、遺族に会って来た。被害者の生田の実家は宇都宮だった。朝、東京を発ち、上がりの時間ぎりぎりに戻ってきたということだ。

両親は健在で、息子の死に心底驚き、衝撃を受けた様子だったと、三枝は事務的に告げた。その態度は、実に立派で見習うべきだと、菊川は思った。

被害者の生田は、高校卒業後に上京した。予備校で一年過ごし、都内の有名私立大学に入学した。事件に関して、高校以前の鑑は薄いと見て、家族から話を聞き、三枝たちは帰京したとのことだ。

牧野理事官も、百目鬼課長も三枝の判断に異論はなさそうだった。

続いて別の捜査員が指名される。学生時代の交友関係を洗ったようだ。被害者は、一学年を裏表経験していた。二年間で一年分の単位を取得することで、退学にならずに、最も長く大学に居残ることができる。

一年浪人して十九歳で入学した生田は、二十七歳まで大学にいた。その間にサークルを運営し、次第に人脈を広げていったのだそうだ。大学入学が一九七七年、卒業が一九八五年。中退でなく、八年かけても卒業したところが、なんとも律儀だと、菊川は感じた。

生田が卒業した翌年から、好景気が始まる。菊川もかつて経験したことのない世の中の狂騒的な好景気は、今年になってついに翳《かげ》りを見せはじめた。おそらく、大学にいる頃から好景気の予兆はあったのだろう。サークル活動で、イベントを開けば大金が転がり込んできたらしい。

「今では、学生起業家も珍しくはないですが、被害者の学生時代は、まだまだそういうのは先駆的だったようです。被害者は、先見の明があったのかもしれません」

大学時代の交友関係を洗っていた捜査員は、報告をその言葉で締めくくった。

牧野理事官が、質問をうながした。質問はなし。牧野が続けて言った。

「鑑取り班で、他に何か報告事項はあるか？」

滝下が挙手した。牧野理事官が指名した。

「被害者が代表をつとめていた『ＪＩプランニング』という会社に行って来ました。まあ、会社と言っても、ちゃんと登記して法人格を持っているわけではないので、サークルに毛の生《は》えたようなものだというのは、朝の会議でも発表された事実ですが……」

滝下は、そう前置きして本格的な説明を始めた。

まず、宇佐見昭子のことを説明し、彼女を巡って、山上茂彦と被害者の生田が揉め事を起こしていたことを説明した。

山上茂彦の事件当日のアリバイについて触れ、さらに、その山上から猪狩裕久の名前を聞き出したと言った。猪狩が、『ＪＩプランニング』の経営状態について、このところはあまり芳《かんば》しくなかったと語ったことを告げた。

そして、猪狩が、生田に消費者金融の社員を紹介したこと、そして、生田がその消費者金融の社員を通じて借金をしていたことを、簡潔にしかも過不足なく報告した。

「……なお、その借金は焦げ付いていたようで、その消費者金融の社員、向井原勇は、猪狩裕久の証言によると、取り立てのために、被害者にしつこくつきまとっていたようです。ちなみに……」

滝下は、さりげなく付け加えるように言った。「消費者金融の社員、向井原勇は、普段紺色の背広を着ていることが多いそうです」

この一言は、効果的だった。

捜査員全員に、走り去る男の新たな目撃情報と、百目鬼課長の紺色に関する蘊蓄《うんちく》を思い出させたのだ。

牧野理事官が言った。

「何か質問は……？」

真っ先に質問したのは、百目鬼課長だった。

「つまり、被害者には、女性関係で揉めていた同僚がいたということだね？」

「はい。そういうことです」

このこたえに、菊川は少々慌《あわ》てた。

多少の揉め事はあったにしろ、それはたいした問題には発展しなかった。宇佐見昭子も山上茂彦も、そう証言していたはずだ。

ここは、反論すべきかと思った。だが、菊川に挙手をする度胸はなかった。今は、先輩である滝下と捜査一課長の間で会話が進んでいる。そこに割り込むことはできない。

さらに、百目鬼課長の質問が続いた。

「そして、被害者は、消費者金融の社員と金銭トラブルを抱えていたということだな？」

「はい」

「消費者金融の社員は、被害者にしつこくつきまとっていた……」

「そうです」

「その消費者金融の社員は、いつも紺色の背広を着ていたんだな？」

「猪狩裕久の証言では、そうです」

百目鬼課長の口調が、わずかに熱を帯びてきた。

「それらは、きわめて重要な情報かもしれない。少なくとも動機となりうるトラブルが二件あったことになる」

動機となり得る……。

菊川は、疑問に思った。たしかにトラブルがあった。そして、それは、男女関係の揉め事であり、金銭関係のトラブルだった。男女関係のもつれや金銭関係のトラブルは、たしかに殺人の動機の上位を占めるものだ。だが、それも程度の問題だ。

『ＪＩプランニング』で聞いた話は、どちらも殺人に発展するような深刻さを感じなかった。これは、単なる自分の個人的な印象なのだろうか。菊川は、迷っていた。

些細《ささい》なことが発端で、感情がエスカレートし、殺人に至《いた》ることがないとは言えない。

課長の声が続いた。

「一日目で、これだけの手がかりが見つかるというのは幸先《さいさき》がいい。君は、板橋署の署員だな？」

「滝下と言います」

「滝下君、いい仕事をしたな」

「ありがとうございます」

菊川は唖然としてしまった。

喫茶店で時間を潰《つぶ》し、パチンコに行き、昼食や夕食をしっかりと食う。それが悪いこととは言わない。だが、その勤務態度にもかかわらず、捜査会議で課長にほめられるというのは、どういうことだろう。

そう思わずにはいられなかった。

滝下は、間違いなく優秀な捜査員だ。だが、真面目に仕事をすれば、という条件が付くと思っていた。適当に時間を潰し、要領よく仕事をして、それで評価される。

それでいいのだろうか。

菊川は、考えていた。

それで、定年まで勤め上げて、警部補か警部で退官するのもいいかもしれない。所詮《しょせん》、公務員なのだ。だが、それでは何かが足りないような気がしていた。具体的には言えない。青臭い言い方をすれば、正義感だろうか。あるいは、真実の究明ということになるだろう。

捜査員は、たしかに大きな機械の中の歯車か、将棋の駒のようなものだ。個人が勝手に動いていては捜査にならない。だが、歯車であっても、将棋の駒であっても、一人一人の気概《きがい》というものが必要だろうと、菊川は思っていた。

そんなことを、口に出して言ったことはない。むしろ、もっと若い連中が、正義感だの社会正義だのと言っているのを聞くと、鼻で笑いたい気分になる。

だが、根っこのところでは、そういう気持ちを強く持っていることを自覚していた。

その後、遺留品捜査の報告があった。

現場近くに落ちていた包丁は、新品ではなく、数年は使い込んだものだということだ。包丁は、大量生産品で金物店やスーパーで売っているごくありふれた品物だ。高級品に比べて購入者などを洗い出すのが困難だ。だが、遺留品捜査の連中はそれをやらなければならない。包丁の購入者がわかれば、凶器がどこから持ち出されたかの手がかりとなるだろう。

いくつかの質疑応答があって、捜査会議が終わった。そのとき、鳥山検事が発言した。

「これから、現場で実験してみましょう」

「は……？」

牧野理事官が、きょとんとした顔で鳥山検事のほうを見た。

「先ほどの、背広の色の件です。今なら、現場は、おそらく事件のときと同じくらいに暗いはずです。この捜査本部には、紺色の背広を着ている方も何人かおられる。目撃者がいたという位置から、目撃された人物の位置に、紺色の背広を着た捜査員の方に立ってもらいましょう」

「どうでしょう……？」

牧野理事官は、判断を求めるように百目鬼課長のほうを見た。百目鬼は、うなずいた。

「いいでしょう。事実は一つずつ確かめていきましょう」

捜査員たちは、ぞろぞろと現場の公園に出かけた。

烏山検事が、現場を仕切った。

「遺体の第一発見者が、現場から走り去る男を目撃したのですね？」

牧野理事官がうなずいた。

「そうです」

そういう会話が、少し離れた場所にいる菊川にも聞こえてきた。近くに三枝と滝下もいる。

二人の態度は、実に対照的だった。三枝は、ことの成り行きをじっと見つめている。一方、滝下は、まるで関心なさげに、きょろきょろと周囲を見ていた。

烏山検事の声が聞こえてきた。

「じゃあ、第一発見者が目撃したという位置に、紺色の背広を着た捜査員を立たせてみてください」

牧野理事官が、一人の若い捜査員に指示した。

「もっと後ろだ……。もっと、右。そうそう、そこだ」

紺色の背広を着た捜査員が、離れた場所に立った。木立《こだち》の間で、街灯の光が届かない。

牧野理事官が、烏山検事と百目鬼課長を交互に見ながら尋ねた。烏山検事が、紺色の背広の若い捜査員を見つめている。

「陰《かげ》になっているので、黒っぽいといえば黒っぽいな……」

百目鬼課長が言った。

「でも、充分紺色にも見えます」

烏山検事が、牧野理事官に言った。

「せっかく大勢の人が来ているんです。意見を聞いてみたい」

牧野理事官は、すぐそばにいた中年の捜査員に尋ねた。

「どうだ？　あの服装、どう見える？」

「紺色に見えますね」

「そうか……」

「いや、でも、咄嗟に見ると黒っぽいという表現も認められるかな、と……」

牧野理事官は、他の捜査員にも尋ねた。

「君はどう思う？」

「自分は、黒っぽいという証言が充分に通用すると思いますね。陰の部分など、かなり黒に近いですよ」

牧野は、菊川に尋ねた。

「どう思う？」

菊川には、「黒っぽい」という表現が妥当に思えた。

「黒っぽく見えます」

牧野理事官は、うーんとうなってから烏山検事に言った。

「どうも、微妙ですなあ。黒っぽいというのを認める意見と、紺色に見えるという意見は五分五分というところですか。実験の結果は、あまり芳しくないということですね」

烏山検事は、かすかにほほえんでこたえた。

「そんなことはない。これで、ある程度の人が、紺色の背広をこの状況で『黒っぽい』と認めることが判明したのです。実験結果としては充分ですよ」

そんなやり取りが、菊川のところまで聞こえてきた。三枝も聞いていたはずだ。だが、何も言わない。

滝下が、ふんと鼻を鳴らして、小声で言った。

「そんなことは、こんな大げさなことをやらなくたって、わかりきったことじゃないか……」

もし、理事官か検事に聞こえたらどうしよう。菊川は、はらはらしたが、どうやら、その声は、理事官にも検事にも課長にも届かなかったようだ。

いちおうその場で解散となり、捜査員は聞き込みに出たり、捜査本部に戻ったりと、それぞれに動き出した。

菊川は、滝下に尋ねた。

「これからどうします？」

「一杯やって寝るよ。明日も早いんだ」

「聞き込みに出かける捜査員もいますが……」

「それぞれにやり方があるんだよ。あんた、聞き込みに行きたかったら、行っていいよ」

この言い方に腹が立った。一人で、聞き込みに行こうかと思った。だが、そんなことをすると、角が立ちそうな気もする。

「僕も寝ますよ」

「じゃあ、一杯付き合えよ」

菊川は、三枝のほうを見た。すでに三枝は、公園の外に向かって歩き去るところだった。捜査本部ができている間は、集中的に捜査をするために、参加している捜査員は滅多に飲みに行ったりはしない。

捜査本部に詰めているか、聞き込みに歩き回っているかのどちらかだ。菊川はずっとそう思っていた。だが、滝下のような捜査員もいるのだ。しかも、彼は捜査会議の発言を、課長に評価された。

菊川は、溜め息をついた。

「わかりました。付き合います」

滝下は、面白くもないという顔で、ただうなずき、歩きだした。菊川は、黙ってそのあとについていった。

行きつけの居酒屋のようだ。刑事が出入りする酒場には必ず新聞記者がいる。夜回りというやつだ。

酒で、口が軽くなった刑事から捜査情報を聞き出そうと夜な夜な集まってくるのだ。刑事たちは、彼らとは付かず離れずで、微妙な駆け引きを展開する。

滝下は、日本酒を冷やで注文した。菊川は生ビールを頼んだ。

滝下が菊川に言った。

「生ビールだって？　まどろっこしいな。酔うのに時間がかかるし、夜中にションベンで目を覚ますことになるぞ」

「はあ……」

「冷やできゅうっとやって、ばたんきゅうで寝ちまうんだよ。捜査本部にいる間は、気が安まらない。聞き込みに行きゃ、頭の使いすぎでなかなか眠れなくなる。酒が必要なんだ」

菊川は、滝下の言葉に思わず背筋を伸ばしていた。ただ飲みに来たわけではないのだ。捜査本部に詰めているときに、熟睡する方策を教えてくれているのだ。

酒がやってきて、滝下は、立て続けに二杯飲み干した。そして、すぐに席を立った。

「俺は、明日のために寝るぞ」

ひょっとしたら、滝下を見損なっていたのかもしれない。そんな気がしていた。

## 7

翌朝八時半から、捜査会議が始まった。六月十五日金曜日だ。柔道場に敷かれた布団から直接捜査本部のある講堂に向かった菊川には、今日の天気がどうなのか、まったくわからなかった。

　板橋署長は出席しているが、刑事部長の姿はなかった。

　たてまえでは、殺人事件など重要な事案は、刑事部長が陣頭指揮を執ることになっている。だが、実際には部長は忙しすぎて捜査本部にべったりと張り付いているわけにはいかない。

　部長が捜査会議に出席するのは、いわばセレモニーのようなものだ。捜査本部が発足した当初と、容疑が固まっていざ捕り物というとき、そして送検が決まったときだけ臨席すればいいのだ。

　捜査本部主任の百目鬼課長は出席していた。事実上捜査本部を束《たば》ねていくのは、百目鬼課長だ。刑事部長はいないが、今日も烏山検事が来ていた。

　やけに熱心だなと、菊川は思っていた。

　検事が毎日捜査会議に参加する必要などないのだ。

　昨日と同様に、牧野理事官の司会で会議が進んだ。

　地取り、鑑取り、遺留品捜査、手口捜査など、それぞれの班から、昨夜の捜査会議以後にわかったことが発表される。地取り班などは、やはり捜査会議後に、聞き込みに出かけたようだ。手口捜査班の連中も遅くまで資料を当たっていたらしい。だが、いずれの班からも、めぼしい報告はなかった。

会議を終了しようとした牧野理事官に、烏山検事が言った。

「その後、鑑識や司法解剖を担当した大学から報告はないのですか？」

「詳《くわ》しい報告はないですね」

「詳しくない報告はあるのですか？」

この切り返しに、牧野理事官は、少しばかり鼻白《はなじろ》んだ。

「被害者の血液型がわかっています。B型でした」

「包丁に付着していた血液は？」

「B型でした」

「一種類の血液だけが付着していたのですか？　揉み合った場合、犯人の側も負傷することがよくあります。別の血液型が発見されていたら、これは大きな手がかりとなるんじゃないですか」

言わずもがな、だと菊川は思った。

捜査員ならば、誰だってそれくらいのことは心得ている。牧野理事官は苛立ちをこらえるような表情で言った。

「ですから、鑑識からの詳しい報告は、まだなのです。検事が言われるように、もしかしたら、別の血液型も見つかるかもしれません。いずれにしろ、報告待ちです」

「解剖のほうはどうなんです？」

「そちらは、まだ何の知らせもありません。大学の法医学教室に依頼してあるので、そのうちに報告書が届くでしょう」

「悠長ですね。催促《さいそく》してみればいい」

牧野理事官は、溜め息をついた。

「そう簡単にはいかないのです。行政解剖は東京都監察医務院が担当しますが、司法解剖については、ほとんど大学の善意に頼っているような状態でして……」

「善意に頼る……？」

「そうです。大学の法医学教室だって、毎日解剖をやっているわけではありません。その他の研究活動もやらなければならないのです。そして、司法解剖一体あたりの費用があまりに安すぎると、大学側の連中は言っています。つまり、採算が合わないにもかかわらず、彼らは捜査のために協力してくれているわけです」

この類の話も、捜査員ならば知っていることだ。

余計な話をしていないで、早く捜査会議を終了してほしい。菊川はそう思った。

近くに座っていた三枝の顔をちらりと見た。三枝は、淡々とした表情で牧野理事官と烏山検事のやり取りを見つめている。苛立った様子はまったくない。もっとも、菊川は、三枝が苛立ったところなど見たことがないような気がする。常に冷静で落ち着いている。見習おうとしても、とても真似できるものではない。

そういえば、滝下の姿が見えない。

まさか、一人で聞き込みに出かけたのではないだろうな……。滝下の勤務態度はたしかにほめられたものではない。だが、捜査会議ではそれなりの実績を残した結果になった。

人の裏をかくのがうまいのかもしれない。滝下が早起きをして、鑑取りに出かけたのだとしたら、菊川は出し抜かれ、置いてきぼりを食ったことになる。滝下の行方を確認しなければならない。そのためにも、一刻も早く捜査会議を終えてほしかった。

「ちょっと、事案を整理しておきましょう」

烏山検事が脇にあるホワイトボードを見て言った。すでに、ホワイトボードには、被害者や第一発見者の写真が貼られており、氏名、年齢などが書き込まれている。

牧野理事官は、おもむろに腕時計を見た。かなり露骨《ろこつ》な抵抗だ。もっと露骨でもいいと、菊川は思った。

烏山検事は、気にした様子もなく続けた。

「被害者の生田忠幸は、自宅の麻布十番から遠く離れた板橋区内の現場で殺害されました。なぜ、ここで殺害されたかの理由については、まだわかっていない。そうですね？」

「そのとおりです」

「そして、遺体の第一発見者が、現場から逃走する人物の後ろ姿を目撃している。その人物は黒っぽい背広を着ていた。そして、被害者は、マチ金の社員と金銭的なトラブルを抱えていた。そのマチ金の社員である、向井原は、取り立てのために、いつも被害者につきまとっていたという証言がある。そして、向井原は、いつも紺色の背広を着ていた……」

「はい」

「紺色の背広が、事件当夜の現場で目撃された場合、黒っぽく見える可能性があり、充分に第一発見者の目撃証言と一致することが、昨日の実験でわかりました」

何かおかしい……。

菊川は、そう感じていた。たしかに、烏山検事が言っていることは間違いではない。だが、正しくもないような気がした。もっと確認が必要なのだ。

三枝も、眉をひそめていた。懸念を表情に出すのは珍しい。三枝もそれくらいに、きな臭さを感じているということだろう。

牧野理事官が、助けを求めるように百目鬼課長のほうを見た。

課長は四角い顔を烏山に向けて言った。

「結論を急がないでください。捜査はまだ始まったばかりなのです。牧野君が言ったように、まだ鑑識からの詳報も、解剖の報告も上がってきていないのです」

「引っ張って話を聞いてはどうでしょう?」

「は……?」

百目鬼課長が目を丸くした。

「向井原というマチ金の社員です。かなり容疑は濃いと見ていいでしょう」

そうだろうか……。

菊川は思った。たしかに、宇佐見昭子を巡る三角関係という話よりも、金銭トラブルのほうが、動機としては蓋然性《がいぜんせい》が高いように思える。だが、それは『JIプランニング』に限って考えた場合の話だ。それ以外の場所に動機があるかもしれない。

そんなことを考えていると、烏山検事の声が聞こえた。

「話を聞いてきた捜査員は、どう考えているのでしょう? 直接話を聞いた印象とか、意見を聞いてみたいですね」

百目鬼課長が捜査員一同を見回して言った。

「たしか、板橋署の滝下君と言ったな……」

捜査員たちも周囲を見回した。

三枝が、菊川のほうを見た。発言しろと、無言で指示しているように思えた。

菊川は、思い切って挙手をした。それを見て、牧野理事官が言った。

「何だ?」

菊川は立ち上がって言った。

「滝下は欠席しております。昨日は、自分が滝下に同行しておりました」

牧野理事官が言った。

「欠席って、どういうことだ？」

「都合がありまして……」

「どんな都合だ？」

「捜査上の都合です」

冷や汗が出てきた。

牧野理事官は、ちらりと烏山検事のほうを見た。烏山検事は、菊川に向かって言った。

「ならば、あなたにうかがいたい。印象はどうでした？」

「いや、印象と言われましても、自分らは向井原という人物にまだ会っていませんから」

「たしか、被害者の同僚の方から話を聞いたのでしたね？　学生時代からの付き合いのある方だったとか……」

「はい。猪狩裕久という人物です」

「猪狩裕久が、向井原のことを話すときに、どんな感じでしたか？」

「別に、特別な感じはしませんでした」

「猪狩が、生田忠幸を殺害したのは向井原だと考えているような節はなかったでしょうか？」

誘導尋問だと、菊川は感じた。ずるずると押し切られてしまいそうで、恐ろしかったし、検事のやり方にちょっと腹が立った。

「猪狩さんは、一言もそんなことは言っていませんし、そういう印象も受けませんでした」

「だが、しつこく付きまとっていると言っていたのですね？」

「金融業なのだから、取り立てをするのも仕事のうちでしょう。借金が焦げ付いたことについて、向井原さんも上司からかなり厳しく言われていたようですから……」

普段、聞き込みをした相手とか、参考人などは、会議上では呼び捨てにすることが多い。だが、このときは、わざと「さん」づけにした。自分は、彼らを疑っていないということを強調したかったのだ。

「しかし、金銭トラブルというのは、動機としては充分に考えられますよね？」

「そういう意味で言えば、宇佐見昭子さんを巡る、山上茂彦さんとの三角関係も、動機になりうるのではないでしょうか」

烏山検事は、にわかに慎重になった様子だ。しばらく菊川の顔を見つめていた。

菊川は落ち着かない気分になった。

三角関係が、殺人の動機などではないと、菊川本人は感じていた。昭子も、山上もたいしたことではないと言っていた。本心でそう言っていたかどうかは、わからないが、少なくとも菊川は彼らが嘘をついているようには見えなかった。

烏山検事が言った。

「たしかに、男女間のトラブルは、殺人の動機になり得ます」

菊川は、少しばかり良心の呵責《かしやく》を感じた。三角関係が殺人の動機だったなどとは、自分自身で考えてはいなかった。にもかかわらず、烏山検事が向井原を容疑者扱いすることに、抵抗を感じて、三角関係のことを利用したのだ。

烏山検事がさらに言った。

「よし、君たちは、さらにそっちの方面を洗ってください。任意で引っ張ることも視野に入れて……」

「わかりました」

検事に指示されたら、そうこたえるしかなかった。

百目鬼課長が、追い討ちをかけるように言った。

「昨日の滝下君の話からすると、そっちの方面は、かなり鑑が濃そうだ。気を入れてかかってくれ」

キャリアで現場を踏んだ経験があまりないので、こういう台詞《せりふ》がどこか上滑りする。だが、本人は大真面目なのだろう。

菊川はこたえた。

「了解しました」

牧野理事官が、会議の終わりを告げた。


捜査会議が終わってしばらくすると、滝下が、ふらりと姿を見せた。

近づくと、かすかに酒の臭いがする。昨夜はそんなに飲んだだろうか。酒場にはそれほど長居をしたわけではない。だが、日本酒の冷やをかなり速いペースで飲んでいたので、それが残っているのかもしれない。

「捜査会議の間、どうしていたんです？」

菊川が尋ねると、滝下は面倒臭そうにこたえた。

「寝てたよ」

「会議をすっぽかしてですか？」

「そうだよ。別にどうってことないだろう。まだ、鑑識からの報告も届いていないはずだ。朝の会議なんて、昨日の確認みたいなもんだろう？」

「滝下さん、指名されたんですよ」

「なんで俺が……？」

「向井原の件です」

「何だ、それ……」

「マチ金の社員ですよ。被害者につきまとっていたという……」

「そんなことはわかっている。その向井原がどうしたというんだ？」

「鳥山検事が、任意で引っ張って話を聞いてはどうかって……」

「鳥山が来てたのか？」

「来てましたよ。やけに熱心ですね」

「熱血検事ってやつかな……。そういうのは、やりにくくてかなわんな……」

「捜査一課長も、言ってましたよ」

「何を言ってた？」

「自分らが担当している方面は鑑が濃いから、気を入れてかかれって……」

「ふん、言われなくたって、気合いは入れるさ」

「向井原に会いに行ってみますか？」

「ああ、もちろん会いに行く」

「じゃあ、さっそく……」

「どこかで待ち合わせよう」

「どういうことです？」

「俺は、ちょっとサウナで酒を抜いてくる」

そんなことだろうと思った。もう、驚いたり慌てたりはしない。

「どこで待ち合わせます？」

「向井原が勤めているマチ金てのは、どこにあったっけな……」

菊川はすでに電話帳で調べていた。

「『シティー金融』ですね。新宿区百人町《しんじゅくくひゃくにんちょう》二丁目です」

「新大久保の駅のそばだな。じゃあ、あそこだ……」

滝下は、有名な喫茶店の名前を言った。「二時間後にそこで会おう」

「わかりました」

それまでに、向井原の所在を確認しておこうと思った。滝下は、ふらふらと歩き去った。


十一時半に、待ち合わせの喫茶店に行くと、すでに滝下が席に座っており、トマトジュースを飲んでいた。

人相の悪い集団が、公衆電話の前の席に陣取っていた。テーブルの上には、十円玉が積まれている。彼らは、ひっきりなしにピンクの公衆電話を使っていた。

「なんです、あれ……？」

菊川が尋ねると、滝下は関心なさげに言った。

「ああ、この辺の組だろう。事務所で用事済ませりゃいいものを……」

「一般市民の迷惑になりますね。注意してきましょうか」

「放っておけよ。この辺の連中は慣れてるよ」

「いいんですか？」

「かまわねえよ」

「でも、目にあまるようなら、注意してきますよ」

「おまえさん、本当に真面目だな」

「警察官なんだから、真面目で悪いことはないでしょう」

人相の悪い集団が、いっせいに菊川のほうを見た。ちょっと声が大きかったようだ。

菊川たちのことを、自分たちを監視しているマル暴か何かだと思ったかもしれない。これで少しはおとなしくなるだろう。

菊川は、滝下同様に、ひとまず彼らを無視することにした。

「向井原は、今なら会社にいますよ。電話で確認しました」

「警察だって名乗ったのか？」

「いいえ、チラシといっしょに名刺が入っていたと嘘を言いました」

「へえ……」

滝下はちょっと意外そうな顔で笑った。「案外機転がきくじゃないか」

「そうですかね。普通だと思いますよ」

滝下は笑顔のままで言う。

「頭はいいようだが、やっぱりかわいげがねえな」

「すいません」

今度は声を上げて笑った。

ヤクザたちが、驚いたように滝下のほうを見た。

一人が腰を上げると、彼らは一斉に立ち上がり、嵐のように外に出て行った。警察官がいるので、なにかとやりにくくなったのだろう。最初に席を立ったのがおそらく組長か代貸《だいがし》といった偉いさんだろう。

それを見て、滝下が言った。

「さて、俺たちも出かけようか……」

もしかしたら、さりげなくヤクザたちを監視していたのだろうか。ふと、そんなことを思った。滝下は、自堕落《じだらく》に見えるが、実は意外とまともな警察官なのではないかと、菊川は思いはじめていた。菊川の生真面目さを、揶揄《やゆ》するけれど嫌ってはいない様子だ。つまり、彼自身も本当は真面目な警察官なのかもしれない。

いや、まだまだ結論を出すのは早い。

菊川はそう思った。簡単に地を出すタイプには見えない。

いつも通り、きちんとそれぞれの分の勘定を済ませると、徒歩で『シティー金融』に向かった。マンションと事務所が混然となっている地域の雑居ビルに、『シティー金融』は入居していた。窓に、社名と電話番号が大きく切り貼りしてあった。

ビルの三階だ。

滝下は、躊躇《ちゅうちょ》なくエレベーターのボタンを押した。古い一基だけのエレベーターがおそろしく大きな音を立てながら降りてきた。かごが停止するときにも、ドアが開くときにも大きな音がする。ビルは五階建てだった。バブルの再開発の嵐を免《まぬか》れた一帯には、まだこうした古いビルがたくさん残っている。

手つかずでよかったと、菊川は思った。再開発を始めたはいいが、バブルが崩壊して放り出された地区がいくつもあった。そこは、更地のままで、あるいは、ビルが建設途中で放置されている。誰も責任が取れないのだ。今、日本は、バブル崩壊の傷跡だらけだった。

菊川は、こうしたバブル前の古い建物を見るとなんだかほっとするのだった。

『シティー金融』は、典型的な消費者金融だった。基本的に、身分証明書だけあれば、融資が可能だ。ただし、金利は高い。

バブルの頃は、消費者金融が雨後のタケノコのように生まれた。銀行がどんどん融資したから、資金が回りつづけた。だが、バブル崩壊で事態は一変する。

借金の焦げ付きが急増すると同時に、銀行の融資も減額あるいは停止となる。多くのサラ金、マチ金が倒産した。すべて銀行の身勝手のせいだと、菊川は思っていた。

もともとバブル経済自体、土地に対する野放図《のほうず》な銀行の融資が作り出したのだと思っていた。バブルもその崩壊も、すべての責任は銀行にある。なのに、弱者、貧者は常に切り捨てられ、銀行はのうのうと生き続けるのだ。

曇りガラスがついたドアを開けると、スチールの棚を兼ねたカウンターがあった。その向こう側には、制服を着た女性が並んでいる。二人が二十代、三人がおそらく四十代以上だ。

その奥には、机の島が二つあり、さらにその奥には両袖の大きな机がこちら向きで置いてあった。そこに座っているのは、おそらく役員だろう。会社の規模を考えると、社長かもしれない。従業員は、約十五名くらいだろうか。外回りをしている者もいるだろうから、全体ではもっと多いに違いない。

滝下は、一番若そうな女性に声をかけた。

「向井原さんにお会いしたいのですが……」

女性従業員は、にっこりと笑って言った。

「お約束ですか?」

おそらくマニュアル通りの受けこたえなのだろう。

滝下は、警察手帳を出した。それでも、女性従業員はまったくうろたえなかった。

「少々お待ちください」

背後にいる上司らしい男性に何か耳打ちしている。これも、マニュアルにあるのかもしれない。

その男性が出てきて言った。

「向井原がどうかしましたか?」

「ご本人と話をさせてください」

滝下が言った。「殺人事件の捜査なのです」

8

『シティー金融』にやってきたのが、午前十一時五十五分。向井原勇は、ちょうど昼食に出ようとしていた。

「昼時に申し訳ない」

滝下が向井原に言った。「なんなら、いっしょに飯を食いながらでもいいんですが……」

菊川と滝下は、会議室に案内されていた。折りたたみ式の長机を四角く並べてあり、その回りにやはり折りたたみ式のパイプ椅子《いす》が配置してある。一角に大きなテレビがあり、それにはビデオデッキがつないであった。

そこに向井原がやってきたというわけだ。

なるほど、紺色の背広を着ている。白いワイシャツに緑と青の縞《しま》のネクタイ。髪は目立たない形にカットされている。これといって特徴のない、どこにでもいそうな青年だ。事件の日に、女性が歩道で目撃したという人物の特徴と一致するように思える。

「いいえ」

向井原は、戸口に立ったまま言った。「尋問されながら、食事をする気にはなれませんから……」

「尋問なんかじゃないですよ」

滝下が言う。「知っていることを聞かせてほしいだけです」

それを尋問というんじゃないか。

菊川はそう思ったが、何も言わなかった。滝下が言いたいことはわかる。尋問というと、問い詰めるようなイメージがある。詰問《きつもん》するつもりはないと言いたかったのだ。

菊川と滝下は、戸口と反対側に並んで座っていた。滝下が、向井原に言った。

「まあ、座ってください。世間話だと思って、楽にしてください」

「はあ……」

向井原は、戸口に一番近い椅子に腰を下ろした。

妙だなと、菊川は思っていた。

滝下の態度だ。『JIプランニング』の連中に話を聞くときには、こんなにソフトムードではなかった。過剰なくらいに、向井原を安心させようとしているように感じられる。ただ単に機嫌がいいからなのだろうか。

いや、喫茶店にいるときの機嫌は、いつもと変わらなかった。何かを意図しているのかもしれない。菊川は期待を込めて、そんなことを思っていた。

「生田忠幸さんが殺害された件については、ご存じですね？」

「ええ、ニュースで知りました。驚きましたよ」

菊川は、向井原を観察していた。質問するのは滝下だ。向井原が嘘を言ったり隠し事をしているような兆候がないかどうかを観察するのが自分の役割だと思っていた。

向井原はたしかに緊張している。だからといって怪しいとは限らない。誰だって、刑事の訪問を受ければ緊張する。しかも、殺人事件で、殺されたのが知り合いとなればなおさらだ。

滝下の質問が続く。

「生田さんとはいつごろお知り合いになりましたか？」

「一昨年の十二月です」

「ずいぶん鮮明に覚えておいでですね？」

「は……？」

「いえね、こういう質問をすると、たいていの方が曖昧《あいまい》なおこたえをなさるので……」

「仕事絡みでしたから、よく覚えてますよ」

「仕事絡み……」

もちろん滝下は、知っていながら質問している。こちらが知っている事実と、向井原のこたえが一致するかどうか確認しているのだ。

「ええ、融資ですよ」

「いくらくらい……？」

「合計で、九百万円になります」

「合計で……？」

「何度かに分けて貸しましたからね。その合計が九百万円になるということです」

「元金《がんきん》だけの話ですよね」

「ええ、そうです」

「利子を加えると、負債額はどれくらいになります？」

「そうですね……」

とたんに、平凡だった向井原の表情が変わった。油断のない狡猾《こうかつ》そうな顔になった。それは、ほんの一瞬のことだったが、菊川は見逃さなかった。

「合計で、一千二、三百万円というところでしょうか」

そんなはずはない、と菊川は思った。

生田は、向井原が提示した利子が法外だと言って支払いを渋っていたはずだ。それで、借金が焦げ付いたのだ。

もちろん、利子が法外だというのは、生田の言い訳に過ぎないのかもしれないが、この業者で、この程度の利子ということはあり得ないだろう。最低でも、元本合わせて七、八割増し、もしかすると元金の倍近くになっているのではないだろうか。

滝下もそう考えているだろう。当然、その点を追及するものと思っていた。だが、意外にもあっさりとその話題を通り過ぎてしまった。

「どうやって生田さんと知り合ったのですか？」

「知り合いに紹介されました」

「その知り合いのお名前は？」

「猪狩といいます。猪狩裕久……」

「どういうお知り合いですか？」

「学生時代の知り合いです」

滝下はうなずいた。

「生田さんは、返済に困っていたようですね」

「誰からそんな話を聞いたんです？」

刑事は常に質問をする側だ。質問にこたえる必要はない。だが、滝下はこたえた。

「猪狩さんですよ」

向井原の顔に、一瞬、驚きというか怯《おび》えというか、とにかく動揺の色が浮かんだ。それから、納得したようにうなずいた。

「そうですか。猪狩に話を聞きましたか……」

「生田さんといっしょに仕事をされていましたからね。それで、どうなんです？　生田さんの返済については……」

向井原が用心深くなったのを感じた。

「たしかに滞《とどこお》ってました」

「お仕事だから、取り立てなんかもされるんでしょうね？」

「そりゃあね……。この業界もなかなか厳しくて、上司からはうるさく言われるし……」

「できるだけ生田さんと接触しなければなりませんよね？」

「そりゃあ会わなきゃ取り立てはできませんからね……」

「仕事熱心なら、毎日のように会いに行くでしょうね」

「えーと、何を訊きたいんです？」

「これも、猪狩さんから聞いた話なんですがね、利息だけでも入れないと、会社でこっぴどく叱られるので、あなたは、生田さんをつけ回していたと……」

向井原は、曖昧に首を傾けた。

「まあ、つけ回していたというのは、人聞きが悪いですが……。でも、取り立てってそんなもんですよ」

滝下はうなずいた。

「わかります。でも、どうしてなんです？」

「は……？」

「どうして、生田さんに、結局九百万もの金を貸すことになってしまったんです？　何か担保《たんぽ》があったんですか？」

「まあ、マンションの第二抵当権くらいのものですかね……」

「それは、担保として充分なものだったんですか？」

「充分とは言えませんね。でも……」

「でも、何です？」

「羽振りのいい頃の生田さんを、多少は知っていましたからね……」

金貸しとは思えない脳天気な発言に聞こえた。これもバブルの後遺症《こういしょう》ではないかと、菊川は思った。人々は、まだバブルの気分を完全にぬぐい去れずにいるのだ。

「なるほど……」

「それに、猪狩の紹介でもありましたしね……。形式的には、個人の信用貸しなんです」

金融業は、法律上のさまざまな規制を受ける。だが、個人の信用貸しという形にすれば、それらの規制をすり抜けることもできる。闇金《やみきん》がよく使う手だ。

「それは、たいへんですね」

「死んだと聞いて、真っ青になりましたよ。債務者に死なれるのは、本当にやばいんですよ。殺人事件だと聞いて二度びっくりしましたけどね……」

「これは、関係者のみなさんにうかがっていることなんで、あまりお気になさらないでいただきたいのですが、一昨日、つまり、六月十三日の夜から十四日の朝にかけて、どこで何をしてらっしゃいましたか？」

向井原の緊張が高まるのがわかった。明らかに顔色が悪くなったし、指や眼の動きがせわしくなった。これも、珍しいことではない。アリバイを訊かれているのだと、誰だってわかるだろう。つまり、刑事が犯人かどうかの確認をしているということだ。むしろ、緊張をするほうが普通だといえる。

「えーと……」

向井原がこたえた。「水曜日の夜から木曜の朝にかけてですね……。そうですね、十時頃に帰宅して、ずっと自宅にいました」

「ご家族といっしょにお住まいですか？」

「いいえ、一人住まいです。落合《おちあい》のアパートに……」

「ずっとお一人だったんですか？」

「けっこう朝が早いので、ウィークデイは早く寝てしまうんですよ。その日も十二時過ぎには寝てましたね」

「なるほど……」

「残念ながら、それを証明してくれる人はいませんよ」

「いや、もう一度言いますが、みなさんにうかがっていることなんで、お気になさらないでください」

「いや、アリバイを証明できないんだから、気になりますよ」

滝下は、向井原にほほえんで見せた。これも、他の聞き込みのときにはやらなかったことだ。

「貴重なお昼休みにお時間をいただいてありがとうございました」

滝下は言った。「ご協力を感謝します」

「もういいんですか？」

向井原が言った。

「ええ。場合によっては、またお話をうかがいに来るかもしれませんが……」

向井原は、菊川の顔を見た。

菊川は、どんな表情をしていいかわからず、とりあえず会釈をした。

向井原も、ぺこりと頭を下げた。一瞬、妙な間があった。その後、向井原が会議室を出て行った。

滝下はしばらく無言で何事か考えている様子だった。菊川は、滝下の発言を待つことにした。向井原に対するソフトムードには、何か理由があるはずだと思っていた。それを説明してくれるかもしれない。

やがて、滝下が言った。

「さて、昼飯は何にしようか」

肩すかしを食らったような気がした。

「あの……」

「何だ？」

「向井原に、どんな印象を持ちました？」

「印象？　何も……」

「滝下さんの質問の仕方が、いつになく、なんというか……、丁寧だったので……」

滝下が片方の眉《まゆ》を吊り上げて、菊川を見た。

「相手はマチ金の社員だよ。丁寧に接していれば、困ったときに金を貸してくれるかもしれないじゃないか」

これが本音がどうかわからない。

いつしか、菊川はそう解釈するようになっていた。

もし何か考えがあったとしても、簡単に話してくれるような人じゃない。いずれは、わかるだろう。菊川はそう思うことにした。

「さて、新大久保といえば韓国料理かな……」

たしかに、このあたりには本格的な韓国料理の店が多い。滝下は、大久保通りを明治通りの方向に進んで、洋菓子屋の角を右に折れた。

細い路地を進んでいく。このまま行くと、ホテル街に行ってしまう。菊川がそんなことを思いはじめたころ、滝下が言った。

「お、ここだここだ」

看板に韓国家庭料理と書かれている。安っぽいテーブルと椅子がちょっと乱雑に置かれていた。

席に着くと、注文もしないのに、漬け物類が目の前に並びはじめた。菊川はちょっと驚いた。

「これは、韓国の習慣だ」

滝下が言った。「こうしてゴマの葉の漬け物とか、何種類かのキムチを出してくれる。注文はそれからだ」

滝下は骨付きカルビと白飯、それに豆腐の鍋を注文した。

「この蒸し暑いのに、鍋ですか？」

「辛い鍋を食べて汗をかくと、その後、涼しくなるんだよ」

炭火は七輪でやってきた。網の上で、骨付きの肉を焼く。日本式の焼肉のようにつけダレはない。肉に味がしっかりついているのだ。

愛想《あいそ》のいい店員がそれをはさみでじょきじょきと切っていく。料理にはさみを使うというのが、菊川の感覚からすると、ちょっと馴染めない感じがする。

だが、味は抜群だった。ニンニクをはじめとする香味野菜の香りが引き立っている。甘辛いタレがしっかり絡んでいて、飯が進みそうだ。

真っ赤な豆腐の鍋も、見た目よりも辛くはない。こくがあって、刺激よりも深みを感じる味だ。それに、何種類もの漬け物が箸休《はしやす》めになる。なるほど、滝下といれば、たしかに食事は充実する。しかも、安くてうまいものにありつけるのだ。

昼食が終わると、お茶の時間だ。滝下は、決してそれを省略しない。最初は、時間を無駄にしていると思っていた。

だが、たった二日間いっしょにいただけで、菊川にはわかってきた。これが、滝下のやり方なのだ。闇雲に前進するのではない。少し進んでは考える。そしてまた少し前進する。

休んでいる間に、彼は考えるのだ。滝下は決して思慮《しりょぶか》深いタイプには見えない。おそらく、三枝などのほうがずっと思慮深く見える。まったく違うタイプだが、実は滝下も頭を使う刑事なのかもしれないと思いはじめていた。

ゆっくり食後のコーヒーを味わうと、突然、滝下が言った。

「さて、『シティー金融』に戻ろうか」

「え……？」

「もう一度、向井原に話を聞くんだよ」

「どうして……」

「あいつは、自分が疑われていることを知っている。容疑者かどうかはまだわからない。だが、生田が殺されたことを知って、事前にいろいろと考えたに違いない」

「なるほど……」

菊川は言った。「刑事コロンボのやり方ですね？」

「何だ、それ……」

「知りませんか、刑事コロンボ……」

「知らねえな」

滝下は、伝票を持って立ち上がった。もっとも彼がレジに伝票を持って行っても、きっちり自分の分しか払わない。その点は、しっかりしている。

菊川は、ほほえんでいた。おそらく滝下は、刑事コロンボのことを知っている。そのやり方を真似たに違いない。だが、あくまで自分自身のオリジナルだと思いたいのだろう。

再び訪ねていくと、向井原は、明らかに緊張の度合いを高めた。

まさに不意を衝《つ》かれたという感じだった。

驚いた表情のまま、席を立って菊川たちに近づいてきた。

「何か忘れ物ですか？」

滝下がこたえた。

「ええ、ちょっと……」

「会議室ですか？」

「そうですね……」

　向井原が会議室に向かった。滝下は、そのあとに続いた。菊川もそれに従うことにした。向井原が会議室に入ると、滝下も入った。

「忘れ物というか、ちょっと聞き忘れたことがあって……」

　向井原は、不安げに振り向いた。明らかに先ほどとは態度が違うような気がする。

　滝下が言うとおり、彼はあらかじめ心の準備をしていた。刑事たちが帰ったことでほっとしていたに違いない。滝下はその心の隙《すき》を衝いたのだ。

「聞き忘れたこと……」

　三人は立ち話をしていた。それでも、滝下は気にしない様子だった。長居はしないつもりなのだろう。

「ええ、どうも、納得がいかないことがありましてね……」

「何でしょう？」

「消費者金融って、例えば私なんかが借りに行ったら、上限は五十万円くらいなものでしょう？　どうして、生田さんには九百万円も貸すことができたんです？」

　向井原は、薄笑いを浮かべようとした。だが、あまりうまくいかなかった。

「まあ、さっきも言ったように猪狩の紹介でもありましたし、まず、過去に稼いだ実績がありましたからね……」

「過去は過去でしょう。金融業の方がそんな曖昧な理由で金を貸すとは思えませんね」

「マンションの第二抵当権もありましたし……」

「それだって、充分な担保じゃないとおっしゃっていたじゃないですか」

向井原には予想外の質問だったのかもしれない。彼は、しどろもどろになってきた。

「私個人が貸したという形でしたから……」

「それは形式的なもので、貸したのは会社のお金なんでしょう？」

「それはそうですが……」

「もしかして……」

滝下は、そこでちょっと間を取った。「何か弱みを握られていたとか……」

向井原は、慌てた様子を見せた。

「弱みなんて握られてないですよ」

「九百万円を個人の権限で貸す……。あなたに、そんな裁量権があるんですか？」

「貸そうと思えば貸せます。生田さんは、まだきれいでしたからね……」

「ブラックリストのことですか？」

「ええ……」

金融業の人々は、いつでも対象者について、過去に焦げ付きなどのトラブルがなかったか、現在、どれくらいの債務を抱えているかなどの情報を入手することができる。

意外なことに、生田は、過去に金銭関係のトラブルを起こしたことも、多額の負債もなかったということだ。

「それにしても、九百万は……」

「過去に、実績があるんです」

「それは先ほどうかがいました。過去に稼いでいた実績でしょう？」

「生田さんのことじゃなくて、猪狩のことです。猪狩に、ある融資先を紹介してもらい、五百万貸して、一年でほぼ倍にしたことがあったんです」

「つまり、生田さんを、というより猪狩さんを信用したと……」

「まあ、早く言えばそういうことですね。だから、マンションの第二抵当権でなんとかしようと思いました」

菊川は、ちらりと滝下の様子を見た。何度かゆっくりとうなずいている。すでにその話題には関心がないことがわかる。

滝下は次の質問に移った。

「一昨日は、どんな服装で出勤なさいましたか？」

「は……？」

急に話題が変わったので、向井原は目を瞬いた。

「服装です」

「えーと、スーツですよ」

「どんな色の……？」

「そんなに何着も持ってませんよ。今着ているこのスーツです。僕らにとってスーツは制服みたいなもんですからね」

「紺色のスーツですね」

「ええ、ご覧のとおりです」

「出勤してから帰宅なさるまで、ずっとそのスーツを着てらしたのですね？」

「そうです」

「帰宅されたのは、十時頃とおっしゃいましたね？」

「はい」

「でも、それを証明できる方はいらっしゃらない……」

「そうですね……」

先ほどもアリバイの話は出た。だが、今回は、ちょっと違っていた。向井原は、先ほどよりもずっと緊張していた。

滝下は言った。

「お手間を取らせて申し訳ありませんでした」

先ほどとは逆で、菊川たちのほうが向井原よりも出入り口に近い位置にいたので、滝下が先に部屋を出た。

それを、向井原が呼び止めた。

「俺……、アリバイはないけど、生田さんを殺してなんかいませんよ」

滝下は、にっと笑ってみせた。

「俺はそんなことは考えていませんよ」

滝下は、向井原に背を向けて歩きだした。そのとき、滝下が小さくつぶやいたのを、菊川は聞いてしまった。

「俺は、ね……」

9

「俺はちょっと寄っていくぞ」

『シティー金融』を後にすると、滝下が言った。

「寄る？　どこに？」

菊川は、思わず尋ねていた。ちょっと期待していた。別のところに聞き込みに行くのかと思ったのだ。

「ちょっと、小遣いを稼ぎにな……」

「パチンコですか？」

「おまえも付き合うか？」

冗談じゃない。

「自分は、本部に戻りますよ」

滝下は目を丸くした。

「今から戻ったって、やることないじゃないか」

「報告書を書くとか、やることはいくらでもありますよ。本部に戻れば、新しい指示が出ているかもしれません」

「まったくあんたは、真面目だよ……。じゃあ、先に帰っていてくれ」

「そうします」

新大久保駅前で、滝下と別れて、菊川は板橋署の捜査本部に戻った。まだ、捜査員の大半が出かけていて、本部内はがらんとしている。

電話の前に陣取っている連絡係と、情報を集約する管理官たちだけが、忙しそうに働いている。だが、本当に忙しいのだろうかと、菊川は思った。有力な情報が新たにもたらされたわけでもない。

連絡係は電話を受け、メモを作ると、それを管理官に渡す。管理官は、そのメモを見て、他の管理官と何やら話し合う。

ときおり、声を張り上げて連絡係や捜査員に何事か指示を与える。

だが、それが本当に必要な作業かどうかはわからない。菊川は、彼らの動きから眼をそらして、考えないことにした。

報告書の用紙を取り出して、向井原から聞き出したことを記録しようとした。ボールペンで、まず下書きをする。下書きを書き上げた後に、削ったり書き足したりを繰り返し、その後に清書をするので、けっこう時間がかかる。

夕方から捜査本部内がちょっと賑《にぎ》やかになってきた。聞き込みに出ていた捜査員たちがそろそろ戻ってくる。上がりは、午後八時ということになっているので、ぎりぎりまで帰らない捜査員たちもいる。夕方に戻ってくるのは、半分くらいか……。

午後六時半頃になると、内勤の者を中心に、店屋物を取ろうかという話になる。早めに戻っていた捜査員も、それに参加する。今日は、菊川も店屋物を頼むことにした。

中華のグループとそば屋のグループに分かれる。菊川は、チャーハンと餃子《ギョーザ》のセットを頼むことにした。

夕食が届くまでまた報告書に集中した。店屋物が届くと、本部内に独特のにおいが漂う。いろいろな食べ物のにおいが混じっているので、決していいにおいとは言えない。

だが、気分が安らぐ。小学校のときの、給食室のにおいに似ている。

チャーハンを頬張りながら、捜査本部内を見回した。滝下の姿はない。まだ戻って来ていないようだ。

新大久保で別れたのが、午後二時過ぎだった。すでに午後七時半になろうとしている。ずっとパチンコをやっているのだろうか。このままだと、夜の捜査会議にも出席するかどうかわからない。また俺が報告することになるのだろうか。菊川はそんなことを思っていた。

だが、それは杞憂《きゆう》に過ぎず、滝下は八時ちょうどに戻ってきた。

夜の捜査会議のための集合がかかると、滝下は、菊川の隣に腰を下ろした。菊川は尋ねた。

「ずっとパチンコをやっていたんですか？」

「いや、今日はツキがなくてな……。すぐに切り上げた」

「じゃあ、今までどこにいたんです？」

「向井原の話の裏を取ってたよ」

滝下は当然のことのように言う。

「話の裏ですって？」

「向井原の上司に会って話を聞いた。本当にあいつが、生田に九百万円もの金を個人貸しという形で貸していたのか、とか……」

菊川は、何か重いもので後頭部を殴られたような気がした。まさか、滝下が聞き込みをしているとは思ってもいなかった。何だかだまし討ちにあったようだ。

あっけにとられていると、滝下がさらに言った。

「向井原のアパートにも行ってみたよ。本人はアリバイがないと言っていたが、近所の人とかが、何か見聞きしているかもしれないと思ってな……」

菊川はますます落ち込んだ。怨《うら》み言の一つも言いたくなる。

「どうして、自分を連れて行ってくれなかったんですか……」

「パチンコ、もっと出るかと思ってたんだよ。時間があまってやることもないし、じゃあちょっと話でも聞いてくるかと思ってな……」

滝下の言うことは、百パーセント真に受けるわけにはいかない。だが、どう考えても菊川を先に帰して、一人で聞き込みに行かねばならない理由など思いつかなかった。

滝下といると、つい疑心暗鬼になってしまう。本人が言うとおり、別に深い考えなどないのかもしれない。だが、どうしても勘ぐってしまうのだ。

彼は決して無能ではない。おそらく、優秀な捜査員だ。それを敢《あ》えて自分自身で否定しているようなところがある。それが、菊川にとっては不思議だった。

いつもと同様に、牧野理事官が司会をつとめ、会議が始まった。これもいつものことだが、刑事部長席に鳥山検事が座っていた。

まず、鑑識からの詳しい報告があった。遺体の発見場所が公園とあって、指紋の検出は難しかった。遺体の周辺から遺留物が発見されていた。毛髪、衣類の繊維《せんい》、汗などの体液が見つかっている。

鑑識の仕事は、年々その精度を増してきている。かつては、金属のパウダーを使って指紋を検出し、石膏《せっこう》で靴の跡を取るのが主な仕事だった。

遺留品に関しては、眼に見える大きなものだけが対象だった。今は、違う。掃除機で現場周辺のあらゆるものを吸い込み、顕微鏡で検査をする。

被害者の衣類にしたたった汗などから、血液型もわかるようになった。

遺体の周辺で見つかった汗などの体液は、A型の可能性が高いということだった。もしかしたら、O型の可能性もあるが、おそらくはA型だろうということだ。

その報告を聞いて、鳥山検事が即座に質問した。

「血液検査の結果が、どうしてそんなに曖昧なのですか？」

牧野理事官は、今し方報告をした鑑識係員に言った。

「検事の質問にこたえてくれ」

「はい」

鑑識係員は、落ち着いて説明を始めた。「体液のサンプルが新しく、また量も充分ならば、もっと正確な結果が望めます。しかし、現場で検出できた汗はそれほど量が多くなく、しかも、芝生に染み込んでいたものでした。ＡＢＯ血液型というのは、抗原抗体反応によって区別されます。つまり、Ａの抗原を持っているものはA型、Ｂの抗原を持っているものはB型です。その双方を持っているのが、ＡB型で、A抗原、B抗原がないのがO型とされています。A抗原は、B型の血液に対して抗体を作ります。B抗原はその反対です。したがって、相互間の輸血はできません。O型は、Ａ型、B型双方に対して抗体を作ります。ですから、どの血液型からも血液を受け容れることはできません。逆に、ＡB型は、A型に対してもB型に対しても抗体を作らないので、理論的にはあらゆる血液型から輸血を受けることができると、かつては言われていました」

鳥山検事が、ちょっと苛立ったような様子で言った。

「なぜAもしくは、Oなどという曖昧な結論が出たのですか？　その理由だけ簡潔に説明してください」

周囲の捜査員は、はらはらした様子だったが、それでも鑑識係員は平然としていた。専門家という自負があるのだろうと、菊川は思った。

「今説明申し上げたように、ABO血液型は、抗原抗体反応によって分類されます。具体的には、抗体反応による凝集《ぎょうしゅう》や溶血《ようけつ》を見るわけです。A型に対して凝集が起きれば、それはB型の血液型ということになります。また、B型に対して凝集が起きれば、それはA型です。両方の血液型に対して凝集が起きれば、それはO型で、どちらにも反応しないのがAB型です。今回の場合、サンプルが微量でしかも充分な濃さがなかったため、凝集の検査結果がどの程度正確かは、多少の疑問の余地があります。つまり、明らかに、B抗原に対する抗体反応が見られたので、A型と判断することもできるのですが、A抗原・B抗原双方に対して抗体を作るO型である可能性も否定しきれないというわけです」

「ばかな」

検事は言った。「血液型すらわからなくて、何のための鑑識ですか」

「現場に落ちていた包丁の血液型は明らかですよ。こちらは疑いようがない。サンプルが充分ですからね。鑑識だ科学捜査だと言っても、サンプルがまともでなければ正しい結果は得られません」

　烏山検事は、手もとのノートに何かを長々とメモしていた。牧野理事官が尋ねた。

「会議を進めていいですか？」

　烏山検事は、ノートを見たまま言った。

「司法解剖のほうはどうなんです？」

「昨日の今日ですからね。まだ報告は来ていません」

　烏山検事は、顔を上げて牧野理事官のほうを見た。

「対応が甘いんじゃないですか？」

「は……？」

「我々は殺人の捜査をしている。司法解剖はすみやかに行われるべきです。遺体を遺族にお返しするのも一刻も早いほうがいい。そうじゃないですか？」

　牧野理事官は、上原管理官を呼んで何事か耳打ちした。上原が、やはりひそひそと何か言った。

　牧野理事官が、烏山検事に言った。

「すでに、司法解剖は終わっているそうです」

「じゃあ、のんびり報告を待っていないで、捜査員を大学に行かせて話を聞いてきたらどうです？」

牧野理事官は、上原管理官と顔を見合わせていた。この時刻に大学に行っても誰もいないはずだ。

そのやり取りをじっと見ていた百目鬼課長が言った。

「明日の朝一番で、捜査員を派遣しましょう。たしかに、おっしゃるとおり、向こうからの報告を待っていたのでは、いつになるかわからない」

烏山検事は、ちらりと百目鬼課長のほうを見た。それから、当然の対応だというふうに、うなずいた。

牧野理事官がようやく会議を進められて、ほっとした様子だった。

「さて、今朝話題になったマチ金の社員の件だが……」

滝下がすかさず手を挙げた。牧野理事官が指名すると、立ち上がって報告を始めた。

「昼過ぎに本人に会って話を聞いて来ました。あらためて確認しておくと、氏名は向井原勇、年齢三十四歳。新宿区百人町二丁目の『シティー金融』に勤務しており、落合のアパートに一人暮らしです」

捜査員たちは、メモを取った。

滝下の報告は、淀《よど》みがない。簡潔で、しかも必要な内容はすべて含まれている。いかにも警察官らしい報告だ。

「被害者である生田忠幸と向井原勇は、金銭面でのトラブルを抱えていたという話を、被害者の友人で、『ＪＩプランニング』の共同経営者であった猪狩裕久から聞いておりましたが、その事実の確認を取ってまいりました。向井原勇は、生田忠幸に九百万円を個人貸しという形で貸し付けておりました」

捜査員たちの中から、吐息ともうめき声ともつかないものが洩れた。九百万円の借金と聞いて、驚いたのだろう。

それがまっとうな神経だと、菊川は思った。

バブルに踊らされた人々は、金銭感覚が麻痺していたのだ。もしかしたら、生田も向井原も、いまだにまともな金銭感覚に戻れていないのではないだろうか。そんな気がしていた。

滝下の説明が続いた。

「生田忠幸は、利率の高さを理由に返済を渋っていたようです。実は、利率が云々というのは、言い訳であって、返済する能力がすでになかったという見方もあります。それについては、先ほど名前を出した猪狩裕久も指摘しておりました」

滝下はメモも見ずに報告している。たいしたものだと、菊川は思った。

「向井原勇は、生田忠幸に厳しく返済を迫っていたようです。いわゆる取り立てですね。あの業界ではキリトリなどともいいますが……。昨夜の会議で、向井原勇は生田忠幸にしつこくつきまとっていたという話を報告しましたが、本人もそれを認めました」

「つきまとっていた……」

烏山検事が確認するような口調で言った。「それは比喩的な意味ではなく、事実なのですね？」

「かなり追い回していたようですね。そして、向井原には、事件当夜のアリバイがありません」

室内は静まりかえった。次の瞬間、ひそひそと囁き合う声があちらこちらで聞こえた。

牧野理事官が言った。

「私語は慎《つつし》むように」

烏山検事は、わずかに身を乗り出したように見えた。

「アリバイがないというのは確かなのですか？」

「本人は、事件当夜は自宅にいたと言っています。誰もそれを証明できないと、本人も言っています。アパートの近隣の人々に聞いて回ったのですが、やはり事件当夜、つまり正確に言うと、一昨日の夜から昨日の未明にかけて、彼が自宅にいたかどうかを証言してくれる人はいませんでした」

菊川は、またしても気分が落ち込んできた。こうして、会議で報告を聞いていると、滝下は、黙々と働いているような印象を受ける。自分は、さっさと捜査本部に引きあげてきて、報告書を書いていたのだ。どちらが仕事熱心に見えるかは、明らかだった。


鳥山検事は言った。

「それは重要な事実だと思います」

滝下はさらに言った。

「向井原勇に、事件当日の服装を尋ねたところ、紺色の背広を着用していたそうです」

鳥山検事が言った。

「現場から、黒っぽい背広、あるいは紺色の背広を着た人物が走り去るところを見たという目撃情報がありますね。そして、我々が実験したところ、紺色の背広は、人によっては黒っぽく見えるということがわかっています」

話が作られている。

菊川はそう感じていた。

滝下が、向井原について話したことは嘘ではない。そして、鳥山検事が指摘した事実も間違いではない。しかし、その両者を合わせると、なんだか事実とは違った方向に話が進みそうな気がした。今朝の会議でも感じたことだ。

鳥山検事の主張は、一貫している。だが、強引過ぎるという印象がある。誰かを一刻も早く容疑者に仕立てようとしているような気がする。そして、滝下はその考えを助長するような報告をした。菊川にはそう感じられた。

滝下は、向井原の容疑が濃いと考えているのだろうか。質問するとき、いつになくソフトムードだったが、それは、嫌疑《けんぎ》をかけていることを相手に悟らせないためだったのだろうか。

鳥山検事が、百目鬼課長に言った。

「向井原勇の容疑はすでにかなり固まったと見ていいんじゃないでしょうか。今朝も言いましたが、引っ張って話を聞いたらどうでしょう？」

「意外ですね」

百目鬼課長が言った。

「何がです？」

「通常、容疑者の任意同行などは慎重にやるようにと、検事さんから指示を受けることが多いもので……」

「時と場合によると思います。攻めるべき時は攻めなければならない。機を逃すと捜査が暗礁《あんしょう》に乗り上げることもあります」

「でも、まだ逮捕状を取るほどの証拠はありませんよ」

「参考人として話を聞くのはどうです？」

「任意同行ですか？　かえって警戒されるかもしれません」

「証拠を見つければいいんです。向井原勇の血液型は何ですか？」

菊川は、はっとした。血液型を尋ねた記憶はなかった。

滝下がこたえた。

「O型です」

菊川は思わず滝下の顔を見ていた。滝下は菊川のほうを見なかった。

いつの間にそんなことを調べたのだろう。おそらく、パチンコを早々と切り上げ、また『シティー金融』を訪ねたときに、誰かに訊いたのだろう。本人がいなくても血液型の確認はできる。話を聞いたという上司が知っていたのかもしれない。

烏山検事が百目鬼課長に言った。

「鑑識の報告では、遺体のそばに落ちていた汗は、A型かO型だったという話だな。それは証拠として使えるんじゃないのか？」

先ほど報告をした鑑識係員が慌てた様子で発言した。

「可能性はA型のほうがはるかに高いのです。念のために、O型の可能性もあると申し上げただけで……」

烏山検事は、強い口調で言った。

「だが、O型の可能性もあるのでしょう？　君は先ほど、サンプルの量と質が充分でないので、はっきりしたことは言えないと報告しました」

「たしかにそう言いましたが……」

「ならば、A型の可能性もあるし、O型の可能性もあるということです」

「A型の可能性のほうが高いのです」

鑑識係員は譲ろうとしなかった。だが、烏山検事も負けてはいない。

「A型とO型、どちらの可能性もある。あなたの報告はそういう内容でした」

鑑識係員は、これ以上の議論は無駄と考えた様子だ。言い負かされたのだ。

強引だな……。菊川はそう感じていた。そして、烏山検事を強気にさせたのは、明らかに滝下の報告だった。

烏山検事が続けて言った。

「ならば、血液型がO型である向井原が現場にいた可能性もあるということです。黒っぽい背広を着た男が現場から走り去ったという目撃情報を考え合わせれば、彼は充分に容疑者となり得る。金銭トラブルという動機もあります。裁判所に掛け合えば、逮捕状が取れるかもしれません」

百目鬼課長はしばらく考えてから言った。

「いや、まだ充分とは言えないでしょう。金銭トラブルが動機と言われましたが、債務者に死なれたら、取り立てもできなくなるのです。金融業にたずさわる者が、そんなことをするとは思えません」

「保険金の線はどうです？」

鳥山検事が、滝下のほうを見て言った。滝下がこたえた。

「その点については調べておりません」

さすがに、保険金までは調べていなかったか。

そのやり取りを聞いて、百目鬼課長が驚いたように言った。

「生命保険には、殺人による免責があります。保険に入っていた人物が、受け取り人や契約者によって故意に殺された場合、保険金は支払われません」

鳥山検事は、急にばつの悪そうな顔になった。検事なのだから、当然そういうことは知っていたはずだ。おそらく、興奮してつい保険金などと口走ってしまったのだろう。

検事は言った。

「わかっています。いちおう確認してみただけです。たしかに、金融業者が債務者を殺害する理由はない。だが、すべての殺人が、理詰めで行われるわけではありません。むしろ、衝動的な殺人のほうが多いのです。生田と向井原の場合も、取り立ての交渉がこじれ、争いになってその結果、殺害したのかもしれません」

「金融業者が、包丁を持って取り立てに行ったのですか？」

「何ですって？」

「凶器は、現場に落ちていた包丁にほぼ間違いない。もし、向井原が犯人だとしたら、彼は包丁を持って借金の取り立てに行ったことになる。マチ金の社員がそんなことをするでしょうか」

「包丁は、被害者が持っていたのかもしれない。揉み合いになって殺害してしまったのかもしれない」

「それだと、向井原の殺意は否定されますね」

烏山検事は、いかにもインテリらしい百目鬼課長の顔をじっと見た。

「たしかに、そういうことになる……。犯人が凶器を準備したのでなければ……」

「しかも、借金の取り立てで、自宅から遠く離れた現場までやってくるでしょうか。付きまとっていたといっても、限度があるように思えますが……」

そうだ。まだ明らかになっていない点がいくつもある。

被害者は、どうしてあんな場所で死んでいたのだろう。深夜から明け方にかけて、自宅から遠く離れたあんな場所に、何の用があったのだろう。

菊川は、それが気になった。

「こういうことだって考えられます」

　烏山検事は言った。「生田忠幸は、なかなか借金の返済に応じようとしなかった。業《ごう》を煮やした向井原が、脅《おど》す目的で包丁を用意したのです。そして、揉み合いになって殺害してしまった……」

「それでも微妙ですね。脅しが目的だったら、殺意はなかったということになります」

　烏山検事は、かぶりを振った。

「刃物を用意した男が、実際に人を殺害したのです。殺意を証明するのは、それほど難しいことではありません」

　菊川は、この発言にも違和感を覚えた。

　烏山検事は、本来殺意がなかったかもしれない容疑者の殺意を証明すると言っているのだ。法律家のテクニックを駆使するのだろう。

　あくまでも真実を追究すべきだ。そのためには、一つ一つ事実を明らかにしていかなければならない。

　菊川は、疑問に思っていることを発言しようかどうか迷っていた。

　生田がどうしてあんな時刻にあんな場所で死んでいたのか……。

　真夜中から明け方にかけて、自宅から遠く離れた場所に来ていた。それには、必ず何か理由があるはずだ。その理由が、殺害されたことと関係があるかもしれない。

捜査会議で一度話題になりかけたことがある。だが、今のところ、本格的に議論されていないし、まだそのことについての、捜査員たちの報告はなかった。

百目鬼課長が、烏山検事に言った。

「いずれにしろ、まだ引っ張るには早過ぎるでしょう」

「では、泳がせて様子を見るということですね？　捜査員を張り付かせてください」

百目鬼課長は、ちらりと牧野理事官のほうを見た。牧野理事官は、かすかにうなずいた。それを受けて百目鬼課長は言った。

「わかりました。そうしましょう」

菊川は、発言しようかどうか、まだ迷っていた。会議は終わろうとしている。このままだと、烏山検事の思惑のままに捜査本部の方針が引きずられていくような気がしていた。

「では、これで会議を終わる。解散」

牧野理事官が言った。

結局、菊川は発言できなかった。捜査会議は基本的には、会議というより連絡会だ。捜査員が情報を上げ、幹部が指示を出す。決して議論を戦わせる場ではないのだ。

だから、特に菊川のような下っ端は、なかなか発言の機会はない。無理に発言すると、出しゃばるなと言われそうな気がする。だが、勇気を持って発言すべきだったかもしれない。菊川は、ちょっとばかり自己嫌悪に陥っていた。

俺は、何を恐れているのだ。恐れる必要など何もないはずだ。

隣で、滝下が伸びをしてから立ち上がった。菊川は滝下に言った。

「ちょっと、聞きたいことがあるんですが、いいですか？」

「何だ？」

「ここではちょっと……」

「何だよ、妙なやつだな……。じゃあ、一杯やりに行くか。俺は、夕飯がまだなんだ」

滝下が食事をおろそかにするというのが信じられなかった。聞き込みにそれだけ時間を取られたということだろうか。

昨夜と同じ居酒屋に行った。滝下は、カウンターではなく、奥のテーブル席に座った。他人に話を聞かれにくい場所を選んでくれたのだ。

滝下は冷や酒を注文し、菊川は生ビールを頼んだ。

冷《ひ》や奴《やっこ》、ぶりのあら煮、茄子《なす》の一本漬けを注文すると、滝下は、菊川に言った。

「話というのは何だ？」

「今日の会議の報告です」

「何か文句でもあるのか？」

「滝下さんは、向井原を容疑者だと思っているんですか？」

滝下は、平然とこたえた。

「思ってねえよ」

「でも、今日の報告を聞くと、向井原を容疑者にしたがっているように聞こえました」

二人は小声で話をしていたが、滝下はいっそう声を落とした。

「向井原を容疑者にしたいと思っているのは、俺じゃない。烏山検事だ」

菊川は、眉をひそめた。滝下の意図をつかみかねていた。

「検事が望んでいるから、そのように報告したというのですか？」

「そうだよ」

滝下は冷や酒を喉《のど》に流し込む。菊川は、ビールを飲むことも忘れかけていた。

「検事が望むとおりに、容疑者を作ったというのですか？」

滝下は顔をしかめた。

「興奮するなよ。手間は省《はぶ》いたほうがいい」

「手間……？」

「捜査本部なんて、検察が公判を維持するための材料集めに過ぎないんだ。検察の方針に逆らうことなんてできない。誰がどんな証拠を持って来ようと、結局は検察の思い通りの容疑者を裁判にかけることになる」

「まず、検察の方針ありき、なんておかしいですよ。捜査員が集めてきた情報をもとに、容疑者を割り出すべきです」

「刑事裁判の有罪率の話、したよな」

「え……？」

「九十九・九パーセントだよ。裁判まで持って行かれたら、ほとんど有罪にされちまうってことだ。本当に犯人かどうかなんて関係ない。検察が犯人だと思ったら、犯人にされちまうんだよ。なにせ、裁判官っていうのは、無罪にするやり方を教わっていないんだそうだ。裁判官も有罪にすることしか考えていないんだ。俺たち警察官は、それに逆らえない」

「そんなばかな……。現場から情報を集めてくるのは、自分たちです」

「だからさ、俺たちは将棋の駒でしかないんだよ」

「だからって、疑わしくない人を容疑者にしていいということにはならないでしょう」

「それが、俺たちの仕事なんだから、仕方がないだろう」

「自分らの仕事は、本当の犯人を挙げることですよ」

滝下は、ふんと鼻で笑った。

「あんた、本当に真面目だな。言ったよな。いつか傷つくことになるって……」

「別にかまいませんよ。傷つくくらい」

滝下は、また冷笑を浮かべて、冷や酒を飲み干した。注文した料理が並んでおり、滝下は、それをうまそうに平らげていく。

「昔さ、検事と捜査本部の方針が対立したことがあった。滅多にあることじゃないが、そういうことがないわけじゃない」

箸を動かしながら言う。何を言いたいのだろう。菊川は黙って聞くことにした。

「俺もまだ若くてさ、検事の言うことなんて、屁《へ》でもないと思ってたよ。何人かの捜査員が検事が立てた容疑者とは別のやつを容疑者として追及した。俺もそっちに乗ったわけだ」

「それで、どうなったんです？」

「起訴するのは検事だよ。どんなに怪しいやつが別にいたとしても、検事が被疑者だと決めたやつが被疑者なんだよ。俺たちは負けたんだよ」

「起訴された被疑者はどうなったんです？」

「当然有罪だよ」

「でも、滝下さんたちは、別の人物が犯人だと思っていたんでしょう?」

「今でもそう思っているよ」

「冤罪《えんざい》だったと……」

「有罪判決を受けて、当然控訴《こうそ》した。だが、判決は覆《くつがえ》らなかった。いいか、冤罪なんて珍しいことじゃない。微罪も含めて言うなら、この世は冤罪だらけだよ」

「そんなことを言ってしまっては、身も蓋《ふた》もないですよ」

「事実だからな。法律家は、現場を知らない。検事は採用しやすく、自分に有利な証拠しか採用しない。勝負の場が公判に移ってしまえば、刑事にできることはない」

「その冤罪は、問題にはならなかったのですか?」

「なるものか。刑が確定したんだ。実際は冤罪でも形式上はそうじゃない。無実の犯罪者が一人誕生しただけのことだ」

「そんなばかな……。だからって、検事におもねる必要はないと思います」

「おもねっちゃいない。言ってるだろう。余計な手間を省いているだけだって」

「必要なら検事と対立したっていいじゃないですか。説得すればいいんです」

「今の話には後日談がある」

「後日談?」

「検事に逆らって別の容疑者を立てようとした刑事たちが処分された。あからさまな処分ではなかったが、飛ばされたんだよ」

菊川は驚いて滝下の顔を見つめた。

「滝下さんも、ですか？」

「俺はまだぺーぺーだったからなんとか助かった。そのときに俺は、警察官の生き方を学んだんだ」

それは、学んだとは言わない。

そう思ったが、口には出さないことにした。

「俺は、昼間のことで文句を言われるのかと思ったよ」

滝下が言った。知らないうちにうつむいていたことに気づいて、菊川は顔を上げた。

「昼間のこと？」

「俺が一人で裏取りに行ったことさ。別にあんたを追い返したかったわけじゃないんだ。本当にパチンコが出なくてな……。時間があまっちまったんだよ」

「そのことは、もういいです」

滝下がうなずいて、冷や酒のお代わりを注文した。

菊川はすっかり泡の消えたビールを口に含んだ。妙に苦く感じた。

滝下は、検事の意向に沿って捜査をしていればいいと言う。それは、本心だろうか。ある種の開き直りなのではないだろうか。

菊川はまだ刑事としての経験は浅い。もしかしたら、これから滝下のような経験をするのかもしれない。

そのとき、自分はどうすべきなのか考えた。

今回の事案がそうならないとは限らない。おおいにその可能性はある。滝下とも対立することになるのだろうか。それとも、諦めて長いものに巻かれてしまうのだろうか。

今はまだわからなかった。

10

捜査本部に戻る途中、廊下で三枝に会った。いつも組ませてもらっている三枝が、今回の事案についてどう考えているのか聞いてみたかった。

それを察したのか、滝下があくびをかみ殺しながら言った。

「俺、今日はちょっと働き過ぎたから、もう寝るわ」

「まだ十時ですよ」

「たまには早く寝るのもいいだろう。どうせ、山場に来たら、寝られなくなるんだからな」

滝下は、蒲団《ふとん》が敷いてある柔道場のほうに向かった。

三枝が言った。

「どうだ。うまくやっているのか？」

「滝下さんとですか？　今のところ、問題はありませんよ」

「そうか。ならいいんだ」

三枝は、菊川の脇をすり抜けるようにして歩き去ろうとした。

「あの……」

声をかけると、立ち止まって振り返った。

「何だ？」

「今回の事案について、ちょっと意見をうかがいたいのですが……」

三枝はしばらく考えていた。

「用足しに行ってくる。本部で待っていてくれ」

捜査本部に戻り、なるべく人から離れた席で三枝を待っていた。捜査会議後は、捜査員の数も激減し、内密の話もしやすい。

三枝が戻ってきて言った。

「今回の事案についての意見だって？　つまり、鳥山検事のことだな？」

静かな語り口で、印象は柔らかだが、その内容はたいてい単刀直入で、しばしば辛辣《しんらつ》ですらある。その物腰のせいで、手厳しさに気づかない者もいる。

「有り体に言えばそうです。検事は無理やり向井原を容疑者にしようとしているように思えます」

「無理やりに、というのは言い過ぎだろう。一番容疑の濃い人物に飛びつくというのは、まあ、理解できないではない。現場で私が言ったことを覚えているか？」

「何でしたっけ？」

「検事は、何が何でも自分の手で被告を有罪にしたいらしい、と言った。それが検事の仕事だからな……」

「三枝さんも、向井原が容疑者だと思っているのですか？」

「いや、まだ容疑者を絞ってはいない。それが正しい捜査員の態度だと思う」

「滝下さんの会議での報告を聞いて、どう思いましたか？」

「検事はいっそう向井原を疑いたくなっただろうな」

「滝下さんは、無駄な手間を省くんだと言ってました。どうせ、どんなに頑張ったところで、起訴をするのは検事だから、検事が被疑者を決めるのだと、滝下さんは言うのです」

「それは間違いじゃない」

「だから、滝下さんは、検事が望むような報告をするのだと言っています。どうせ、検事は公判のために、取り上げやすく、都合のいい証拠だけを採用するのだから、と……」

「それも本当のことだ」

「自分は、今、捜査本部が危険な方向に進みつつあるような気がしているんです」

三枝は、穏《おだ》やかな眼を菊川に向けているだけだ。菊川はさらに言った。

「検事があせっているように思えてならないのです。もっと、じっくり事実を見据える必要があると思います」

「捜査本部の使命は、できるだけすみやかに容疑者を割り出して身柄確保することだ。急いで悪い理由はない」

「それはそうですが……。じゃあ、三枝さんは、検事の方針が正しいと思っているのですか？」

「今はまだわからない。ただ、今の段階で容疑者を向井原一人に絞るのは、少々乱暴だと思っている」

「ならば、自分らがブレーキをかけなければならないと思います」

「その点については、滝下の言い分が正しいように思う」

「自分らは、検事の言うがままに動かなければならない。あるいは、検事が気にいる証拠だけをかき集めればいい。そういうことですか？」

「そうじゃない」

三枝がかすかに不快そうな顔をした。これは珍しいことだ。「検事にブレーキをかけるのは刑事の仕事じゃない。私たちの仕事は、事実を証明していくことだ。検事は自分に有利な証拠だけを採用するというようなことを、滝下が言ったらしいが、検事だってばかじゃない。真実から眼をそらすことなんてできない。私たちは、無視できないような証拠を集めてきて突きつければいいんだ」

「それで、もし、検事と対立することになったら……？」

「だから、そんなことを気にする必要はないんだ。対立する必要などない。事実を証明することだけを考えていればいい」

「滝下さんは、先輩の刑事とともに、検事と対立したことがあったそうです。それで、先輩が何人か飛ばされたと言っていました」

三枝はうなずいた。

「その件は知っている。飛ばされた者の中には、私の友人もいたからね」

「その件で滝下さんは傷つき、それ以来無気力になったようです」

三枝は驚いたように菊川のほうを見た。

「本人がそう言ったのか？」

「自分が傷ついたとか無気力になったなどということは言いませんでした。でも、事件のことを話してくれました」

三枝がかすかにほほえんだ。そのほほえみの意味がわからず、菊川は眉をひそめた。

「彼は、そんな人じゃないよ」

「はあ……？」

「私は、過去にある捜査本部でいっしょになったことがある。おまえさんが思っているより、ずっとしたたかな男だ」

「まあ、したたかというのは納得できますね」

「そして、今でも決して無気力なわけじゃない」

「じゃあ、どうして捜査会議であんな報告をしたのでしょう？」

三枝はしばらく考えていた。

「本人が言うとおり、本当に手間を省きたいと考えているのか。さもなければ……」

「さもなければ……？」

「彼に何か考えがあるのかもしれない」

「そうでしょうか……」

「いずれにしろ、あの人といるといろいろと勉強になるはずだ。しっかりやれ」

「はい……」

話はそれで終わりだった。

たしかに滝下といると、いろいろな意味で勉強になるな。菊川はそんなことを考えていた。

翌日は、昨夜の言葉通りたっぷり眠ったらしく、滝下はすっきりした顔をして朝の捜査会議に出席していた。

「三枝さんと、何か話をしたのか？」

滝下は、正面を向いたまま小声で尋ねてきた。

菊川にとっては、その質問は意外な感じがした。誰がどこで何を話そうが気にしない。そういうタイプかと思っていた。

「しました」

「どう言っていた？」

「何が何でも自分の手で有罪にしたい。それが検事というものだと……」

「一般論だな」

菊川は、周囲の捜査員たちを気にして声をひそめた。

「鳥山検事のやり方は、少々強引だという点に関しては、三枝さんも同意見のようです」

「強引なくらいでないと、犯罪者と渡り合うことなどできないさ」

「三枝さんも、検事と対立する必要などないと言ってました」

「経験のある刑事なら、誰だってそう思うさ」

「対立することなど考えずに、事実を証明することだけを考えればいい。三枝さんは、そう言いました」

滝下は、正面を見たまま、かすかに笑った。その笑いの意味は、菊川にはわからなかった。三枝の言葉を嘲《あざわら》笑っているようにも見えるし、自嘲《じちょう》の笑いだったような気もする。

三枝が言った、「彼はそんな人じゃない」というのは、どういう意味だろうと、あらためて考えてみた。

菊川は、滝下たちが検事と対立したという話を聞いた当初、敗北して打ちのめされて傷ついた結果、事なかれ主義になってしまったのではないかと、単純に考えた。

そうだったら、情けない話だと思った。

滝下は間違いなく優秀だ。出会ってまだ丸二日しか経っていないが、その優秀さはよくわかる。ただ勤務態度には問題があると思っていた。聞き込みの最中にパチンコをするのは、さすがにどうかと思う。

たしかに、彼は猪突猛進《ちょとつもうしん》型ではなく、考えながら進むタイプだ。食後の茶を飲みながら、あるいはパチンコをやりながら、事案のことを考えているのかもしれない。

いや、それは希望的観測というやつかもしれない。菊川は自分を戒《いまし》めた。

あまり期待していると、裏切られたときに失望が大きくなる。

菊川は、ふと気づいた。

それが、傷つくということだろうか。

人は、なぜ傷つくのか。それは、何かを期待するからだ。それを裏切られたときに傷つく。期待が大きければ大きいほど、裏切られたときの傷は大きくなる。

滝下が、検事と対立したときに、傷ついたのだとしたら、そのときに何かに大きな期待を持っていたということだろうか。

だが、裏切られた。

何に期待していたのだろう。検事の良識に期待していたのかもしれない。あるいは、先輩捜査員たちのがんばりに、だろうか。

捜査幹部がひな壇に姿を現した。形式的に、捜査員たちは起立してそれを迎える。

本来ならば、刑事部長が来るはずなのでそういう約束になっている。

捜査会議が始まり、まずは、解剖の結果が発表された。

死因は、腹部の刺創による失血死。

刺創は四ヵ所。いずれも腹部で、そのうちの一つが肝臓に達していた。

刺創と、現場に落ちていた包丁の形状が一致した。したがって、その包丁が凶器であることが明らかになったわけだ。

眼球の角膜《かくまく》の白濁《はくだく》の具合、死斑《しはん》の様子などから見て、死亡推定時刻は六月十四日の午前零時から午前三時の間ということがわかった。通報が午前三時十分頃だったというから、矛盾はない。

今日も、烏山検事が捜査会議に臨席している。検事は一つの事案にかかり切りになれるほど暇《ひま》なのだろうかと、菊川は思った。あるいは、よほどこの事案に入れ込んでいるということだろうか。

司会進行役は、牧野理事官だが、ほとんど烏山検事主導で会議は進んだ。捜査員の多くは、苦々しく思っているかもしれないが、逆らえる者はいない。

検事と警察官の関係は、けっこう微妙なのだ。実は、昔の刑事訴訟法では、捜査の主宰者は検察官、つまり検事だと定められていた。刑事は、その補助者とされていたのだ。

新たな刑事訴訟法では、検察と警察は互いに協力する関係だと定められている。ただし、検察官は、必要に応じて自分で捜査することもできるし、警察に対して指示を出したり、捜査の指揮を執《と》ったりすることもできる。これは旧刑事訴訟法の名残なのかもしれない。いまだに、警察は検察の手伝いに過ぎないと思っている検事がいることも確かだ。

会議の内容は、ほとんどがこれまでわかっている事実の確認でしかなかった。それも、烏山検事が確認を取るという形で進んでいった。

やがて、烏山検事が言った。

「捜査は強気で行くべきです。やはり、向井原を引っ張って来て話を聞きましょう」

菊川は驚いた。昨日はいったん、百目鬼課長の慎重論を呑《の》んだはずだった。泳がせて、捜査員を張り付けるという方針が確認された。一夜明けて、気が変わったということらしい。

さすがに百目鬼課長の顔色が変わった。

「その意見には賛同しかねます。まだ、向井原の容疑は固まったとは言い難い」

「だから、任意同行なんです。自白が取れれば、こっちのものだ」

百目鬼課長は、奥歯をぎゅっと噛《か》みしめてから言った。

「泳がせて様子を見る。今はまだそちらのほうが得策だと思います。捜査が進展すると、新たな展開もあるかもしれません」

「新たな展開というのはどういうことでしょう。具体的に示していただきたい」

「例えば、男女関係のもつれです」

烏山検事は、手もとのノートを開いて見た。

「宇佐見昭子と山上茂彦の証言ですね。たしかに、男女間のトラブルというのは犯罪に発展することが多い。殺人の動機でも上位を占めています。実際に話を聞いてきた捜査員に、もう一度確認したいですね」

百目鬼課長は、滝下のほうを見た。滝下は、起立した。

「自分が話を聞いてきました」

「ちょっと質問していいですか？」

「どうぞ」

「宇佐見昭子を巡って、被害者の生田忠幸と、共同経営者というか、サークル仲間というか、知人である山上茂彦との間で、揉め事があったということですが、それは事実ですか？」

滝下は落ち着いてこたえた。

「宇佐見昭子、山上茂彦の双方から話を聞きましたが、二人の発言に矛盾点はありませんでした。したがって、事実だったと判断しました」

「二人が口裏を合わせているというようなことは？」

滝下は、ちょっと考えてから言った。

「それはありません。自分たちが訪ねていったとき、宇佐見昭子はまだ生田忠幸が死亡したことを知りませんでした」

「殺害されたのです」

「は……？」

「ただの死亡ではありません。殺害です」

「訂正します。自分たちが訪ねていったとき、宇佐見昭子はまだ生田忠幸が殺害されたことを知りませんでした」

「それで、三人が男女関係のトラブルを起こした事実を知ったとき、生田殺害の動機となり得ると思いましたか？」

「いいえ、思いませんでした」

身も蓋もない言い方を……。

菊川は思った。

もともと、男女関係のトラブルという話は、鳥山検事の考えの偏《かたよ》りを正そうと、菊川が会議で言ったことだ。それを、滝下にあっさりと否定されてしまった。

「そう思わなかった根拠は？」

「宇佐見昭子本人が、こう言っていました。二人は彼女を奪い合って揉めたわけじゃないと……。山上茂彦が自分の知らないところで、こそこそと関係を持ったので、生田忠幸が腹を立てただけだということです。それと同様のことを、山上茂彦も証言しています。宇佐見昭子は、酔うと誰とでもキスをするようなことを繰り返していたらしいです。だから、彼女と山上が関係を持つのはそれほど不自然なことだとは言えないでしょう。事実、生田は、関係を持ったこと自体ではなく、事務所内で関係を持ったことについて、けじめをつけろと言ったらしいです。それに対して山上が、自分だってやってるだろう、というようなことを言い返し、売り言葉に買い言葉で、言い争いになったということです。その後は、しこりも残らなかったようで、『ＪＩプランニング』の共同経営を続けていました」

「なるほど、今の若者にとって、その程度のことは、どうということはないと考えてよさそうですね」

「さらに……」

滝下は言った。「自分たちは、山上茂彦のアリバイを確認しました。事件のあった時間には、彼は三人の知り合いといっしょに『ラヴィ』というキャバクラで遊んでいました」

烏山検事は、勝ち誇ったような顔で百目鬼課長を見た。

「どうやら、山上茂彦は容疑者のリストには入れなくて済みそうですね」

百目鬼課長が言った。

「宇佐見昭子が、そういう生活をしていたのなら、山上と同様のことをした男がいるかもしれない。そして、その人物と生田がトラブルを起こしていないとも限らない。

男女関係というのは、そう単純なものではないでしょう。割り切っているつもりでも、つい感情的にもつれることだってあり得ます」

滝下が、百目鬼課長と烏山検事を交互に見て言った。

「その点についても、宇佐見昭子本人に質問してみました。『JIプランニング』内では、他に揉め事はなかったそうです」

「『JIプランニング』のスタッフが相手とは限らない」

「宇佐見昭子は、生田の彼女でも何でもないのですよ。今ではそういう男女の関係も珍しくはないらしい」

烏山検事にそう言われて、百目鬼課長はさすがに苦しくなったようだ。

「向井原だけにこだわるのはよくないと言ってるのです。他の可能性だってあるんです」

菊川は、思い切って発言してみることにした。捜査会議に出席しているのだ。菊川にだって発言する権利はあるはずだ。

菊川が挙手すると、烏山検事、百目鬼課長、牧野理事官の三人が同時に注目した。牧野理事官が尋ねた。

「何だ？」

「どうしても気になることがありまして……」

「言ってみなさい」

菊川は、滝下が着席するのを待って立ち上がった。

「現場がどうしてあの公園だったのかが気になります」

「どういうことだ？」

「現場は、被害者の自宅とも職場とも遠く離れています。どうして、被害者は、あそこにいたのでしょう。何のために、あの公園に行ったのでしょう。それが気になります」

「たしか……」

牧野理事官はうなずいた。「その点については、一度話題になりかけたことがあったな……」

とたんに、烏山検事は苛立った様子になった。

「現場が自宅や職場から離れていることが何だと言うんです。そんな事件はいくらでもあるでしょう」

ここでひるむわけにはいかない。

「土地鑑のないところで事件に遭遇《そうぐう》したのには、ちゃんとした理由があるはずです。そこに犯人につながる手がかりがあるかもしれません」

「手がかりは、君の隣にいる捜査員が見つけてくれましたよ。金銭トラブル、厳しい取り立て、紺色の背広あるいは黒っぽい背広の目撃情報、そして、アリバイなしです。これだけの材料がそろえば、むしろ向井原を引っ張ってこないほうが不自然でしょう」

論点をずらされている。

菊川は、なんとか話題を戻そうとした。

「現場付近に、被害者の知り合いがいるかもしれません。そして、その人物が犯人に関する情報を持っている可能性もあります」

「現実に、何か情報があるのですか？」

「いえ、現時点では、まだ……」

烏山検事は、捜査員全員を見回して言った。

「どうです？　どなたか、今この捜査員が言ったような情報に心当たりの方はいらっしゃいますか？　現場付近の聞き込みは地取り班の担当ですね？　地取り班の皆さん、どうです？」

誰も発言しようとしなかった。

しばらく、捜査本部内を沈黙が支配した。その重苦しい沈黙の中で、菊川は一人で立っていなければならなかった。

やがて、烏山が言った。

「あなたも向井原に会いに行ったはずですね。彼を連れて来てください」

## 11

菊川は、無言で立ち尽くしていた。

隣の滝下が自分を見ているのがわかった。

烏山検事は、俺に罰を下したつもりなのかもしれない。

菊川はそう思った。

自分に逆らう捜査員は、決して許さない。それをはっきりとわからせるために、任意同行に反対する菊川に、向井原の身柄を引っ張ってくるように命じたのだ。

烏山検事に対して、怒りと嫌悪感を覚えた。最初から向井原を犯人だと決めてかかっている。それでは真実は見えてこない。

菊川は刑事だから、よく知っていた。取調室《とりしらべしつ》に閉じこめられ、何時間も刑事や検事に責められると、やっていなくても自白してしまうことがある。一刻も早く、その場を逃れたいと思ってしまうのだ。

だが、自白してしまったら、もう後の祭りだ。

今の裁判では、自白は証拠より優先される。刑事裁判の有罪率が九十九・九パーセントだと、滝下が言っていた。それが本当かどうかは知らない。

本当だろうと、菊川は思った。

それくらいに、被疑者というのは無力だ。弁護士も、それほど当てにならない。彼らは多忙だ。一つの事案にいつまでも関わっていられないのだ。

冤罪に対して徹底的に戦うような弁護士は、実はかなり特殊な人々と言わねばならない。

きっぱり断ろう。

菊川はそう思った。その結果、かつての滝下の先輩たちのように、どこかに飛ばされても仕方がない。

口を開こうとしたとき、滝下が言った。

「わかりました。自分が責任を持って、向井原の身柄を引っ張ってこさせましょう」

菊川は、隣の滝下を見た。滝下は、菊川の顔を見ずに、袖を引っ張って座らせようとしていた。菊川は逆らう気をなくした。すとんと、椅子に腰を下ろしてしまった。

「滝下君と言いましたね」

烏山検事が言った。

「はい」

「必ず、今日中に連れてきてください」

「何とかしましょう」

菊川は、うつむいていた。顔を上げると、怒りのために衝動的に何か言ってしまいそうだった。百目鬼課長の声が聞こえた。

「方針をころころと変えられるのは、私どもとしてはたいへんやりにくいのですが……」

「方針は変わっていない。昨日は、妥協《だきょう》しそうになったが、やはり妥協しないことにした。私が信じる方針を貫くつもりだ」

百目鬼課長の抵抗はそこまでだった。

捜査会議が終わったが、菊川はうつむいたまま座っていた。

「おい、行くぞ」

滝下が言った。

滝下にも腹を立てていた。重要参考人などという言い方があるが、ほとんど容疑者と同意語だ。決定的証拠がない場合、重要参考人として取り調べをして、そこで自白を迫る。それが一般的なやり方だ。そこに誤認逮捕が生まれる恐れがある。

滝下はそれをよく知っているはずだ。にもかかわらず、今日中に向井原の身柄を引っ張ることを、烏山検事に約束してしまったのだ。

「なに膨《ふく》れてるんだよ」

もう一度、滝下の声がした。「ほら、向井原のところに行くぞ」

菊川は立ち上がった。

ここでごねて滝下と対立するほど子供ではない。だが、どうにも納得できなかった。

「どうして、責任持って向井原の身柄を引っ張るなんて言ったんです？」

「ああ……？」

滝下は、平然としている。「検事の指示なんだから、刑事は従うのが当然だろう。じゃなきゃ、司法機関の秩序《ちつじょ》が保てない」

司法機関の秩序。そんな言葉を、滝下から聞くとは思わなかった。パチンコで時間をつぶしている捜査員が言うことではない。

菊川は、三枝が自分たち二人を見ているのに気づいた。滝下も気づいた様子だった。

三枝が近づいてきた。菊川ではなく滝下を見ている。

滝下が、三枝に言った。

「何だ？　何か文句でもあるのか？」

「いや、文句なんかじゃありません」

三枝は、いつもの冷静な口調で言った。

「じゃあ、何だよ」

「菊川は、まだまだ尻が青くて、いろいろなことを言うかもしれませんが、よろしくお願いします」

滝下は、自嘲とも照れ笑いともとれる微妙なニュアンスの笑いを浮かべた。

「わかってるよ。帳場が明けるまでは、俺の相棒だからな」

三枝は、うなずくと去っていった。

拍子抜けした気分だった。滝下に対して一言苦情なり要求なりを言ってくれるものと、ちょっとだけ期待していた。

百目鬼課長にもかなり失望していた。もっと強硬に抵抗すればいいものを……。

怒りが次第に無力感に変わりつつあった。滝下が、出入り口に向かう。ただそれについていくしかなかった。


新大久保までやってくると、滝下は言った。

「ちょうど、もうじき開店だ」

パチンコ屋のことだ。もう、どうでもいい。パチンコでもなんでもやってくれ。そんな気分だった。

「どうだ？　あんたも付き合わないか？」

「自分はパチンコなどやりません」

「時間つぶしだよ」

別にパチンコなどやりたくもなかったが、断る理由が見つからなかった。というより、すでに断る気力もなかった。

俺たちは、もはや烏山検事の言いなりに動くしかないのか……。

パチンコ屋の前にできている列に並んだとき、一瞬、冷静に戻って気づいた。

「パチンコなんてやっていていいんですか？」

「そういうことを、ここで言うか……。周りの人は、みんなおまえの言う『パチンコなんて』をやりに来てるんだぞ」

「そういうことじゃなくて、言われたことをやりに行かなければならないんでしょう？」

「まあ、いいから、ちょっと頭の中を空っぽにしてみろよ」

言われるままに、パチンコ屋に入った。ひどい騒音だ。開店とほぼ同時に、パチンコ台の電子音と、玉が弾け合う音が響きはじめる。それに負けじと、大音響の音楽が流れている。

たしかにものを考える環境じゃないな。頭の中を空っぽにするにはいいかもしれない。菊川はそんなことを思って、滝下の隣の席に陣取った。パチンコなど、ほとんどやったことがない。

あっという間に玉を使い果たしてしまった。滝下は順調に玉を出している。なんだか退屈してきた。

「何事にも基本というのがあってな」

滝下が、台を見ながら言った。

「はあ……？」

「天釘《てんくぎ》を外しちゃだめだ。この原則は、どんなに台が進化しようが変わらない」

菊川は玉を買い足して、再びハンドルを握った。滝下に言われたとおり、天釘を狙う。微妙なハンドルの調整で、さっきよりうまくいきはじめた。

だが、玉が減るのが遅くなったに過ぎない。やがて、玉は尽きた。滝下のほうを見ると、じゃんじゃんと出している。こんな世界にも実力の差というものがあるのだ。

置いてけぼりを食らった気分で、しばらくスツールに腰かけていたが、やがて菊川は言った。

「自分は外にいます」

滝下は、ちらりと菊川の顔を見てから言った。

「ちょっと待て。俺も切り上げる」

「まだ出そうじゃないですか」

「いいんだ」

滝下は玉を持って景品交換所に向かった。菊川は黙ってついていくしかなかった。自分がひどく間抜けになったような気がしていた。

パチンコ屋を後にすると、滝下は茶を飲もうと言い出した。もう、逆らう気はない。

二人は、昨日と同じ喫茶店に入った。二人ともブレンドコーヒーを注文する。滝下は、店に置いてあるスポーツ新聞を持ってきて広げた。

コーヒーが来て、菊川は一口飲んだ。滝下も、新聞を眺めながらすする。

滝下に逆らう気はないが、さすがにこんなことをしていていいのだろうかと思いはじめ、菊川は尋ねた。

「早く『シティー金融』に行ったほうがいいんじゃないですか?」

「ん……?」

滝下は生返事だ。

「仕事はさっさと済ませてしまいましょうよ」

滝下は、新聞に眼をやったままだ。

「何の仕事だ?」

菊川はあきれてしまった。

「身柄、引っ張るんでしょう?」

「ああ、そのことか……」

ああ、そのことか、じゃないよ、まったく……。

菊川は、溜め息をついた。

滝下が言った。

「その仕事なら、今している」

「え……?」

滝下が何を言っているのかわからなかった。「それ、どういうことですか?」

滝下は、新聞を折りたたみ、面倒臭そうに言った。

「俺たちは、今、烏山検事に言われたとおりに、向井原に会いに行っている。だが、今日は土曜日で、彼は出勤していない。自宅を訪ねたが、彼は一人暮らしでどこに出かけたかの手がかりがない。それで、夜まで探し回るわけだ」

菊川は、滝下が何を言っているのか、しばらく理解できなかった。

「あの……。つまり、それは仕事をするふりをして、何もしないということですか……?」

「そういう言い方をするなよ。俺たちは、今日は向井原を見つけられなかったんだ」

すっかり驚き、それから混乱した。

何とか頭の中を整理しようとした。

「えーと、鳥山検事の言いつけにそむくということですか?」

「だから、人聞きの悪いことを言うなって。俺たちは、精一杯努力したんだ。だが、向井原を見つけられなかった。おそらく、明日も見つけられない」

「明日も……」

「向井原は、土日の泊まりがけでどこかに出かけているのかもしれない」

「取り調べのときに、そういうことはすべてわかってしまいますよ。会社にいたらどうするんです?」

「俺たちとは、たまたま入れ違いだった。そういうことにするさ」

これが、滝下の抵抗なのか。

菊川は、気分が急に上向きになるのを感じた。そして、同時に気恥ずかしくなった。

三枝が滝下に言ったことは本当だった。俺は、まだ尻が青い。

三枝は、滝下が何を考えているかお見通しだったのだ。だからこそ、わざわざ滝下にあんなことを言ったのだ。

「でも……、滝下さんは、責任を持って今日中に、向井原の身柄を引っ張ってこさせると言ったんですよ。もし、連れて行かなければ、責任を取らされるんじゃないですか？」

「責任は取るさ。謝れというなら、いくらでも謝る」

「それで済みますか？」

「俺は、あくまで捜査本部の捜査員だよ。だから、捜査本部長である刑事部長に対しては責任がある。だが、本来、検事に対して責任云々言うのは筋違いなんだ。だから、検事に何言われても平気だよ」

「昔のことがあるじゃないですか。先輩が飛ばされたんでしょう？」

滝下は、ちょっとだけ憂鬱《ゆううつ》そうな顔になった。

「こんなことくらいじゃ飛ばされない」

「そうですかね？」

「それに、何か処分を受けるとしても、事件が解決した後のことだ。しばらくは心配ないよ」

「しばらくは……」

菊川は、心配になってきた。

「滝下さんは、また同じ悔《くや》しい思いをしなければならないんですか？　しかも、今度は自分が処分を受けるかもしれない……」

滝下は、ふんと鼻で笑った。

「警察人生、残り十五年だ。どこで暮らしたっていいさ」

「自分はまだそんな気にはなれませんね」

「まあ、俺は所轄で、おまえは本庁だからな」

「そういうことじゃありません」

「だがな……」

滝下はそう言ってから、ちょっとだけ間を置いた。「そうならなければいいんだ」

「そうならなければって……？」

「だから、本当の犯人を、俺たちが挙げればいいのさ」

「だって、検事が決めた人物が容疑者となるんでしょう？」

「容疑者が一人とは限らない」

「滝下さんと先輩はそれで痛い目にあったんでしょう？　検事が決めた容疑者とは別の容疑者を挙げようとしたために、後々処分されたんじゃないですか」

「あのときは、やり方がまずかったんだよ。真っ向から検事と対決するような恰好になっちまった。だからさ、うまくやるんだよ。容疑者が二人いたって、不思議じゃないと烏山検事が思うように持っていくんだ」

そんなにうまくいくだろうか。疑問だったが、ここは滝下に従うほうがよさそうだ。彼には経験がある。それも苦い経験だ。

　そのために、事なかれ主義になってしまったのかと思っていた。だが、三枝が言ったとおり、彼はそんな人間ではなかった。

「だったら、こんなところで時間をつぶしていないで、本当の容疑者を見つけるために歩き回るべきじゃないですか？」

「それは、他の捜査員がやる。他人の仕事に手を出しちゃだめだよ」

やる気があるのかないのか、まだ判断がつきかねる。

「自分らだって、何かすべきでしょう」

「機が熟したらな」

「機が熟す？」

「そうだ。捜査には波がある。潮時ってもんがあるんだ」

「潮時ですか……」

「まあ、見ていろ。捜査員はばかじゃない。必ず、俺たちと同じことを考えているやつがいる。そいつらは、自分たちのやるべきことをやっているんだ」

　菊川は、三枝のことを思い出した。

　そうだ。三枝も、検事と対立する必要はないと言っていた。対立せずに、真実を証明する。そんな方法があるのだろうか。

菊川は、たしかに今滝下に従うべきだと思った。しかし、今一つ信じ切れないと感じていた。

12

午前十一時半まで喫茶店で時間をつぶすと、例によって滝下は、昼飯を食いに行こうと言った。

もはや菊川に異存はない。おそらく、滝下にとって、今は考えるべき時間なのだろう。今まで見聞きしたものを、頭の中でまとめて、ある結論を導きだそうとしているのではないだろうか。そう考えないと、やっていられない。

菊川はそう思った。

他の捜査員たちが必死に捜査をしているのに、自分たちがただ時間をつぶしていることに、罪悪感を覚えた。

昼食は、また昨日とは別の韓国料理店だった。このあたりは、やたらに韓国料理の店が多い。

菊川は、食事をしながら、頃合いを見て言った。

「余計なことかもしれませんが……」

「余計なことなら言うな」

「時間を潰しているより、マル対のアリバイでも探したほうが有意義じゃないですか？」

菊川は、公共の場で事件の関係者の固有名詞を出すのを避けるため、マル対という言葉を使った。対象者を表す警察の符丁《ふちょう》だ。

「骨折り損のくたびれ儲けという言葉、あんた、知ってるか？」

「無駄なことだと……？」

「あいつ、一人暮らしで、あの日は自宅にいたと言った。それを証明してくれる人なんて、いないよ」

「その時間帯に、部屋に電話をかけて来た人などがいるかもしれません」

「あのな、そんなのがいるなら、彼はとっくに俺たちに話している」

「あのときは、思い出せなかったのかもしれません」

「思い出したら、捜査本部に電話してくるさ。自分に容疑がかかるかどうかの瀬戸際なんだ」

「本人はそれを自覚してますかね？」

滝下は、ちょっと考えた。

「ある程度は自覚しているだろう。まさか、検事に容疑者にされようとしているなんて考えてもいないだろうけどな……」

菊川は、思わず周囲を見回した。店内は、人々の話し声や、店員が注文を取るたびに厨房《ちゅうぼう》に向かって韓国語で叫ぶ声がやかましく、他人に聞かれた様子はなかった。だが、警戒するに越したことはない。これ以上、店内で事案の話をするのはやめることにした。

昼食を終えて店を出ると、不意に滝下が言った。

「たしかにおまえが指摘したことは、ひっかかるな……」

「自分が指摘したこと……？」

何のことだろう。

「現場が、自宅とも職場とも離れている」

「ああ、そのことですか……」

「烏山検事は、そのことをあえて無視しようとしているのかもしれないが、捜査員なら誰だってひっかかる」

「生田忠幸が、なぜあんな時間にあの場所に行ったか。必ず理由があるはずです」

「交友関係をもっと洗う必要があるな」

やはり、滝下は、パチンコをしたり、喫茶店でコーヒーを飲みながら、事案のことを考えていたようだ。

そういえば、彼は必ずスポーツ新聞を読む。報道を確認していたのかもしれない。大新聞の報道は、だいたいが警察発表だ。記事の扱いも横並びの印象がある。だが、スポーツ紙は、時折意外な記事を載せることがある。紙面全体がセンセーショナルだというせいもあるが、他紙と足並みをそろえるという意識があまり強くないのかもしれない。

菊川は期待を込めて言った。

「『JIプランニング』に行ってみますか？」

「ちょっと待て、その前に、捜査本部に連絡を入れておく」

滝下は大久保通りに出て公衆電話を探し、テレホンカードを差し込んだ。

相手が誰だかわからないが、どうやら叱られている様子だ。しきりに、「すいません」と言っているが、その表情から、まったく悪いと思っていないことがわかる。

電話を切ると、菊川に言った。

「牧野理事官だ。言っただけのことはやれと言われた」

「やばいんじゃないですか？」

「どうってことない。捜査が常に思い通り進むわけじゃない」

「万が一、向井原が逃亡でもしたら……」

「こっちが大騒ぎしない限りだいじょうぶだよ。一度訪ねただけだ。ま、あいつが本ボシだっていうのなら別だがな……」

滝下の言うとおりかもしれない。

犯人でないのなら逃走するはずもない。

滝下には自信があるのだ。実際に会って話を聞いて、向井原は犯人ではないと確信したのだろう。

ベテラン刑事は、本当の犯人に会ったとたんに、それがわかるのだという話を聞いたことがある。証拠集めは、あくまでそれを説得するための材料だ。捜査においては直感が大きなウエイトを占めるのだ。菊川には、まだまだその実感がない。

二人は、麻布十番の『ＪＩプランニング』に向かった。

マンションの玄関のインターホンで来意を告げる。すぐに玄関が開いた。エレベーターを降りて部屋を訪ねようとしたが、一瞬戸惑ってしまった。

「ここだよな……」

滝下がつぶやくように言った。

二日前に来たときには、部屋の扉にアクリル板の看板が貼り付けてあった。それがなくなっていた。ドアの脇のボタンを押すと、部屋の中でチャイムが鳴るのが聞こえた。すぐにドアが開いた。

「あ、どうも……」

宇佐見昭子が顔を出した。さすがに今日は寝起きの恰好ではない。首回りを大きく切り取ったようなゆったりとしたTシャツにジーンズのショートパンツをはいている。Tシャツの中にキャミソールが見えていた。

滝下が言った。

「看板、外したんですね」

「あ、ええ……。生田さんがいなくなって、もう会社続けられないですから……」

昭子は、意外とあっけらかんとした口調で言った。

「社員の方は誰もいらっしゃらないのですか？」

「……ていうか、社員といっても、みんな生田さんのアシスタントみたいなもんでしたからね」

『JIプランニング』は、会社というより生田の個人事務所のようなものだったのだろう。サークルの延長だったというから、一切が生田の才覚と人脈に委《ゆだ》ねられていたことは、容易に想像がつく。

「ちょっと、いいですか？」

滝下が言う。「お話をうかがいたいのですが……」

昭子はちょっと戸惑った様子を見せたが、すぐに言った。

「ええ、どうぞ」

部屋の中は、基本的に二日前と変わりない。だが、不思議なもので、冷え冷えとした感じがする。もうここで何かの企画が生み出されることがないからだろう。昨日までは、人の出入りも多かったに違いない。

昭子がベッドとして使っているソファベッドは、今日はきちんと整頓されていた。

滝下は立ったまま質問を始めた。だから、昭子も立ったままだった。

「生田さんは、板橋区に知り合いがいましたか？」

「板橋区……？」

昭子は、眉をひそめた。ぴんとこないようだ。

「生田さんの遺体が発見されたのが、板橋区の西台公園だったんです。あの夜……、というか、夜から未明にかけて、どうして生田さんがあそこにいたのか理由が知りたくて……」

「生田さん、知り合いがたくさんいたから……。板橋区に友達がいても、ぜんぜん不思議じゃないし……」

「誰か特定の人を知りませんか？」

「板橋の知り合いですか？　わかりませんね。普段、会っている人でもどこに住んでいるか知らない人はたくさんいるし……」

そんなもんだろう。

菊川は話を聞きながら思った。滝下は落胆した様子もなく、淡々と質問を続ける。

「誰かと話をしていて、板橋のことが話題になったことはありませんか？」

「さあ……」

昭子は、首を傾《かし》げた。「私、仕事関係の話にはあまりタッチしなかったので……」

「お友達との会話ではどうでしょう。特に、女性の話題とか……」

「女性の……？」

「ええ、あなたには辛い話かもしれませんが、仲のよかった女性の話です」

「あ、そういうの、私に気を使わなくてけっこうですから……。前も言いましたけど、私たち、別に特別な関係だったわけじゃないんで……」

「生田さんが仲がよかった女性で、板橋に住んでらっしゃった方をご存じないですか？」

昭子は、さきほどとまったく同じ恰好で首を傾げた。

「心当たり、ないですね」

「そうですか……」

滝下は、まったく口調を変えずに尋ねた。「これからも、ここに住まわれるのですか？」

「わかんないんです」

昭子は、溜め息をついた。

「わからない？」

「ここは、売っちゃうかもしれないって……。弁護士の人が……」

「弁護士……？」

「なんか、生田さん、たくさん借金があったみたいで……」

債務処理というわけか……。

この話を聞いたら、また烏山が喜ぶかもしれない。

「じゃあ、ここを出なくちゃならないんですね。それはたいへんだ」

滝下は、まったく同情していないような口調で言った。

「まあ、友達のところにでも転がり込もうと思ってるんですけどね……」

「なるほど」

「それより、生田さんのお葬式のことで、なんかごちゃごちゃしちゃって……」

「お葬式……？」

「生田さん、実家が宇都宮でしょう？　ご両親は、実家のほうでお葬式をやるって言ってるんですが、仲間の中には、こっちでやりたいって言ってる人もいて……」

「そういうのは親族が最優先ですよ。仲間は、別にお別れの会でもやればいいんです」

昭子は、珍しいものを見るような眼で滝下を見た。

「そうね。どうして、誰もそれに気がつかなかったのかしら……」

「みんなショックを受けていたのでしょう。そういうもんです」

「みんなにそう言ってみます。ありがとう」

滝下は、うなずき、質問にこたえてくれた礼を言った。

二人は、一昨日『ＪＩプランニング』だった部屋を後にした。

マンションの玄関を出ると、菊川は滝下に尋ねた。

「どうして、女性のことを尋ねたんです？」

「被害者が、現場にいたのは深夜から未明にかけてだ。そして、交友関係やら普段の生活を想像すると、どうしたって女性関係が浮上してくるだろう」

言われてみればそのとおりだった。

「次はどこに行きます？」

「この間の手順を繰り返してみようか？」

「……ということは、山上ですね？」

「そういうこと」

山上は、先日同様自宅にいた。訪ねていくと、うろたえた様子を見せた。

「何です？　もしかして、俺、やばいことになってるんですか？」

滝下はほほえんだ。

「いや、そうじゃありません。教えてほしいことがあって来たんです。よろしければ、ちょっとお話をうかがいたいのですが……」

「よろしくなくたって、話を聞くんじゃないの？　俺、本当は疑われているんでしょう？　昭子のことで、生田と揉めたことは事実だし……。でも、俺何もしてませんからね」

刑事があまり日を置かず訪ねて来たので、山上は過剰反応しているのだ。これは珍しいことではない。

滝下は落ち着いた態度で言った。

「生田さんが、板橋区に行った理由を知りたいんですよ」

山上は、怪訝《けげん》そうな顔でしばらく滝下を見ていた。今滝下が言ったことの意味を、繰り返し頭の中で考えている様子だ。

「板橋区……？」

「ええ、生田さんの遺体が発見されたのが板橋区の西台公園なんです。生田さんは、深夜から未明にかけて、そこで殺害されたと思われます。どうして、そんな時刻に、生田さんがそんな場所にいたのか……。私たちはその理由を知りたいのです」

山上は、自分が容疑をかけられているのではないということを、ようやく納得したようだ。

「まあ、入ってください。すごく散らかってますが……」

本人が言うとおり、散らかっていた。

滝下は、昭子のときと同様に、立ったまま質問を始めた。

「生田さんのお知り合いで、板橋区に在住の方をご存じありませんか？」

「板橋区ですか……？　いるかもしれないけど、咄嗟には思い出せないな……」

「では、あの日あの時刻に、生田さんが板橋区西台にいたことについて、何か心当たりはありませんか？」

「そうだなあ……。板橋区ではイベントの計画なんてなかったよなあ……」

「あなた、お仕事関係で生田さんといっしょにいろいろな方に会われたと思いますが……」

「ええ、そうですね。いっしょに打ち合わせをすることが多かったです」

「そんなときに、板橋区の話題が出たことはありませんか？」

山上は、真剣な表情で考え込んだ。しばらくしてから言った。

「いや、そんな記憶はないですね」

「プライベートではどうです？」

この質問が本命だ。滝下は、女性関係だと睨《にら》んでいるのだ。すぐに、それを尋ねないのもテクニックの一つだ。

「プライベート……？」

「そうです。女性のお友達とか……。そういうお付き合いのこともご存じでしょう？」

「生田は、特定の女性と付き合ってたわけじゃないからなあ……」

「でも、親しい女性は何人かいらしたでしょう？」

「そりゃいましたよ。イベントなんて、半分、女目当てで開くようなもんですからね。女に不自由はしてなかったと思います」

「そういう女性の知り合いの中で、板橋に住んでいた方はいらっしゃいませんでしたか？」

「板橋ねえ……」

山上は、宙を見つめた。また記憶を探っているのだ。「そういう話は聞いたことがないと思うなあ……」

「そうですか」

滝下は、質問を切り上げた。山上の住むマンションを出ると、菊川は言った。

「ずいぶん、あっさりと引きあげましたね」

「あの場で思い出せることは限られている。俺たちが引きあげてから、何かを思い出すかもしれない。また訪ねればいいんだ。何かわかるまで何度でも訪ねる。それが刑事の仕事だよ」

三枝が言っていたことがわかりかけてきた。たしかに、滝下といっしょにいると勉強になる。理屈ではなく、実践で理解できる。

「次は、猪狩ですね？」

「そうだな。前回、猪狩とは『ＪＩプランニング』が入っているマンションの前で会ったんだったな」

「はい」

「自宅を訪ねてみよう」

「いるかどうか、電話してみましょうか？」

滝下はにっと笑った。

「刑事はアポなんて取らないもんだよ」

猪狩の自宅は、港区三田のマンションだった。そのレンガ色をした立派なマンションを見上げて、滝下が言った。

「生田の周囲のやつらは、どいつもこいつも、いいマンションに住んでやがるな……」

「昔は羽振りがよかったと言ってましたからね」

「バブルが弾けちまって、やつら、どうするのかな……」

「生田も、もういないんですしね……」

「ま、余計なことだな」

オートロックなので、玄関からインターホンで部屋と連絡を取った。すぐに猪狩の声が聞こえた。

「先日お会いした、板橋署の滝下です。申し訳ないんですが、もう一度お話をうかがいたいのですが……」

「ああ、いいですよ。上がって来てください」

玄関が自動的に開いた。菊川と滝下は、エレベーターで猪狩の部屋に向かった。

玄関でチャイムを鳴らすと、アフロヘアーの猪狩が顔を出した。やはりピンクのTシャツを着ている。

「どうぞ、入ってください」

山上の部屋よりは、ずっと片づいていた。どうやら一人暮らしではなさそうだと、菊川は思った。ダイニングテーブルの上に、化粧品の瓶が三種類置いてあった。

今は猪狩しかいない。

「まあ、かけてください」

猪狩が言った。滝下は、「このままでけっこうです」と言って、やはり立ったまま質問を始めた。

猪狩は、ダイニングテーブルの椅子に腰かけた。

「生田さんのお知り合いで、板橋区に住んでらっしゃった方をご存じありませんか？」

「板橋区ねえ……。そうか、事件は板橋区の公園で起きたんでしたね」

「ええ、あの日あの時間に、生田さんがどうしてあそこにいたのか……。私たちはその理由を知りたいんですよ」

猪狩は、怪訝な顔をした。

「向井原に会いに行ったんじゃないんですか？」

普通、刑事は尋問の相手からの質問にはこたえない。質問する側とされる側の立場をはっきりさせるためだ。だが、このとき滝下はまったくためらう様子もなくこたえた。

「ええ、お会いしましたよ」

「彼が犯人なんじゃないんですか？」

「まだ、何とも言えませんね」

「俺が生田に向井原を紹介したんですよ。もし、それで殺人事件になってしまったのだったら、俺は責任を感じるな……」

「まあ、その必要はないと思いますよ」

猪狩は、しばらく考えてから言った。

「生田の知り合いで、板橋区に住んでいたやつってのは、ちょっと心当たりがありませんね」

「過去に、生田さんが現場の近くに行っていたというようなことは……？」

「わかりません。俺と生田はいつもつるんでいたわけじゃないので……」

「女友達の中で、板橋区に関わりのあるような人に心当たりはありませんか？」

猪狩は、また考え込んだ。

「いや、心当たりはないですね」

結局、昭子、山上、猪狩と三人に話を聞いても、手がかりなしか……。

菊川は、落胆していた。そんなに簡単に、情報が得られるとは思っていない。だが、何か、手がかりの一つでも聞き出せれば、と期待していたのだ。

滝下は平然としていた。猪狩と日常会話を交わしたというふうにしか見えない。どうしたら、ああいう具合に自然体で質問ができるのだろう。菊川はそんなことを考えていた。

「生田さんとは、学生時代からのお付き合いなんですよね？」

滝下が尋ねると、猪狩はちょっと驚いたように滝下を見た。急に話題が変わったと感じたのだろう。

「ええ、そうです」

「学生の頃から、イベントの企画とかをやられていたわけですよね」

「ええ……」

「生田さんは、遊びのほうもけっこう派手だったんじゃないですか？」

「まあ、それは否定しませんね。学生の頃から、六本木なんかで飲み歩いていましたし……。イベントで知り合った女の子なんかとも、遊んでましたしね……」

「六本木ですか……。そりゃうらやましいな……。飲みに行かれるときは、一人が多かったですか？　それとも何人かで……？」

「何人かで連れだって飲みに行くことが多かったですね。『ＪＩプランニング』で打ち合わせなんかやるじゃないですか。その後、飲みに出るんですよ」

「お気に入りのお店とか、あったんですか？」

「そうですね……。『ラヴィ』というキャバクラにはよく行きましたね」

『ラヴィ』は、事件の夜に山上が行っていた店だ。

「その他には……？」

「クラブでは、『エフ』とか『ソレイユ』とか……」

菊川は、店の名前をすべてメモした。

「生田さんは、それぞれの店にお気に入りのホステスさんがいらしたんでしょうね」

「そうですね。クラブとかは、係が付くじゃないですか」

そういうものなのか。菊川は、実はキャバクラとかクラブとかのシステムをよく知らなかった。行ったことがないわけではないし、生活安全部の知り合いから話を聞いたことはある。だが、馴染みがないし、あまり実感がわかなかった。

滝下は、何度もうなずいてから言った。

「いろいろとお取り込み中のところ、失礼しました。ご協力、感謝します」

出入り口に向かおうとすると、猪狩が言った。

「刑事さん」

二人は振り向いた。

「本当に、向井原は容疑者じゃないんですか？」

菊川は、滝下を見た。

滝下も、どうこたえるべきか迷っている様子だった。やがて、彼は言った。

「参考人ではあります。そのことで、任意同行を求めることになるかもしれません」

「参考人……？」

「詳しく話を聞きたいだけです」

猪狩は、それ以上質問しようとはしなかった。菊川たちは、部屋を出た。

13

「一日中、ほっつき歩いていて、向井原を見つけられなかったというのか」

牧野理事官が、滝下と菊川を怒鳴りつけていた。百目鬼課長は、冷ややかな眼で二人を見ているだけだ。

「すみません」

滝下がひたすら頭を下げた。菊川もずっと頭を下げたままだった。

ひな壇に鳥山検事がいて、菊川たちのほうを見ている。

「責任持って身柄を引っ張って来ると言ったのは、どこのどいつだ？　それで刑事がつとまるのか？」

牧野理事官の叱責は続く。

怒鳴られるのは覚悟の上だった。捜査本部に引きあげる前に、滝下が菊川にこう言っていた。

「捜査本部の幹部たちは、烈火のごとく怒るに違いない。半分は本気かもしれないが、半分は演技だ。鳥山検事に対するパフォーマンスなんだ。それを心得ておけ」

その言葉を聞いていなければ、牧野理事官に怒鳴られて、すっかり肝を冷やしていたに違いない。

百目鬼課長が、牧野理事官をなだめるように言った。

「それより、先のことを考えなければ……。向井原は、逃亡したわけじゃないんだな？」

牧野理事官が、滝下に尋ねた。

「どうなんだ？」

滝下はこたえた。

「逃亡はしていません。その点は間違いありません」

その口調が、あまりに断定的だったので、菊川は少し心配になった。

たしかに、昼間滝下が言ったとおり、自分がやっていないのだから、向井原が逃亡する必要はない。現時点では、自分が疑いをかけられていることすら知らないだろう。

だが、万が一、彼にやましいことがあるとすれば、刑事の追及を恐れて姿を消すということもあり得るのだ。

烏山検事が苛立った様子で言った。

「向井原に対する尋問は、どうしても必要なのです。滝下君は、捜査会議のためにいったん引きあげて来られたのですね。捜査会議よりも、向井原の身柄確保を優先します。会議には出なくていいので、もう一度行って、今日中に向井原を連れてきてください」

滝下は、烏山検事に直接質問した。

「向井原が同行を拒否したらどうします？　あくまで、任意同行なんです。強制はできませんよ」

烏山検事は、かすかに笑った。

「そんなの、やり方はいくらでもあるでしょう。転び公妨とか……」

「自分らは、公安じゃないんです」

転び公妨というのは、公安捜査員が政治的活動家などを逮捕するときに使用した手法だ。尋問中、公安捜査員がわざと転び、「公務執行妨害」と叫びながら現行犯逮捕するのだ。

「任意同行に応じなければ、別件逮捕でも何でもいいから、連れてきてくれと言っているのです」

「よろしいのですね？」

滝下は確認するように言った。

「何がですか？」

「強引な捜査は、後々公判で不利に作用することがあります」

「弁護士との駆け引きは、私が考えます。とにかく、すぐに行ってください」

その言葉を受けて、牧野理事官が滝下に言った。

「さっさと行くんだよ」

「わかりました」

滝下は、出入り口に向かった。菊川はすぐさまそれを追った。

出入り口近くに、三枝がいた。滝下は、いったん立ち止まり、それから三枝に近づいた。

「おまえさん、鑑取り班だったな？」

「ええ……」

「被害者の関係者で、現場付近に住んでいるやつが必ずいるはずだ」

「わかってます」

滝下は、にっと笑った。

「わかってりゃいいんだ。時間稼ぎをしようと思ったが、そうもいかなくなったようだ」

「それも、わかっています」

「じゃあな……」

滝下は歩きだした。

菊川と三枝の眼が合った。三枝は、かすかにうなずいた。それだけだったが、重要な瞬間だったと感じていた。

滝下と三枝の会話は、菊川にとっては少なからず驚きだった。

二人はそれほど親しいとは思えない。にもかかわらず、確かな共感を抱いていた。

おそらく、滝下は信頼できる相手とそうでない相手をちゃんと見極めることができるのだろう。

三枝も、滝下を信頼している様子だった。滝下は、向井原の任意同行を、のらりくらりと引き延ばし、捜査の時間を稼ぐつもりだった。だが、鳥山検事は強硬で、それがままならなくなった。三枝は、その事情をちゃんと汲《く》んでいたのだ。

自分たちは孤立しているわけではないのだというのが、実感できた。

菊川は、滝下に尋ねた。

「本当に、向井原を引っ張るのですか？」

滝下は、しかめ面になって言った。

「それしかねえよ。検事にああ言われちゃな……」

「同行を拒否されたら、本当に別件逮捕とかするわけですか？」

「そんときに考えるよ」

それ以上何を尋ねても無駄だということがわかった。どうすればいいか、滝下も迷っているのだ。

二人は無言で、向井原の自宅に向かった。

自宅を訪ねると、向井原は、ひどく緊張した様子だった。用件を告げると、怯えたようにそうつぶやいた。

「任意同行……？」

滝下が言った。

「ええ、署のほうで、ちょっとお話をうかがいたいのですが……」

「今からですか……？」

「はい。できれば、ご同行願いたいのです。我々は、一刻も早く犯人を捕まえたいので……」

「明日の朝、出頭するということではだめなのですか？」

「できれば、今、ご同行いただきたいのです」

向井原は、うろたえた。無理もないと菊川は思った。自宅でくつろいでいると、突然刑事がやってきて、いっしょに来いと言っているのだ。

菊川は、向井原に同情した。

「えーと、着替えるんで、ちょっと待ってもらえますか？」

滝下はこたえた。

「もちろんです」

「普段着でいいのかな……？」

「どんな恰好でも構いませんよ」

向井原は、チェックの半袖のシャツに、ジーパン、スニーカーという恰好で部屋の外に出てきた。

「長くはかかりませんよね？」

不安そうに、そう尋ねる。

滝下が言う。

「ええ、そのつもりです」

烏山検事の思惑でどうなるかわからない。そんなことは、ここでは言えない。

菊川は、再び同情していた。

菊川たちが板橋署に戻ると、まだ捜査会議が続いていた。

向井原はすぐに取調室に連れて行かれた。取り調べは、菊川や滝下の役割ではない。ベテランの捜査員が担当する。今回は、烏山検事が直接取り調べをするかもしれない。

向井原の到着を知り、鳥山検事が言った。

「よろしい。みなさん、その方針に従って捜査を進めてください」

それを受けて、牧野理事官が言う。

「それでは、会議を終了する」

時計を見ると、二十一時三十分だ。

菊川は、三枝に尋ねた。

「会議はどんな感じだったんですか？」

「相変わらずだ」

三枝もあまり機嫌がよくない。「鳥山検事は、向井原の自白を取ることが第一と考えている。捜査員たちは、自白を引き出すための材料を探さなければならない」

「ふん……」

滝下が言った。「まあ、やらせておくさ」

三枝が滝下に言った。

「そう余裕を見せている場合じゃないと思いますよ」

「まあ、そうだな……。おい、たまには六本木に飲みに行かないか？」

三枝が怪訝な顔をする。

「六本木……？」

滝下はにっと笑った。

菊川が説明しなければならなかった。

「被害者は、板橋区に知り合いがいなかったかどうか、周辺の人に尋ねて回ったのですが、誰も心当たりがないと言うのです」

「女の線だと思ったんだがなあ……」

滝下が言う。「ごく身近な連中が知らないというんだ。ひょっとしたら、口説こうとしているホステスかもしれないと思ってな……」

三枝が、さらに深く眉間にしわを刻んだ。

「お気に入りのホステスが、現場のそばに住んでいると……？」

「被害者の生前の生活を考えると、可能性は高いと思うよ」

三枝が滝下を見て言った。

「そこまで考えて、思い出すことはないですか？」

「思い出すこと……？」

「第一発見者ですよ」

滝下は、ぴしゃりと自分の額をてのひらで叩《たた》いた。

「そうか……」

菊川も思い出した。

第一発見者の自宅も、現場とは遠く離れていた。なぜ、あんな時刻に現場近くにいたかと質問され、彼は、「ホステスをタクシーで送ってきた」とこたえているのだ。

もしかしたら、被害者と第一発見者は、偶然居合わせたのではないかもしれない。

滝下が三枝に言った。

「先走るなよ。慎重にな。第一発見者は、あくまで第一発見者なんだ」

「わかっています」

「ただ、洗い直してみる価値はあるな」

「飲みに行くのは、滝下さんたちに任せますよ。私たちは、第一発見者の田代裕一のほうを当たってみます」

滝下はうなずくと、捜査本部を出た。菊川はぴたりとそれに付いて行った。

六本木までは、滝下が自腹でタクシー代を払った。首都高速を使った。今は、金より時間が大切だと考えているらしい。

『ラヴィ』は一度訪ねているので、菊川が場所を知っていた。『エフ』と『ソレイユ』については、交差点そばにある交番で場所を訊いた。

まず、『ラヴィ』から訪ねることにした。キャバクラといっても、六本木だけあって、なかなか高級感がある。黒を基調としたインテリアに金のアクセントが効いていた。

「いらっしゃいませ。二名様ですか」

黒い服を着た従業員が声をかけてきた。菊川には見覚えのない従業員だった。

滝下は、手帳を出して掲げた。

とたんに、黒服の従業員は嫌な顔になった。

「待ってください。社長を呼びますから……」

「違うんです」

滝下が言った。「生活安全課の手入れじゃない。殺人事件に関して、訊きたいことがあるんです」

黒服の態度は、まだ軟化しない。冷ややかな表情で滝下を見ている。

「殺人事件……？」

「生田忠幸さんを知ってますね？」

「ああ……」

ようやく、黒服の態度が弛《ゆる》んできた。「生田さんね。まさか、殺されるなんて、信じられないっすよ」

「生田さんが、指名していたホステスの中で、板橋区に住んでいる子はいないかな……」

黒服がまた警戒心を露《あら》わにした。

「板橋区って、事件の現場でしょう？　うちの店の子を疑ってるんですか？」

「そうじゃない。俺たちは、生田さんがどうしてあんな時間に、あの場所にいたか、その理由が知りたいだけなんです」

「どういう理由だと思うんです？」

「アフターに行って、タクシーで送って行ったとか……」

アフターというのは、店が終わってからお客に付き合うホステスの営業行為だということは、菊川も知っていた。

黒服はしばらく考えていたが、やがて言った。

「ちょっと、外で待っててもらえますか？」

営業の邪魔だということだろう。まあ、気持ちはわからないではない。滝下と菊川は、店の外に出た。そこはエレベーターホールだった。

しばらくして、さっきの黒服ではなく、グレーの背広を着た中年男が店から出てきて、二人に声をかけた。

「社長の小杉《こすぎ》ですが……。何か、うちのキャストのことで、お知りになりたいことがあるとか……」

「キャスト……？」

「ああ、うちはホステスとか言わずにそう呼ぶんですよ」

滝下は、用件を伝えた。

すると小杉は、かぶりを振った。

「生田さんがひいきにされていた子で、板橋に住んでいる子はいませんね」

「たしかですね？」

「間違いありませんよ。私が嘘を言う理由はありませんからね」

「理由ならあると思いますよ。店の子が事件と関わるのが嫌だとお考えかもしれない」

小杉は、肩をすくめた。

「板橋あたりの子なら、池袋《いけぶくろ》なんかで働いていると思いますよ。嘘じゃなく、生田さんからご指名いただいていたキャストに、板橋区在住者はいません。……というか、うちのキャストの中に、板橋区に住んでいる者は一人もいないんです」

納得するしかなかった。滝下と菊川は礼を言って『ラヴィ』を後にした。

## 14

『エフ』と『ソレイユ』は、交差点から防衛庁側に進んで右手にあった。外苑東通り《がいえんひがし》に面したビルの中に、『ソレイユ』があり、そのビルの角を右に折れた路地沿いに『エフ』が入ったビルがある。

まず、『ソレイユ』に行ってみることにした。ビルの四階だ。

「あれ……？」

滝下がエレベーターに乗って、声を上げた。菊川は尋ねた。

「どうしました？」

「四階のボタンが点灯しない。故障かな……」

何度か繰り返してみる。

「そうか」

滝下は、舌打ちした。「今日は土曜日だったな……」

「朝は自分でそう言ってましたよ」

「意識しているつもりでも、うっかりしてしまうことだってある」

「土曜日だと問題なんですか？」

「高級クラブは、土日は休みだよ。店が休みだとエレベーターのドアを開かなくするところがある」

「『ラヴィ』はやってましたよ」

「キャバクラは別だよ」

「そうなんですか」

滝下は、あきれたような顔で菊川を見た。

「刑事は、もっと世慣れてないとな」

たしかにそのとおりかもしれない。自分が世間知らずだとは思わない。だが、刑事は、もっといろいろなことに精通していなければならないような気がする。多くの知識が捜査に反映されるのだ。パチンコをやることも、クラブで遊ぶことも必要かもしれない。

『エフ』に行ってみたが、結果は同じだった。珍しく滝下にあせりの表情が見て取れた。『エフ』が入っているビルの前の、細い路地に立ち尽くして、滝下は独り言のように言った。

「今から何かできることはないか……」

そう言われて、菊川も考えようとした。だが、何をどう考えていいのかわからない。滝下は、さらに言った。

「もっと時間を稼ぐべきだったか……」

「向井原の任意同行ですか？」

「六本木のクラブが営業するのは、月曜日の夜からだ。そこで聞き込みをやったとしても、すぐに目的のホステスが見つかるとは限らない」

「そういうホステスが実在するかどうかもわからないですしね……」

「たしかに、今のところは、読みだけで動いている。問題は、向井原がどれだけもつかだな」

「そうですね……」

そう言うしかなかった。たしかに時間は限られている。

「今、烏山検事に批判的な捜査員も、自白が取れればころりと寝返るぞ」

菊川は、驚いた。

「そんな……。少なくとも、滝下さんや三枝さんは違いますよね」

「おまえを入れても、たった三人だぞ」

「向井原が無罪だと思っている捜査員は、もっとたくさんいるはずです」

「そいつらが寝返るんだよ」

「なぜです？」

「どうしようもないからさ。検事が直々に取り調べをして、自白を取っちまったら、もう誰も向井原を救えない。裁判に持ち込んだら、有罪率は九十九・九パーセントだ。だから、その前に何とかしたいんだが……」

菊川は考えた。だが、いいアイディアは浮かばない。

「一度、捜査本部に引きあげてはどうです？」

「引きあげてどうする？」

「他の捜査員が何か有力な情報を入手してくるかもしれません」

「みんなが探しているのは、向井原を自白に追い込むための材料だよ」

「三枝さんは違うと思います」

滝下は、じっと地面を見つめていた。何かを考えている。何を考えているのかは、菊川には想像もできなかった。

やがて、滝下は言った。

「もう一度、山上か猪狩を当たってみよう」

「今からですか？」

すでに午後十一時を過ぎている。

「時刻なんて関係ない。とにかく、急がなければならない」

「わかりました」

滝下は、外苑東通りに出てタクシーを拾った。ここからだと、猪狩の自宅のほうが近い。三田に向かった。

猪狩は、自宅にいた。他にも誰かいる様子だった。滝下が話を聞きたいと言うと、先ほどとは違って、ちょっと迷惑そうな顔をした。部屋にはダイニングテーブルの上にあった化粧品の持ち主がいるのだろう。

「では、ここでもけっこうです」

　滝下は言った。

「とにかく、入ってドアを閉めてください」

　猪狩は言った。マンションの部屋の玄関は狭い。ドアを閉めると、かなり窮屈《きゅうくつ》だったが、滝下は気にしない様子で、質問を始めた。

「先ほどの質問は、ちょっと漠然としていたかもしれません」

　猪狩は、ちょっと肩をすくめた。

「ええ、そうですね」

「あなたは、『ラヴィ』という店に、生田さんといっしょに行かれたことがあるんですね？」

　念を押すような言い方だ。

「ええ、集団で出かけることが多かったです。さっきもそう言いましたよ」

「『エフ』や『ソレイユ』にも、いっしょにいらしたことがありますね？」

「行きました。それも集団のことが多かったですけどね。ねえ、刑事さん、その店の名前は、俺が教えたんですよ。何が訊きたいんです？」

「生田さんが、ひいきにしていたホステスが知りたいのです」

猪狩が怪訝な顔をした。

「ホステス……？」

「そう。それぞれの店に、係の子がいたでしょう？」

「ええ」

「名前を覚えていますか？」

「覚えてますよ。でも、源氏名ですよ」

「けっこうです。教えてください」

「『ラヴィ』では、マユミ。『エフ』は、アミ、『ソレイユ』は、ユカリ」

菊川は、それをすぐにメモした。

滝下が猪狩に言った。

「ありがとうございました。夜分にお邪魔して申し訳ありませんでした」

猪狩はきょとんとした顔になった。

「え、もう終わりですか？」

「ええ、ご協力に感謝します」

菊川は、玄関のドアをあけて廊下に出た。猪狩と同じ心境だった。

部屋を離れると、菊川は滝下に尋ねた。

「あれだけでいいんですか？」

「充分だ。あとは、店の従業員と連絡を取るだけだ」

「どうやって休みの店の従業員と連絡を取るんです？」

「まあ、あいている店の連中に訊いてみるさ」

「もう一度『ラヴィ』に行くんですね」

「ああ、そういうことだな」

二人は六本木に引き返した。『ラヴィ』の黒服の従業員は、不安そうな顔をした。

「またですか」

「すいません。マユミさんて方、いらっしゃいますよね」

「マユミがどうかしましたか？」

「どこにお住まいですか？」

「どうしてそんなことを訊くんです？」

滝下は、わずかな時間考えていた。説明すべきか、あるいはその必要がないか。それを考えていたに違いない。

「もし、彼女が板橋区に住んでいるのなら、事件に関係している可能性があります」

さすがに黒服は、ちょっとあわてた様子を見せた。

「待ってください。事件に関係しているって、容疑者ということですか？」

「いえ、そうじゃありません。さきほども言ったように、私たちは、どうして、生田さんが、あんな時刻に自宅とも職場とも離れている板橋区の公園にいたのか、その理由を知りたいのです」

「マユミは、板橋区なんかに住んじゃいませんよ。恵比寿《えびす》のマンションに住んでいます」

「恵比寿……」

「社長が言ったと思いますけどね、板橋区に住んでいるキャストなんていないんです」

「そうでしたね……」

滝下は言った。「ところで、『エフ』か『ソレイユ』にお知り合いの方はいらっしゃいませんか?」

黒服は、眉間《みけん》にしわを刻《きざ》んだ。

「いませんね」

「このお店で、一番顔が広いのは社長ですか?」

「そう。いくつかの店を経験していますからね」

「ちょっと、社長に訊いてみてもらえませんか?」

黒服の従業員は、露骨に迷惑そうな顔をしたが、滝下の「お願いします」という一押しで、しぶしぶ承知した。

再び、グレーの背広を着た社長がやってくる。こちらは、黒服と違って感情を表に出さない。

「『エフ』か『ソレイユ』の知り合いですか？」

滝下がうなずいた。

「ええ、もし、ご存じなら連絡先を教えていただきたいと思いまして……」

「『エフ』の専務が知り合いですが、自宅にいるかどうか……」

「けっこうです。住所か電話番号をお教えいただければ……」

『ラヴィ』の社長は、住所と電話番号の両方を教えてくれた。

礼を言って『ラヴィ』を後にすると、滝下は、菊川に言った。

「会いに行ってみよう」

滝下は決して電話で済まそうとはしない。それは捜査員の基本で、滝下は、その基本に忠実に従っているのだ。

『エフ』の専務は、乃木坂《のぎざか》に住んでいた。富岡《とみおか》という名前だった。

すでに夜中の十二時を過ぎているが、滝下は躊躇なくドアの脇にあるインターホンのボタンを押した。すぐに返事があった。

「はい」

「警視庁板橋署の滝下といいます。夜分恐れ入りますが、ちょっとお話をお聞かせいただけませんか」

　思いきり下手に出ている。滝下は、こういう演技もできるのだ。

「ちょっと待ってください」

　インターホンが切れて、しばらくしてからチェーンが外される音がして、ドアが開いた。

　ジャージを着た男が、不審そうな眼を向けてきた。

「警視庁板橋署？」

　滝下は、警察手帳を出して見せた。

「生田忠幸さんが殺害された事件はご存じですね？」

「ええ、知ってますよ」

　富岡は、刑事を部屋には入れないつもりらしい。廊下で立ち話だ。

「そのことで、ちょっとおうかがいしたいことが……」

「何でしょう？」

「お店に、アミさんという方がいらっしゃいますね」

「アミがどうかしましたか？」

「アミさんは、どこにお住まいですか？」

「それが事件と、どういう関係があるんですか？」

「私たちは、生田さんが、事件の日に、どうして板橋区の西台公園にいたのか、その理由を知りたいのです」

「だから、アミがそれとどう関係しているんです？」

「生田さんは、誰かに会いに行ったのではないかと考えているのです」

「それがアミかも知れないと……」

「別にアミさんを疑っているとか、そういうことではありません。いろいろな方に同じことをうかがっているのです」

富岡の眼からは、それでも疑いの色が消えない。

「アミが住んでいるのは、板橋区じゃありませんよ」

「どちらにお住まいですか？」

「西麻布です」

「実家が板橋区というようなことはありませんか？」

「いや、アミは、福島の出身だったと思いますよ」

「ご本人に直接お話をうかがいたいのですが、住所を教えていただけませんか？」

「住所……？」

富岡は眉をひそめた。「プライベートなことはなるべく教えたくないんですがね……」

「では、電話番号は……？」

富岡は何も言わず、考えていた。

滝下は、さらに慇懃《いんぎん》な態度になって言った。

「殺人事件の捜査なんです。なんとかご協力いただけませんか」

富岡は、滝下と菊川を交互に見てから、「ちょっと待ってください」と言って、部屋の中に引っ込んだ。菊川がドアを押さえていた。

しばらくして、富岡が分厚いスケジュール帳兼アドレス帳を持って戻ってきた。

「アミの住所と電話番号ですね」

ちょっと腹立たしげだった。警察の言いなりになるのが悔しいのかもしれない。彼は住所と電話番号を言った。

「助かります」

滝下が言った。「ついでに、もう一つうかがいたいことが……」

「何ですか？」

「『ソレイユ』に、どなたかお知り合いの方はいらっしゃいませんか？」

「『ソレイユ』……？　いないことはないですけど……」

「その方のお名前や住所、連絡先をお教えいただけると、ありがたいのですが……」

富岡は、今度はそれほど考える時間を取らなかった。アドレス帳を開くと、岸《きし》という名前と、住所、電話番号を教えてくれた。

「お店のマネージャーです」

社長、専務、マネージャー……。彼らが、どの程度の立場なのか、菊川にはまったくわからない。店によって役職の呼び方が違うのかもしれない。

滝下は、丁寧に礼を言って富岡の部屋を後にした。

すぐにアミと呼ばれるホステスの住所に向かう。乃木坂から西麻布までは、タクシーであっという間だ。

週末の夜に、自宅にいるものだろうかと、菊川は訝《いぶか》ったが、アミも在宅していた。普段、夜遅くまで酒を飲まなくてはならないので、休みの日くらいは、自宅でのんびり過ごしたいと考えるのかもしれない。

あるいは、富岡やアミが自宅にいたのは、たまたまなのだろうか。

「警察……？　何でしょう？」

アミは、長い髪を明るい茶色に染めている。切れ長の眼が印象的だ。

滝下が尋ねた。

「生田忠幸さんが殺害された事件をご存じですね」

「ええ。びっくりしました」

「私たちは、どうして生田さんが、あの日、未明に板橋区の西台にいたのか、その理由が知りたいのです。何か心当たりはありませんか？」

「板橋区ですか……」

「私たちは、誰かに会いに行ったか、誰かを送って行ったと考えているのですが……」

アミは、不思議そうな顔で滝下を見ていた。どうして、私にそんな質問をするのかという疑問を、その表情が語っていた。

アミが何も言わずにいるので、滝下が続けて言った。

「お店では、あなたが生田さんの係なんですね？」

「そうです」

「係の方なら、何かご存じじゃないかと思いましてね……」

「板橋区ですか……。いいえ、心当たりはないですね」

「お店の方で、板橋区にお住まいの方はいらっしゃいませんか？」

「私の知る限りでは、いませんね」

「なるほど……」

それから、滝下は、ごく一般的な質問をした。つまり、生田は週に何回くらい来るのかとか、知り合ってどれくらいになるか、とか、酒癖は悪くなかったか、とか……。

質問のこたえを知りたいというよりも、探りを入れて、アミの態度を観察するのが目的だと、菊川は思った。

その結果、滝下は、それ以上の質問を諦めた様子だった。また、丁寧に礼を言ってマンションを出た。

次は、岸という『ソレイユ』のマネージャーだった。

どうやって休みの店の従業員と連絡を取るのかと、菊川が質問したとき、滝下は「あいている店の連中に訊いてみる」と言った。

そのときは、どういうことなのか理解できなかった。今は、納得していた。六本木のクラブやキャバクラは、ある程度従業員の交流があるのだ。狭い世界だ。滝下はそのことを知っていたに違いない。

岸は、広尾《ひろお》に住んでいた。すでに、午前一時近い。在宅しているかどうかよりも、起きているかどうかを気にする時刻になってきた。だが、滝下の行動にはまったく迷いはない。寝ているのなら、起こせばいいと考えているようだ。

向井原は、まだ取調室にいるだろう。彼は孤立無援だ。今ごろは、激しくうろたえているか、へたをすれば絶望的な気分になっているかもしれない。

それを思うと、滝下の行動は当然のことに思えた。

岸も自宅にいた。彼は家庭を持っており、玄関にあった靴から判断すると、小学生くらいの子供が少なくとも二人はいる様子だった。

もちろん子供は寝ていたが、夫婦はまだ起きていた。滝下は、玄関での立ち話で済ますことにしたようだ。

他の人々に質問したときと同じ台詞を繰り返す。生田忠幸が殺害された件で捜査をしており、彼が事件当日の未明にどうしてあの場所にいたのか、その理由を知りたい……。

岸は、他の人に比べて協力的だった。少なくとも菊川は、そういう印象を受けた。所帯持ちは、やはり独身者とはどこか違っている。

菊川はそんなことを思っていた。

「板橋区ねえ……」

岸は考え込んだ。滝下が尋ねた。

「お宅のお店に、ユカリさんという方がおいでですね？」

「ええ……。ユカリがどうかしましたか？」

「生田さんの係だったんですね？」

「そうでしたね」

「ユカリさんが、どこにお住まいかご存じですか？」

「ええ、このすぐ近くに住んでますよ。六本木で働くホステスは、どうしてもこのあたりに固まってきますからね」

「板橋などに住んでいる女性は、六本木ではなく池袋で働くことが多いと聞きました」

「まあ、当然そういう傾向が強いですね」

「ユカリさんのご実家が、板橋区のほうにあるというようなことはありませんか？」

「いえ、そういう話は聞いたことがありませんね」

「ユカリさんに、連絡はつくでしょうか？」

「電話してみましょうか？」

「お願いできますか？」

岸は、奥に引っ込んだ。三分ほどして、戻ってきた彼が言った。

「今なら自宅にいるそうです」

滝下が住所を聞き、二人はそこに向かった。

岸が言ったとおり、そのマンションは、すぐ近くだった。歩いて五分とかからない。

部屋を訪ねると、ユカリはすっぴんで地味な部屋着を着ていた。とても、高級クラブのホステスとは思えない。ただ、マンションはたしかに高級そうだった。

「生田さんのことですって？」

ユカリは言った。

「ええ」

滝下は、玄関で立ったまま質問を始めた。「私たちは、彼がどうしてあの日あの時刻に、板橋区の西台公園にいたのか、その理由を知りたいのです」

「板橋区西台……？」

ユカリが何か知っていそうな反応を示した。

「ええ、何か心当たりがおありですか？」

「そっか……。ミミを送って行ったのかも……」

「ミミ……？」

「お店の子よ。昼間も働いているんで、早上がりすることが多いんだけど……」

「……ということは、六月十三日の水曜日に、生田さんは、お店にいらしたということですね？」

「たしかに来てましたね」

それは初耳かもしれない。

被害者の事件当日の足取りは、当然調べてあるだろうが、菊川は知らなかった。それで意外な気がしたのだ。

「ミミさんというのは、板橋区西台にお住まいなんですか？」

「ええ、たしか、そうよ。それでその地名を覚えていたんだと思う」

「新聞などで、犯行現場のことを報道していましたが、そのときは気づかなかったのですか？」

「気づきませんでしたね。生田さんが亡くなったと聞いて、びっくりして、テレビのニュースは何度も見たし、新聞の記事も夢中で読んだけど。記事の内容が頭に入ってこなかったのかもしれません。あまりにショックで……」

そういうことは、実際にあるかもしれない。菊川はそう思った。ユカリが何かを隠そうとしたり、ごまかそうとしているとは思えない。彼女は、思ったことや感じたことを素直に話していると思った。

「生田さんは、団体でお店にいらっしゃることが多かったと聞いてますが……」

「あら、一人でもよく来てましたよ。いちおう係は私だけど、ミミちゃんのことをけっこう気に入っていたみたい」

自分はまったく気にしていないという態度だったが、それは演技かもしれなかった。おそらくミミというのは、ユカリよりも若く、そして生田が彼女を気に入っていることに対して、ユカリは不愉快に思っていたはずだ。

生田が一人でも、『ソレイユ』によく飲みに行っていたというのも初耳だ。猪狩の証言と食い違う。だが、たいした意味はないと、菊川は思った。一人で飲みに行くということを猪狩が知らなかっただけだろう。わざわざどこに飲みにいくかなど、他人に断る必要はない。

「ミミさんは、その日も早上がりだったんですか？」

「たぶんそうだったと思うけど……」

「早上がりというのは何時ですか？」

「送りの車を出さずに済む時間ね。自宅が遠い子なら十一時半。近い子なら十二時ね」

「ミミさんは……？」

「十一時半には上がったと思うんだけど……」

「けど……？」

「まっすぐ帰ったとは限らないわね。だって、生田さんが亡くなったのは、午前三時頃だったんでしょう？」

「ええ、正確に言うと、三時十分に第一発見者による通報がありました」

「つまり、その時間までミミちゃんの自宅のそばにいたということよね。送って行ったんだとしたら、どこかにアフターに行ったのかもしれない」

昼間働いているから早上がりをするというホステスが、アフターに行くだろうか。まったく同じことを考えたらしく、滝下がユカリに尋ねた。

「早上がりなのに、アフターに行くんですか？」

「別に不思議じゃないわ。昼間の仕事をどれくらい大切に考えているかによるわね」

「ミミさんの本名とか、住所、連絡先をご存じですか？」

「たしか、スケジュール帳に書いてあったはずだけど……。ちょっと待ってください」

ユカリは奥に引っ込み、すぐに戻ってきた。ページをめくり、ミミの名前を見つけると、住所と電話番号を教えてくれた。

本名は、津久井美香《つくいみか》。年齢は、二十四歳。住所は、板橋区西台一丁目だった。

「ありがとうございました。助かりました」

滝下が言い、二人が玄関を出ようとすると、ユカリが呼び止めた。

滝下と菊川は振り向いた。

「ミミちゃんが、殺人に関係しているのかしら……」

ひどく心配しているようでもあり、また同時に幾分かの期待が含まれているようでもあった。

滝下はほほえんだ。

「まだ何もわからないんです。それでは……」

菊川は、時計を見た。午前一時半。

おそらく、まだ向井原の取り調べは続いているだろう。彼は持ちこたえているだろうか。それがひどく気がかりだった。

## 15

向井原の様子を知りたいので捜査本部に戻ると、百目鬼課長と牧野理事官、上原管理官の三人が、何やらひそひそと話し合っていた。

何の話をしているかは、だいたい想像がついた。烏山検事の指導に黙って従うべきかどうか相談しているのだ。このままでは、烏山検事は暴走してしまいかねない。だが、誰だって猫の首に鈴をつける役はご免だ。

「この様子だと、向井原は落ちてはいないな」

滝下が言った。

「課長たち幹部は、この先の捜査方針を、ちゃんと考えているんでしょうね」

菊川が言うと、滝下はふんと鼻で笑った。

「どうかな……」

菊川は、思わず滝下を見ていた。

「検事にどう対応するか、話し合っているんだと思いますよ」

「その結果、長いものには巻かれようという結論に達するかもしれない」

菊川は、もう一度課長たちのほうを見た。三人とも難しい顔をしている。苦慮している様子だ。

「もしそうなったら、滝下さんはどうしますか？」

「俺は、課長たちの方針に従うよ。それしかない」

「今日一日の行動とその言葉は一致しないような気がするんですが……」

「そりゃ、あんたの勝手な解釈だな。俺は、自分ができることをやったまでだ」

「でも、鳥山検事の方針に抵抗していましたよね」

滝下は、そっと周囲を見回した。

「人聞きの悪いことを言うなよ。俺は、いろいろな可能性を探ってみただけだ。結局、向井原を連れてきたのは、俺たちなんだぜ」

「それはそうですが……」

滝下は本音を隠そうとしている。それが、彼の処世術なのかもしれない。その点についてては、あまり追及しないほうがいいと、菊川は思った。

三枝が近づいてくるのが見えて、菊川は滝下と眼を見合った。

三枝は、小声で菊川に言った。

「待っていたんだ」

滝下が三枝に言う。

「向井原はどうしてるんだ？」

三枝は、滝下を見た。

「まだ持ちこたえています。でも、時間の問題でしょう」

「それで……？　なぜ、俺たちを待っていたんだ？」

「六本木のクラブを回っていたんでしょう？」

滝下は顔をしかめた。

「今日が土曜日だってことを忘れていた」

「明けて、すでに日曜日ですけど……」

三枝は、こういうところで妙に正確さを求める。普通は、日付が変わっても、土曜の夜という言い方をしてしまう。だが、三枝にとっては、すでに日曜の午前なのだ。

「つまりさ、クラブなんかは、土日は休みなんだよ。辛うじてキャバクラがあいていた」

「空振りだったということですか？」

「いや、実はそうでもない。当日、生田が『ソレイユ』というクラブのホステスを送って板橋に来たらしいことがわかった」

三枝は、眉をひそめた。眼が輝く。

「『ソレイユ』ですか……」

「そうだ」

滝下も三枝の変化に気づいた様子だ。「どうした。『ソレイユ』を知っているのか?」

「私は第一発見者に会って、あらためて話を聞いてきました」

「そう言っていたな」

「第一発見者の田代裕一の自宅も職場も、現場のそばではありません。彼がなぜ、あの日、あの時刻に、現場付近にいたかを尋ねてみました」

「クラブのホステスをタクシーで送って来たんだったな」

「そのホステスって、六本木の『ソレイユ』のホステスなんですよ」

「ほう……」

滝下は、子供がお気に入りのおもちゃを見つけたときのような顔になった。「そのホステスの名前、まさか、ミミっていうんじゃないよな」

三枝の眼が、ますます輝いてきた。

「それです。ミミ、本名は津久井美香」

この一致が何を意味しているのかは明らかだ。今まで、捜査会議ではまったく取り沙汰されていなかった被害者と第一発見者の関係が浮上してきたのだ。

滝下が言った。

「被害者と第一発見者が知り合いだった可能性が高いな」

三枝がうなずいた。

「それも、あまりいい関係ではない知り合いだった可能性が……」

つまり、二人はミミというホステスを巡ってライバルの関係だったということだろうか。

滝下が言う。

「だとしたら、事件はちょっと違って見えてきてもおかしくはないな」

いつも冷静な三枝が、珍しく少しだけ興奮して見える。

「すぐに、課長たちに知らせましょう」

「おい、こういうことは、頭越しはいけないんだよ」

どういうことだろう。菊川は、滝下を見た。

「報告は、直属の上司にすべきだ。でないと、その上司がへそを曲げるかもしれない。敵に回ると面倒だぞ」

三枝は、にわかにいつもの冷静さを取り戻した様子だ。

「たしかにそのとおりですね。係長に報告することにします」

滝下が菊川に言った。

「あんたもいっしょに行けよ。六本木での聞き込みのことを詳しく説明する必要があるだろう」

菊川は驚いた。

「滝下さんが報告すればいいでしょう」

滝下は、また顔をしかめた。

「俺はそういう面倒なの嫌いなんだよ。所轄の刑事はただの道案内だ。さあ、行きなよ」

菊川は何か言うべきだと思った。だが、何を言っていいのかわからない。少なくとも、滝下の態度を非難しようという気はなかった。

三枝が菊川に言った。

「行こう。いっしょに来るんだ」

その言葉に従うしかなかった。

夏木係長の眼は赤かった。明らかに寝不足だし、過度のストレスにさらされている様子だ。

彼は、課長や理事官たちが烏山検事にはっきりものを言わないことを、かなり不満に思っている様子だった。夏木係長は叩き上げで、現場経験が豊富だ。それだけに、捜査経験があまりない百目鬼課長に対して、どうしても批判的になってしまうのだろう。

三枝が声をかけると、係長は疲れた顔を向けた。

「何だ？」

「聞き込みの結果、ちょっとした展開がありまして……」

「展開……？　向井原を追い込める材料か？」

「いえ、被害者と第一発見者の間に、意外な関係があったことがわかりました」

夏木係長は、一瞬疲れを忘れたようだった。ちらりと、百目鬼課長のほうを見てから言った。

「詳しく聞かせてくれ」

三枝は説明した。

「第一発見者の田代裕一は、どうしてあの日、あの時刻に犯行現場のそばにいたのか、それが気になって、もう一度会いに行き、話を聞きました。田代裕一は、六本木の『ソレイユ』というクラブで飲み、そこのミミというホステスとアフターに行って、タクシーで自宅まで送って行ったということです。ミミの本名は津久井美香。住所は、板橋区西台一丁目です」

夏木係長は、横目で睨《にら》むように三枝を見ている。相手の話に集中しているときの癖だ。

「それで、被害者との関係というのは……？」

三枝は、菊川を見た。説明しろということだ。

「被害者の生田忠幸も、『ソレイユ』のミミを気に入っているらしく、同じ店で、生田の係をしていたユカリというホステスによると、事件当夜、正確に言うと未明のことですが、やはり、アフターの後、タクシーで自宅まで送って行った可能性があるということです」

夏木係長の表情が険しくなった。

「二人とも、そのミミというホステスを通じて、何らかの関係があったということだな？」

三枝はうなずいた。

「それも、二人の男性が一人のホステスを気に入っているというのですから、あまり好ましい関係ではなかったと思われますね」

「だが……」

夏木係長は考え込んだ。「どうして、同じ夜に、二人の客がアフターに行って、タクシーで送っていけるんだ？　二人がライバルだとしたら、そんなことはあり得ないだろう」

三枝は落ち着いていた。

「それがどういうことなのか、これからの調べでわかると思います。重要なのは、向井原がただ一人の容疑者ではない可能性が出てきたということです」

係長の表情がさらに険しくなる。

「俺にどうしろというんだ？」

「管理官、理事官、課長……。この三人に話を通していただけませんか？」

舌打ちが聞こえた。係長は、明らかにその役割が気に入らないのだ。

「俺たちは、向井原を落とすための材料を探せと指示されているんだ。そんな話をしたら、怒鳴りつけられるぞ」

「怒鳴られるくらい、どうということはないでしょう。もし、向井原が無実だとしたら、我々はいま、冤罪に向かってまっしぐらに進んでいることになります」

夏木係長は、眼をそらして、さらに考え込んだ。

「しょうがねえ……」

しばらくして、自分自身を納得させるような口調で言った。「どうなるかわからんが、とにかく報告だけはして来よう」

夏木係長が、課長、理事官、管理官の三人に近づいていくのを、菊川は期待を込めて見つめていた。

係長は、必死で説明をしている。百目鬼課長は戸惑った様子だ。牧野理事官は、ひどく不機嫌そうな顔をしている。上原管理官の反応も、それほどいいとは言えない。

菊川は、三枝に言った。

「どうなるでしょうね？」

「なんとか説得してもらわなければならない」

「三人は、あまり係長の話を喜んでいないみたいですね」

「面倒なことになるだろうからな。誰だって検事に逆らいたくはない。係長を怒鳴りつけるとしたら、牧野理事官だろうな」

三枝が言ったとおりになった。牧野理事官が、夏木係長を怒鳴った。係長の顔色はたちまち悪くなった。おそらく胃が痛んでいるのではないかと思った。

だが、牧野理事官は、一喝した後、急に態度を変えた。周りを見回して、声を落とした。すると、百目鬼課長と上原管理官も、何やら秘密を共有するような顔つきになっていった。

「牧野理事官は、役者だ」

三枝が言った。「芝居で怒鳴ることが多い」

「今の場合はどうでしょうね？」

「もちろん、芝居だよ」

夏木係長が、菊川たちのところに戻ってきた。

「おまえたちから直接話が聞きたいそうだ」

菊川は、思わず唾《つば》を飲み込んでいた。

百目鬼課長たち三人は、じっと三枝と菊川を見つめていた。三枝はまったく慌てたりうろたえたりする様子を見せなかった。

その姿を見て、菊川も多少は落ち着いてきた。二人は、三人の幹部のそばに行った。

「夏木係長から話は聞いた」

牧野理事官が言った。「聞き込みをした君たちから直接説明してもらいたい」

三枝は話しはじめた。菊川が聞いた話と寸分の違いもない。彼の説明がいかに正確で、無駄がないかを物語っている。

三枝の説明が終わると、牧野理事官は、菊川のほうを見た。

菊川は話しだした。

六本木の『ラヴィ』を訪ねたところから、順を追って話をした。『ラヴィ』の黒服、社長、『エフ』の専務の富岡とホステスのアミ、『ソレイユ』のマネージャーの岸と、ホステスのユカリ……。

それぞれの話を要約して説明した。自分でも説明が冗長になっているのを感じた。

それでも、百目鬼課長ら三人は何も言わずに話に聞き入っている。

菊川が話を終えると、百目鬼課長が即座に尋ねた。

「そもそも、なぜ、六本木のキャバクラやクラブで聞き込みをやったんだ？」

菊川はこたえた。

「被害者がどうして事件の日、あんな時刻に、現場にいたのかが、どうしても気になりました」

「それは、指示された仕事とは違う」

百目鬼課長の声は冷ややかだった。「君たちは、向井原の犯行の証拠をかき集めてくるはずだった。それなのに、まったく別の仕事をしていた。向井原の身柄を引っ張ってくるときだってそうだ。もたもたと手間取って、時間をおおいにロスした」

百目鬼課長の叱責は、牧野理事官と違ってねちっこい。おそらく、牧野理事官が五十パーセントほど演技で叱るとしたら、百目鬼課長はほぼ八割ほどの個人的な感情で叱っている。

百目鬼課長も、烏山検事の強硬な姿勢には反感を覚えているはずだ。冤罪の危険も充分に承知しており、それを避けようとしている。だが、滝下や菊川が烏山検事の方針に素直に従わないことについては、不満に思っている。

一貫していないなと、菊川は思った。百目鬼課長は、烏山検事の思い込み捜査を危険だと感じている。だが、身を挺《てい》してそれを阻止しようとまでは思わない。

そういうところだろう。彼自身、揺れ動いているのかもしれない。それでは、頼りにするわけにはいかない。だが、立場上、上司を頼らざるを得ないのだ。課長をサポートする牧野理事官に期待するしかない。

三枝が、夏木係長に言った。

「向井原の取り調べが、もう四時間も続いていることになります。まさか、検事は朝まで続けるつもりじゃないでしょうね？」

係長ではなく、牧野理事官がこたえた。

「やるかもしれない。自白さえ取れれば、あとは検事の思うがままだ。刑事裁判は、検察の牙城だ。そこに逃げ込んでしまえば、誰も手が出せない。裁判官も、最初から有罪と決めてかかっているんだからな。弁護士は、有罪か無罪かを考えるわけじゃない。最初から、罪をどれだけ軽くするかを考えるだけだ」

この言葉は、烏山検事をはじめとする検察に対する批判と取っていいと、菊川は思った。

三枝が、牧野理事官に向かって言った。

「参考人が、帰宅することを望めば、それを拒否することはできません。おそらく、向井原は帰宅したいと考えているはずです。すでに違法な捜査と言えますし、違法な捜査によって自白を得られたとしても、それは法的な根拠にはなり得ません」

百目鬼課長が、苦い顔をした。

「それが、根拠になってしまうんだよ。検事は、自分に有利な証拠だけを採用して、不利な証拠は無視することができる。判事は、一刻も早く裁判を終わらせたいので、それを黙認する。なにせ、判事も被告はすべて有罪だと思っているんだからな。知ってるか？　判事というのは研修を受けるときに、被告を無罪にするやり方を教わらないんだ」

三枝は、眉をひそめた。

「それは、危険な考え方ですね。刑事裁判において、検事と判事が手を組んでいるとでも……？」

「手を組んでいるとは言わない。だが、それに近いものはある。阿吽《あうん》の呼吸があるんだよ」

三枝は、いつの間にか、はっきりと百目鬼課長のほうを見て話をしていた。まず係長に話しかけて、次に理事官の質問にこたえた。彼なりに手順を踏んだと判断したのだろう。この段階で、直接課長と話をしても、直属の上司の頭越しということにはならない。

「それでも、捜査には万全を期すべきだと思います。今日、被害者と第一発見者の関係が新たに浮上してきたわけです。つまり、容疑者が向井原一人とは限らなくなってきたということではないですか？」

「いや、容疑者は一人だよ」

百目鬼課長が言った。「検事が容疑者だと決めた者が容疑者だ」

「説得する必要があると思います」

三枝が百目鬼課長に言った。百目鬼課長は、目をむいた。

「説得だって？　誰が誰を説得するんだ？　相手は検事だぞ。捜査を指揮しているんだ」

三枝は言った。

「昔と違って、検事と警察官は、捜査の上では対等な立場のはずです」

「それはたてまえだよ」

「たてまえに従うことは間違いではないでしょう」

百目鬼課長が、かぶりを振った。

「今、検事は向井原から自白を取ることだけにこだわっている。他のことには耳を貸さないよ」

「だが、話してみるべきかもしれません」

そう言ったのが、今までずっと黙ってやり取りを聞いていた上原管理官だったので、菊川はちょっと驚いた。

百目鬼課長と、牧野理事官が同時に上原管理官のほうを見た。管理官は、一度居心地悪そうに身じろぎしたが、意を決したように話しはじめた。

「被害者と第一発見者の関係が浮上してきたというのは、明らかに捜査の進展じゃないですか。それを無視することはできません。しかも、三枝君が言うように、任意同行でやってきた参考人を拘束するのは明らかに違法です」

百目鬼課長と、牧野理事官が顔を見合った。眼をそらすと課長はまた考え込んだ。

牧野理事官が課長に言った。

「私が説得してみましょうか？」

これは勇気ある一言だ。菊川は、やはり頼るなら牧野理事官だと思っていた。

百目鬼課長が顔を上げた。

「いや、私が話そう」

三枝が、即座に言った。

「取調室にいる烏山検事を呼んできましょう」

百目鬼課長は三枝に言った。

「こちらから行こう。そのほうがいい」

百目鬼課長は、すぐに出入り口に向かった。その後を牧野理事官が追った。

あとは、結果を待つしかない。三枝と菊川は、滝下がいるところに戻った。滝下は、椅子の背もたれに体を預けていた。

「ここで見ていて、だいたい話の流れはわかったよ」

滝下はくつろいだ口調で言った。「さて、どう転ぶかな……」

三枝は言った。

「烏山検事はばかじゃありません。きっと理解してくれます」

「ばかじゃない？　そう言い切れるのか？」

滝下がそう言うと、三枝はしばし考えてからこたえた。

「そう期待するしかありません」

「頭のいいばかほど始末に負えないものはないぞ。官僚がそのいい例だ。烏山検事は、官僚と似たような臭《にお》いがする」

「事件解決を急ぐのには、理由があるそうですよ」

三枝が淡々と言った。明日の天気は、晴れのようだ、と言ったのと変わらない日常的な口調だった。

滝下は、上目遣いに三枝を見た。

「理由がある……？　何だ、その理由というのは？」

「検察庁の検事長まで務め、その後弁護士になった峰晴彦という人がいます」

「ミネ・ハルヒコ……？」

「その峰さんは、烏山検事の先輩であり上司でした。烏山検事は、いつも、『自分に恩師がいるとすれば、それは峰さんだ』と公言していたそうです」

「それで……？」

「峰さんは現在、闘病生活をされています。昨年、肝臓癌《かんぞうがん》が見つかり、いろいろ手を尽くしたのですが、すでに末期の段階で、明日をも知れぬ状態なのだそうです」

滝下は、じっと三枝を睨んだ。

「恩師に、自分が成長した姿を見せたいがために、自分の手で殺人事件を解決しようとしている……。そういうわけか？」

「そういう話を聞きました」

「どこで聞いたんだ？」

「知り合いの検事からです。その検事は言いました。『今回の事案では、烏山に花を持たせてやってくれ』と……」

「冗談じゃない」

滝下は、吐き捨てるように言った。「恩師だか何だか知らないが、それにいいところを見せるために、冤罪も辞さないというのか。罪を着せられるほうの身になってみろと言いたい」

「それはそうですが……」

三枝は、あくまでも冷静に言った。「烏山検事の気持ちもわからないではありません」

たしかにそうだと、菊川は思った。

自分が成長した姿を、恩師が他界する前に見せたい。そして、恩師を安心させてやりたい。それは、切実な気持ちだろう。

滝下が舌打ちするのが聞こえた。

「やっかいな話を聞いちまったな……」

おそらく、滝下はその類の話を無視できないのだ。人付き合いに冷淡に見えるが、それは実は、かなりの部分が演技であり、そうすることでしか自分を守ることができなかったのではないだろうか。

本当に冷淡な人は、冷淡には見えない。自分が他人のことに関心がないという事実をアピールする必要はないし、逆に隠そうとする場合があるからだ。

「でも……」

三枝が言った。「さきほど、滝下さんが言ったことが正解だと思います」

「俺が言ったこと？」

「罪を着せられるほうの身になってみろという一言です」

滝下は、しばらくむっつりとした表情をしていた。

「どれだけ時間が稼げるかわからない」

やがて、滝下は言った。「現段階では、生田と田代の間に、ミミ、本名津久井美香という女性がいるというだけだ。犯行を証明するものは何もない。お互いに、同じホステスを気に入っていたというだけでは、殺人の動機としても弱い。俺たちは、短時間のうちに、捜査本部の誰もが納得するような実証を見つけてこなければならない」

滝下の発言としては珍しい。

だが、そのとき、菊川は、これが本当の滝下なのだろうと感じていた。

三枝がうなずいた。

「検事と対立するのではなく、あくまで、検事を説得できなければ意味がありません」

「何かやれることはないか……」

滝下は考え込んだ。三枝は言う。

「事件当日の、田代の足取りを詳しく調べ直さなければなりませんね。なにせ、彼は犯行時に、現場近くにいたことは間違いないのですから……」

「もしかしたら、現場にいたのかもしれない」

滝下が言うと、三枝は、ごく小さく肩をすくめた。

「予断は禁物ですよ。まだ、確かなことは何もわかっていません」

「だが、第一発見者を疑えというのは、捜査の鉄則だ。今回は、通報してきたのも田代なんだろう？　どんな細工でもできるような気がする。いずれにしろ、三枝の言うとおりだが、田代の足取りを追うには、けっこう時間と人手がかかる」

しばらく、滝下と三枝は無言で考え込んだ。

菊川は、思いついて言った。

「あの……、血液型はどうなっているんでしょう……」

滝下が菊川の顔を見た。

「血液型……？」

「ええ、鑑識の報告によると、犯人の血液型はおそらくA型だということでした。しかし、わずかにO型の可能性もあると……。烏山検事は、その報告をもとにして、O型である向井原が犯人である根拠としてしまったのです」

滝下が三枝に尋ねた。

「田代の血液型は？」

「A型です」

三人は、押し黙った。それぞれの考えに耽《ふけ》っていたのだ。だが、同じことを考えていることは明らかだった。

「よし」

滝下が言った。「もう一度、鑑識から詳しい話を聞いてこよう。O型の人間が犯人である可能性と、A型が犯人の可能性……。それがどれくらい開きがあるのかを、はっきり言ってもらわなければ困る」

「それは、自分がやります」

菊川が言うと、滝下はうなずいた。

「俺は、六本木の『ソレイユ』の周辺を嗅《か》ぎ回って、生田と田代の関係を洗ってみよう」

三枝が言った。

「私は、引き続き、田代について調べてみます」

三人がそれぞれに、役割を確認したところに、烏山検事が姿を見せた。彼は、取り調べを邪魔されたことで、明らかに腹を立てている様子だった。

百目鬼課長と、牧野理事官は、神妙な顔をしている。

「もう少しだったのです」

烏山検事の声が聞こえる。「向井原を落とせば、この事案は終わったも同然なのですよ」

「それはわかっています」

百目鬼課長が、どこか役人を思わせる口調で言った。「だからこそ、慎重に事を進めたいのです」

「私は、充分に慎重にやっています」

そうだろうか。菊川は思った。恩師が、明日をも知れぬ身となって、我を忘れているのではないだろうか。

牧野理事官が言った。

「このまま、取り調べを続けたら、警察が訴えられかねません」

「私はそんなヘマはやりません。公判では自白が何よりものを言うのです。あとの手続きは、どうとでもなります」

「もし、自白が取れなかったら……」

百目鬼課長のひかえめな声が聞こえた。「そのときは、その法的な手続きそのものが問題視されることになるでしょう」

追い討ちをかけるように、牧野理事官が言った。

「被害者と第一発見者の個人的な関係が浮上してきたのです。第一発見者の田代は、初動捜査の段階では、そのことには一言も触れませんでした。故意に隠していた可能性もあります。これは、捜査を要する事柄だと思います」

「第一発見者が、被害者との個人的な関係を隠していたのは、関わり合いになりたくなかったからじゃないのか?」

「でも、被害者と第一発見者が、あの日、あの時刻に、自宅からも職場からも離れたあの場所にいたことは揺るぎのない事実なのです」

しばらく沈黙があった。烏山検事の声のトーンが落ちた。

「では、どうすればいいんだ？」

百目鬼課長がこたえた。

「向井原を帰宅させるべきです。それがだめなら、せめて朝まで休ませてやってください」

長い沈黙。やがて、烏山検事は言った。

「いいだろう。朝まで休憩だ」

16

向井原が留置場に戻されたのは、午前二時半過ぎだった。

烏山検事は帰宅した。

百目鬼課長の周りには、牧野理事官、上原管理官、夏木係長が集まり、話し合いを続けていた。彼らは、帰宅しようとしなかった。

三枝と滝下も捜査本部を出ようとしない。

滝下が言った。

「とにかく、ミミの部屋を訪ねてみようじゃないか」

三枝が、時計を見て言った。

「この時間に訪ねるのはやめたほうがいいです。寝てるところを起こしたりしたら、人権問題になりかねません」

滝下は、苛立っている様子だった。

向井原のことが心配なのだろう。これが、本来の滝下の姿なのだろう。

滝下は、警察組織に失望したことがある。やる気がない振りをすることで、自分を守ってきたのかもしれない。

「だが、何かをやらなければならない。ミミは、ホステスだ。まだ起きているかもしれない」

「起きていたとしても、夜中の三時に話を聞きに行くのは非常識です」

「常識的なことをしていては、捜査にならない」

「私たちも休んだほうがいい。とにかく、向井原の取り調べを中断させることができました。少しだけ時間が稼げたことになります」

「田代裕一を監視していなくていいのか?」

滝下が言うと、三枝は落ち着き払った様子でこたえた。

「もちろん、監視を付けています。私と組んでいる檀君《だん》がもうひとりの同僚と張り込んでくれています」

さすがに三枝だ。抜かりはないということだ。

滝下が、ちょっと安心した様子で言った。

「檀か……」

檀というのは、三枝がこの捜査本部で組んでいる板橋署の巡査部長だ。当然、滝下はよく知っているはずだ。

「その同僚というのは、板橋署員という意味か？」

三枝はうなずいた。

「そうです。あと一時間ほどしたら、私が代わろうと思っています」

菊川は言った。

「自分が代わります。三枝さんは休んでください」

三枝はかぶりを振った。

「そういうわけにはいかない。田代裕一の担当は私たちだ。菊川たちは別にやることがある」

滝下が、ちらりと幹部たちを見て言った。

「そうだな。いくらなんでも、勝手に担当を代わったりするわけにはいかない」

三枝がうなずく。

「それでは、捜査本部自体が意味を成さなくなります」

滝下が顔をしかめて言った。

「捜査本部に戻らず、ミミのところに行けばよかったかな……」

実は、滝下は迷っていたのだ。

捜査本部のある板橋署から、ミミ、本名、津久井美香の自宅までは、同じ板橋区内でもかなり離れている。徒歩で行くのは無理だ。

捜査本部に戻る前に、津久井美香の自宅を訪ねるべきだったかもしれない。だが、すでに深夜だったし、どうしても向井原のことが気になった。

電話で訊けばいいだけのことかもしれないが、捜査本部にかけたら、誰が出るかわからない。それに、どういう状況かをじかにその眼で見て確かめたかったのだろう。

滝下は、いったん捜査本部に戻ることを選択した。菊川もその決定が間違いだとは思わなかった。

今日できることはやり尽くした。津久井美香のことはまた明日でいい。そう思っていた。

だが、捜査本部に戻ってみると、三枝も津久井美香の情報を持ってきた。被害者と第一発見者が、津久井美香でつながったのだ。

滝下も落ち着いていられなくなったのだろう。菊川も同じような気持ちだった。

しかも、烏山検事は、一刻も早く向井原から自白を取ろうとしている。彼にも時間がないのだ。恩師である峰晴彦が生きているうちに、自白を取り、起訴をして、裁判で有罪にしなければならない。そう考えているらしい。

だから、滝下は焦っているのだ。だが、焦ったところで結果を出せるとは限らない。

三枝は、第一発見者の田代裕一に監視をつけた。係長にも管理官にも、そんなことは一言も言っていなかった。まだ報告していないのだろう。幹部の指示は、あくまでも、向井原を自白に導く材料を探してこいというものだった。今さら、田代を洗っているなどとは、言えなかったのだ。

だが、少しは状況が変わったのではないだろうかと、菊川は期待していた。幹部たちが集まって、ずっと話し合っているのが、それを物語っている。そう思いたかった。

「おい、おまえたち」

夏木係長が、菊川たちのほうを見て声をかけてきた。三人は一斉に係長を見た。

「ちょっと、こっちへ来い」

幹部たちが待ち受けている。

滝下と三枝が、一瞬顔を見合った。それから二人は立ち上がり、幹部たちの近くに行った。菊川はただ二人についていくだけだった。

百目鬼課長以下幹部たちは、一様に厳しい表情をしていた。それが何を意味するのか、菊川にはわからない。

滝下は、まるで説教を食らうことを覚悟したように仏頂面《ぶっちょうづら》だった。いや、説教を食らったり、怒鳴られたりするくらいならまだいい。滝下は、もっと厳しい状況を予想しているのかもしれない。

彼が、過去に一度経験しているような状況を……。

だが、菊川は、課長たちの捜査員としての良識に期待していた。捜査本部の幹部たちには、鳥山検事のように差し迫った事情などないはずだ。ならば、菊川たちが言ったことをちゃんと理解してくれるに違いない。

三人は並んで幹部たちの前に立っていた。

百目鬼課長が、三人を順に見てから言った。

「私は、鳥山検事の方針に従う」

菊川は耳を疑った。

通常の捜査感覚を持った警察官なら、被害者と第一発見者が、ある女性のことでつながったとしたら、そこに事件性を感じ取るはずだ。その点については、三枝と菊川で、充分に説明したはずだ。だが、それを無視して課長は、あくまでも烏山検事の方針に従うと言うのだ。

捜査本部長は刑事部長だが、事実上、実権を握っているのは、課長だ。その課長が検事の方針に従うということは、もう誰も逆らえないということだ。

菊川は、無力感を覚えた。滝下の気持ちがわかる気がした。こういう上司の下で働いていかなければならない。だったら、何も考えず、何も感じずにいることだ。

菊川は滝下を見た。その顔から表情が消えていた。先ほどのような焦りの色も見えない。やる気を削《そ》がれてしまったのかもしれない。

「よろしいですか？」

三枝が発言の許可を求めた。その口調はあくまでも冷静を装《よそお》っていたが、明らかに怒っていた。

「何も言うな」

百目鬼課長が言った。

この人は、あくまでも自分の保身を第一に考えているのか。今日一日の捜査も、これからやろうとしていることも、無駄になってしまうのだろうか。

菊川は、全身から力が抜け落ちていくような気がしていた。

課長の言葉が続いた。

「黙って、しばらく話を聞いてくれ。いいか？　私が検事の方針に楯《たて》を突いたりしたら、捜査本部が機能しなくなる恐れがある。そうなったら、刑事部長が直々《じきじき》に乗り出してくるかもしれない。そして、万が一、部長と烏山検事が結託したら、それこそ誰も逆らうことができなくなる」

おや……。

菊川は、眉をひそめた。いったい、課長は何の話をしているのだ……。

三枝は表情を変えずに、百目鬼課長を見つめている。滝下も、じっと課長の顔を睨むように見ていた。

「だから……」

百目鬼課長の言葉が続いた。「私は、烏山検事の方針には逆らわない。その代わり、牧野理事官が、私に逆らって勝手に捜査員の一部を動かすことになる」

菊川は、牧野理事官を見た。理事官は苦い顔をしている。

「つまり……」

理事官が言った。「私が悪役になるということだ。そして、おまえたちにも泥をかぶってもらうぞ」

菊川はすっかり驚いていた。

それは、三枝と滝下も同様だった。三人は言葉もなく立ち尽くしていた。

牧野理事官が言った。

「人員も割けない。なおかつ、向井原がいつ落ちるかわからないので、時間の余裕もない。それでも、やってもらわなければならない。おまえたちが言い出したことだからな」

「やりますよ」

滝下が、まったく気負いのない口調で言った。「乗りかかった船、ですからね」

その態度とは裏腹に、彼はやる気満々のはずだ。

百目鬼課長が、厳しい表情のまま言った。

「今後は、私には報告しなくていい。すべて、牧野理事官に報告してくれ。私は蚊帳《かや》の外に置かれた、何も知らない間抜けな上司というわけだ」

菊川は、冷えていた血が急速に熱くなっていくような気がしていた。

牧野理事官が言った。

「話は以上だ。何か質問はあるか？」

誰も何も言わなかった。さらに、牧野理事官は三枝を見て言った。

「何か発言したかったようだが……」

三枝は穏やかな口調で言った。

「いいえ。何も申し上げることはありません」

「では、解散だ。今日はもう休め。我々も引きあげる」

菊川たち三人は、礼をして幹部たちの前を離れた。すると、課長たちは連れだって捜査本部を出て行った。

三枝が言った。

「さて、今日はもうできることはなさそうだ。言われたとおりに休んだほうがいい」

「ちょっと考えたいことがある」

滝下が言った。

走り出したら止まらないタイプなのだ。そんな本性を隠して、彼はずっとやる気のない刑事を演じてきたというわけだ。

「休んだほうがいいです」

三枝が言う。「理事官が言ってました。人員を割けないと……。つまり、我々だけでやれということです。ここでへばったら終わりです」

「そんなにヤワじゃないさ。だが、言いたいことはわかる。ちょっとしたら俺も寝ることにする」

三枝が尋ねた。

「何を考えるんです？」

「津久井美香をどう攻めるか、だ」

「攻める……？」

「被害者と第一発見者が、彼女のところでつながった。当然、津久井美香は事件に関わっているという前提で話を聞きに行くべきだ」

「そうですね……」

最初から疑ってかかるのは危険かもしれない。だが、ここは滝下が言うことが正しいと、菊川も思った。直接関わっていなくても、事件と何らかの接点があることは確かだ。

滝下が、三枝に尋ねた。

「田代裕一が津久井美香のことを話したとき、どんな様子だった？」

「なかなか彼女のことを言い出さなかったですね」

「どういうふうな質問をしたんだ？」

「どうして、事件当夜、西台公園にいたのかと質問しました」

「どうこたえた？」

「人を送って来た帰り道だったと言いました」

「帰り道なのに、あの時間に公園に何の用があったんだろうな……」

「それも質問しましたよ」

「……で？」

「帰りのタクシーを拾おうとしていて、争うような物音と声が聞こえたので、何だろうと思って見に行ったと言いました」

「それで、走り去る黒っぽい背広姿の男を見たと……」

「そういうことです。誰を送って来たのかと質問すると、それは事件とは関係ないだろうと、なかなかこたえようとしなかったのです」

「なるほど……」

「事件とは直接関係なくても、細かな事情を知っておかなければならないのだと説明すると、ようやくこたえました」

「『ソレイユ』のミミとアフターに出かけ、タクシーで自宅近くまで送ったというわけだな？」

「そういうことです」

「どうして二人の客が同時に一人のホステスとアフターに出かけられるんだ？」

三枝は、小さく首を傾げた。

「それは、夏木係長も指摘していましたが……。私にはわかりませんね。アフターがどういうものだか、よく知らないのです」

「たいていは、飯を食って、カラオケなんかに行くんだ。サパーに行くこともある」

「サパー？」

「ホステスでなく、男性がサービスをする店だ。たいていカラオケがある」

「ホストクラブとは違うんですか？」

「ホストクラブに比べるとかなり飲み代が安くて、気軽に遊べる」

　菊川は尋ねた。

「三人で遊びに行くということはないんですかね？」

「ホステス一人に客が二人か？　まあ、ないことじゃないが、田代裕一の証言が本当なら、今回は、そうじゃなかったということだ。一人で津久井美香を送っていって、帰りにタクシーを拾おうとしたときに、争うような物音と声を聞いた。それが犯行時の物音だったということだろう？」

　菊川は言った。

「田代裕一が本当のことを言っているとは限りませんよ。津久井美香のことも、なかなか言おうとしなかったのでしょう？　隠しておきたかった理由があるのかもしれません」

　滝下は三枝を見た。

「どうなんだ？　その可能性はあるのか？」

　三枝は思案顔のままこたえた。

「実のところ、菊川が言ったことはあり得ると思っています」

「田代裕一が嘘をついているということか？」

「はい」

「田代裕一は、あくまで目撃者という立場を貫こうとしている。だから、被害者のことを知らないことにした。だが、実際は、生田忠幸のことを知っていたかもしれない。そういうことか？」

三枝がうなずいた。

「津久井美香を間に挟んで、田代裕一と生田忠幸が知り合いだったことは、充分に考えられますね」

「それは、津久井美香に対する突っ込みどころだな」

「同時に、田代裕一に対する突っ込みどころでもあります」

「いつ話を聞きに行く？」

「そちらが、津久井美香から話を聞いてからにしようと思います。津久井美香の供述の内容と田代裕一の供述の内容が食い違っていたら、そこがまた攻めどころになります」

「了解だ。俺たちは、朝一番に、津久井美香を訪ねる。昼間の仕事をしているということだが、日曜日なので話を聞けるだろう」

三枝が言う。

「こちらは、田代裕一の監視を続けます」

「ようやく眠くなってきた」

滝下が言った。「一眠りするか……」

考えが、ある程度まとまって気分が落ち着いたということだろう。

滝下の言葉を聞いて、菊川もくたくたに疲れていたことに気づいた。

17

午前九時に、西台一丁目にある津久井美香の自宅を訪ねた。マンションなど共同住宅を予想していたが、一戸建てだったのでちょっと意外に思った。それも、かなり大きな邸宅だ。築二十年といったところだろうか。

表札に「津久井」とあったので、彼女の自宅に間違いない。

菊川が、門柱についているインターホンのボタンを押した。

返事がない。もう一度ボタンを押す。

しばらく待っていると、不機嫌そうな若い女の声が聞こえてきた。

「はい……」

まだ寝ていたのが明らかだった。菊川は言った。

「すいません。警視庁の者ですが、ちょっとお話をうかがわせていただけませんか?」

「警視庁……? 午後にしてもらうわけにはいきません?」

「できれば、今お願いしたいのですが……」

「ちょっと待ってください」

舌打ちが聞こえてきそうな口調だ。

それから三分以上待たされた。玄関のドアが開くのが見えた。滝下が門の中に進んだ。菊川は後ろに続いた。

ジーパンにTシャツという恰好の、若い女性が玄関に立っていた。寝起きの顔をしている。だが、その顔立ちは、はっとするほど美しかった。

残念なことに、今はひどい仏頂面で、その美しさをずいぶんと損なっていた。

「警察が何の用なんです?」

滝下が丁寧な口調で言った。

「近くであった殺人事件について、ちょっとうかがいたいことがあるんです」

「ああ、そこの公園であった事件ね」

「被害者の名前は、生田忠幸。あなた、生田さんをご存じでしたね?」

津久井美香は、滝下を睨んだ。いや、睨んだのではなく、驚いて見つめただけかもしれない。

それから、しばらく黙っていた。どうこたえるべきか考えているのだろう。知らない振りをすれば済むと思っているかもしれない。だが、当然、こちらはそれで済ませるつもりはない。

やがて、津久井美香が言った。

「ええ、知ってました。お店のお客さんでした」

「お店というのは、六本木の『ソレイユ』ですね？」

「そうです」

「事件当夜のことについて、うかがいたいのですが……」

津久井美香は、あたりを見回した。近所の眼を気にしているのかもしれない。一戸建て住宅に住む人々は、マンション住まいよりも近所付き合いが密な傾向にある。

その姿を見て、滝下が言った。

「ちょっと、込み入った話になるかもしれませんよ」

津久井美香は、迷惑そうに顔をしかめたが、抵抗しても無理だと悟ったようだった。

「どうぞ、上がってください」

リビングルームに案内された。

「そちらにかけてください」

立派な応接セットがあり、津久井美香はその二人がけのソファを指さした。

「失礼します」

滝下が座った。菊川も隣に腰を下ろした。津久井美香は、その二人がけと九十度の角度で置かれている一人がけのソファに座った。

滝下が質問を繰り返した。

「事件当夜のことについて、あなたはどこで何をしていたか、お聞かせ願えますか？」

とたんに、津久井美香の表情がこわばった。

「私、疑われているんですか？」

「そういうわけじゃありません。被害者のお知り合いの方全員に同じ質問をしているのです」

これは、本当とは言い難い。鑑の薄い人にはこういう質問はしない。

津久井美香は、こたえた。

「お店に出てました」

「昼間のお仕事をされているので、早上がりなんだそうですね？　上がりは、十一時半頃ですか？」

「いつもはそうです」

「事件の日、正確には、その前日の夜ということになりますが……、つまり、六月十三日の夜です。その日も早上がりでしたか？」

「六月十三日の夜……。何曜日だったかしら……」

「水曜日です」

「ならば、早上がりでしたね」

「そのまま真っ直ぐ帰られたのですか？」

美香は、またちょっと考え込んだ。本当のことを素直に言いたくないようだ。

「お客さんと食事に行きました」

「そのお客さんの名前は？」

「私といっしょにアフターに行った人の名前なんて、事件と関係あるんですか？」

滝下は、その質問にこたえなかった。

「その人の名前は？」

美香は、反抗的な眼を滝下に向けた。何か言おうとしていたが、何を言っていいのかわからない様子だ。やがて、諦めたように、彼女は言った。

「田代裕一さん……」

「田代裕一」

滝下は、確かめるような口調で言った。「それは、遺体の第一発見者であり、通報をした人ですね？」

「私は、そういうことは知りません」

「事件について、田代さんとお話はしなかったのですか？」

「記憶にありません」

政治家の答弁を真似ているようだ。

だが、そんな曖昧な供述を許すほど警察は甘くはない。

「思い出してください。重要なことかもしれないのです。田代裕一さんと、事件のことについてお話したことはあるのですか？」

美香は、唇を噛んで考え込んだ。思い出そうとしているわけではない。どうこたえれば、自分に害が及ばないかを考えているのだ。

「事件が起きてから、一度も会ってないので、話はしていません」

「電話もしていないのですか？」

「電話もかかって来ていません」

「本当ですね？　私たちは令状を取れば、ＮＴＴで通話記録を入手することもできるんですよ」

「令状……？」

美香の表情が曇った。「やっぱり私は疑われているんですか？」

「そういうこともできる、と言っただけです。だから、嘘をつかないでほしいんです」

「嘘はついていません。事件の後、連絡は一度もありません」

滝下はうなずいた。

「私たちは、どうして、生田さんがあの夜、西台公園にいたのか、その理由が知りたいのです。何かご存じありませんか？」

「どうして私が……？」

「あなたは、生田さんをご存じだった。そして、事件当夜、第一発見者である田代さんに、タクシーで自宅まで送ってもらってますね。事件が起きたのは、あなたの自宅のすぐそばですし……」

「私は関係ありません」

美香から不機嫌さが消えていた。代わりに彼女は、不安そうな表情になっていた。本当に疑われていると思いはじめたのだろう。

「もう一度質問します」

滝下が言った。「どうして、事件の夜、生田さんがあの公園にいたか、何か心当たりはありませんか？」

「ありません。私は何も知らないんです」

「では、あの夜のことを詳しく教えてください」

美香は、ほとんど抵抗の色を示さなくなった。警察に逆らっても何の得にもならないことが、ようやくわかったのだろう。あるいは、眠気が覚めて、多少気分がすっきりしてきたのかもしれない。

「お店は、いつもどおり十一時半に退《ひ》けました。田代さんとアフターに行くことになっていたので、いっしょに店を出たんです」

「田代さんは、何時頃にお店にいらしたのですか？」

「九時過ぎだったと思います」

「その日、生田さんも、お店にいらしてましたね？」

美香は、ちょっと驚いたように滝下を見た。刑事が、こうした質問をすると、たいていの一般人は驚く。どうして、そんなことまで知っているのかと、不思議に思うのだ。

警察官にとってはどうということはなくても、質問される側は驚き、不安に思うのだ。

「はい。いらしてました」

「生田さんは、何時頃にいらっしゃったのですか？」

「店に入ったのは、九時です」

妙な言い方をすると思った。滝下にはその理由がすぐにわかったようだ。

「同伴だったんですね？」

同伴出勤。つまり、店に入る前に食事などをして、客といっしょに出勤することだ。ホステスの営業活動の一環で、ノルマを課す店もあると聞いたことがある。

「はい」

「でも、生田さんの係は、ユカリさんですよね。それなのに、同伴なんかして揉めたりしないんですか？」

「ユカリさんは、別のお客さんと同伴だったので、ちょうどよかったって言われました。あたしヘルプだから、どうせユカリさんの売り上げになるんだし……」

彼女たちにとっては、客そのものよりも、その伝票のほうが重要なのだ。

「生田さんは、あなたと同伴で店に入られた……。だから、アフターも生田さんと出かけたのじゃないかと言う人がいました」

「誰です、そんなことを言ったのは？」

滝下は、またしてもその質問にはこたえなかった。

滝下が言った。

「生田さんとアフターに出られたわけではないのですね？」

「違います。私は、田代さんと店を出たんです」

「その後、どこかで生田さんに会いませんでしたか？」

「いいえ、会っていません」

「うーん」

滝下は考え込んだ。本当に何かを考えているわけではないかもしれない。苦慮する振りをして、美香に圧力をかけようとしているのだ。「じゃあ、どうして生田さんは、あなたの自宅のそばにいたのかなあ……」

「偶然だと思います。とにかく、私はそのことについては何も知りません」

「偶然ねえ……」

滝下はまた考え込むポーズを取った。

美香には、かなり圧力がかかっている。それは明らかだ。彼女は、緊張の度合いを高めつつある。それは何を意味しているのだろう。

彼女が事件に関与しており、何かを隠しているということなのだろうか。それとも、自分が疑われているかもしれないと思い、ただ不安になっているだけなのか。

菊川には判断がつきかねた。

「店を出られてからの、田代さんとあなたの行動について教えてください」

「私が、お腹がすいたと言ったら、田代さんは、鮨屋に連れて行ってくれました。芋洗坂を下ったところにあるお鮨屋さんで、三時過ぎまであいているんです」

「それから……？」

「三十分だけカラオケに行って帰りました。私、次の日も朝から仕事だったから……」

「田代さんとタクシーに乗られたのですね？」

「ええ。アフターのときはいつも送ってくれるんです」

六本木から板橋までは、どのくらいかかるのだろう。五、六千円はかかるはずだ。往復だと一万円以上だ。

菊川の感覚からすると、ただ送っていくだけで、そんなタクシー代を使うというのが信じられない。だが、世の中にはそれが普通だと思っている人々がいる。まだ、水商売の世界からバブルの名残は消えていないのかもしれない。

「タクシーを下りてからのことを詳しく教えていただけますか？」

「田代さんが家の前まで送ってくれて、そこで別れて、私は寝ました」

「それは何時頃のことですか？」

「二時半頃です」

「二時半……。それは間違いありませんか？」

「ええ。次の朝、仕事で起きなきゃならないでしょう？　だから、夜はけっこう時間を気にしているんです」

「店が終わってから鮨屋に行って、それからカラオケに行って……。それでも、帰ったときは二時半だったのですか？」

「夜中で、高速もすいてました。鮨屋もカラオケも長居しませんでしたし……」

「二時半に田代さんと別れた……。それで間違いありませんね？」

「間違いありません」

菊川は、その供述をノートにしっかりと記録していた。

滝下は、リビングの中をさっと見回してから言った。

「ここにお一人でお住まいですか？」

「ええ、一人で住んでます」

「地価の高騰《こうとう》でみんな住むところに苦労しているのに、これは贅沢《ぜいたく》な環境ですね」

「ここは祖父の代からの家で、今は父のものですから……」

「お父さんの……。それで、お父さんは今どちらに？」

「海外に赴任《ふにん》しています。商社に勤めているので……。母も父について行っているので、私が一人で住んでいるのです」

「ご両親が海外に……。どちらの国です？」

「タイです」

「あなた、昼間はどちらにお勤めですか？」

「表参道《おもてさんどう》のブティックで働いています」

アパレル関係の仕事は、見た目ほど楽ではないと聞いたことがある。五年ほど前に『夜霧のハウスマヌカン』という、ちょっとコミカルな歌が流行《はや》った。ハウスマヌカンの悲哀をシニカルに表現した歌だった。自分の身だしなみに金がかかる割には収入が少ない。美香のように夜のバイトをする人も珍しくはないようだ。

滝下は、そのブティックの名前と所在地を尋ねた。美香は、素直にそれを教えてくれた。

「田代さんと別れてから、生田さんとお会いになったというようなことはありませんか？」

滝下はごくさりげない口調で質問したが、美香は目を丸くした。

「あの夜にですか？　そんなことはありません」

「あの日は、生田さんと同伴でお店に入られた。そして、お店で別れたのですね？」

「そうですね……」

美香は記憶を探るように視線を動かした。「私たちが店を出るときには、生田さん、まだ店にいたと思います」

「店にいた……」

う。

「はい」

「生田さんは、あなたのご自宅を知っていましたか？」

また美香は、一瞬戸惑った様子を見せた。質問の意図がわからず、不安なのだろ

「ええと……。何度か送ってもらったことがありましたから……」

「あの日、生田さんが、どうして西台公園にいたか、本当に心当たりはありませんか？」

「ありません」

美香はきっぱりと言った後に付け加えた。「ただ……」

「ただ、何です？」

「あの日も、実はアフターに誘われていたんです」

「同伴アフターですか……。そいつは熱心だな」

同伴で店に入り、アフターに出かける。それを、『同伴アフター』という言い方をするらしい。たしかに、よほどご執心《しゅうしん》でなければ、そこまでできないだろう。

「他のお客さんに誘われているからと、断ったんです」

「田代さんと生田さんは、お知り合いでしたか？」

「さあ、お店で顔を合わせることはあったと思いますが、二人が話をしたことがある

かどうかは、私は知りません。生田さんはユカリさんのお客さんだし、田代さんは、別のお姉さんのお客さんですから……」

「三人でいっしょにアフターに行ったりしたことはないのですね？」

「ありません」

「理由はわからないが、生田さんは、西台公園にいた。そして誰かに殺害された……」

「もしかしたら、生田さんは、私たちのあとをつけてきたのかもしれません」

菊川は、はっと美香のほうを見た。

滝下は、まったく気にしないような態度だった。

しまったと、菊川は思った。刑事がいちいち相手のこたえに反応してはいけない。こちらの反応を見て、しゃべろうとしたのにやめてしまうこともあり得るのだ。

菊川はノートに眼を戻した。

滝下の、まるで世間話をしているような口調の質問が聞こえてきた。

「ほう、つけてきた……。どうしてそう思うんです？」

最初は不機嫌そうだったが、徐々に協力的になり、どんな質問にもこたえてくれるようになっていた。

だが、美香は、この質問に口ごもった。戸惑ったような様子を見せて言った。

「なんとなくそう思っただけです」

「以前にもそういうことがあったんですか？」

「いえ、そうじゃありません」

「だけど、生田さんが尾行してきたような気がした」

「そうです。本当に、なんとなくそんな気がしただけです」

滝下は、うなずいた。それ以上は追及しなかった。

「わかりました。せっかくの休日に、朝早くからお邪魔して、申し訳ありませんでした」

質問の終わりを告げる言葉だった。

美香はほっとしたような表情になった。

滝下は、玄関に向かった。靴をはいてから、思い出したように振り向き、尋ねた。

「田代さんとは、本当に事件については何も話をされていないのですね？」

美香は、うなずいた。

「ええ、話はしていません」

「わかりました。ありがとうございました」

滝下は玄関を出た。

菊川はそのあとを追い、門を出たところで言った。

「すみませんでした」

「何の話だ？」

「津久井美香が、もしかしたら生田は、田代と彼女を尾行したのかもしれないと言ったとき、思わず彼女の顔を見てしまったのです。彼女は、それでその先をしゃべるのを躊躇したのかもしれません」

「そんなんじゃないさ。もともと、津久井美香は、そのへんのことを曖昧にしておきたいんだ」

「つまり、何かを隠しているということですか？」

「あくまでも部外者でいたいんだろう。事件と関わりたくないんだ。関わりは明らかだがな……」

「ええ」

「だが、あんたの気配りが足りなかったのも事実だ。これはあんたのために言うんだが、気をつけろ」

「はい」

「俺は署に戻って、今の津久井美香から聞いた話を三枝に伝える」

「自分は、本庁に行って、鑑識から詳しい話を聞いてきます」

二人はそこで別れた。

18

捜査本部で報告してくれた鑑識の係員を訪ねた。小森哲朗《こもりてつろう》という名の巡査部長だ。年齢は三十代半ば。どちらかというと引っ込み思案な感じがする。

警察組織の中では、こういうタイプはけっこう苦労するだろうと、菊川は思った。

「血液型について訊きたいんだって？」

「捜査本部で報告してくれたことを、もうちょっと詳しく聞かせてほしいんだ」

「あそこで言ったことがすべてだよ。補足することはない」

なんだかすねているように見える。

「検事が、あんたの報告を曲解《きょっかい》したので、頭に来てるってわけか？」

小森は、一瞬照れくさそうな顔になり、少しだけうろたえた。

「別に腹を立てているわけじゃない。だが、理不尽だと感じている」

鑑識をやっていると、どうしても職人気質《しょくにんかたぎ》になるのかもしれない。こつこつと分析した結果を、勝手にねじ曲げられたら、誰だって不愉快になる。専門家としてのプライドがあればなおさらだ。

「烏山検事は、何が何でも向井原を起訴して有罪にしたいと考えている。暴走する機関車みたいなものだ。俺たちは、なんとかそれにブレーキをかけようとしている」

小森は驚いた表情で、菊川の顔を見た。

「ブレーキをかけるだって？」

「そう。そのために、あんたの協力が必要なんだ」

「無駄なことだと思うよ。検事ってのは、自分に有利な証拠しか採用しないんだよ」

「血液型は、客観的な判断のもとになると思う」

小森はかぶりを振った。

「俺に言わせればね、刑事裁判で客観的な判断なんてないんだよ。血液型の証拠だって、いいように解釈されてしまう」

「そんなばかな……」

「一度、こんなことがあった。被害者がA型で、容疑者はB型だった。被害者の衣類に付着していた体液の血液型はＡＢ型だった。客観的に考えれば、犯人はＡＢ型で、B型の容疑者は誤認逮捕だ、ということになる。だが、そのときの裁判で何が起こったと思う？」

「さあな」

「A型である被害者の汗と、B型である犯人の体液が混じり合った結果、ＡＢ型の反応が出たんだろう、なんてことを検察が言い出したんだ。つまりさ、客観的な事実を無視して、無理やり理屈を合わせようとしたわけだ」

「まさか……」

信じられなかった。「その容疑者はどうなった？」

「今も服役しているはずだよ。今回だってそうじゃないか。俺は、犯人はA型の血液型である可能性が最も高いと報告した。なのに、検事は、特定の容疑者に合うように、O型である可能性に固執しているんだ」

「だけど、事実、両方の可能性があるんだろう？」

「俺は、科学的な良心に従って、両方の可能性を示しただけだ。まあ、通常ならそんな必要はないほど、O型である可能性は低いんだ。余計なことを言っちまったと思っているよ」

「余計なことじゃないと思う。あらゆる事実を検討することが重要なんだ」

「その上で、自分の都合のいい事実だけ拾い集めるんだ。そいつはね、嘘より始末が悪いんだ。一つ一つのフラグメントは本当のことだからね。でも、全体を見ると、間違っている。つまり、説得材料として、都合のいいデータだけをつなぎ合わせるタチの悪い市場調査の連中と同じなんだ」

「ABO血液型について、もう一度詳しく教えてくれるか？　会議ではよくわからなかった」

「おやすいご用だ。ＡＢＯ型は、抗原抗体反応によって分類される」

「抗原抗体反応……？」

「簡単に言えば、体内の異物に対する抵抗の仕組みだ。免疫《めんえき》反応とも言う。血液の場合、二種類の抗原が問題になる。つまり、Ａ抗原とＢ抗原だ。ここまでは、わかるな？」

「なんとなく」

「Ａ抗原を持つ血液型は、Ｂ抗原に対して抗体を作り出す。これがＡ型と呼ばれる血液型だ」

捜査会議で一度聞いていたので、菊川も今度は理解しやすかった。

「Ｂ抗原を持つ血液型は、逆にＡ抗原に対して抗体を作り出す。これがＢ型だ」

「抗体を作り出すというのは、具体的に言うとどういうことなんだ？」

「凝集という現象が起きる。つまり、赤血球が抗体によって寄り集まり塊になる現象だ。だから、Ａ型とＢ型同士だと、輸血ができない。赤血球が固まってしまうからな」

「そこまではわかった」

「Ａ抗原とＢ抗原は、それぞれの転移《てんい》酵素《こうそ》によってＨ抗原から作られる」

「Ｈ抗原……？」

「ああ、つまり、A抗原やB抗原の元になる物質だ。それを持っているのがO型。H抗原の場合、A抗原に対しても、B抗原に対しても抗体を作る。そして、A抗原とB抗原の両方を持っているのが、AB型だ。つまり、O型の人は、A型からもB型からも輸血を受けることはできない。だが、その逆は理論的に可能だ。そして、AB型は、すべての血液型から輸血を受けることができるが、その逆はできない。まあ、実際には血液型というのは、ABO分類だけじゃないので、違う血液型同士で輸血をすることは、緊急時以外ではやらないけどね」

「血液型についてはわかった。じゃあ、それを実際に判定するには、どうするんだ?」

「抗A血清と抗B血清を使って、採取した赤血球と反応させて調べる。さらに、採取した血液の血清を使って、逆のテストをする。これを裏検査という。もう一つは、DNA鑑定という遺伝子を調べる方法だ。ABO式血液型を決定する遺伝子は第九染色体にある。また、H抗原を作る遺伝子は第十九染色体にある。それを調べるんだが……」

「調べるんだが……?」

「まだまだ遺伝子の鑑定は不正確だ。費用もかかる。今でも、主流は血清学的な鑑定なんだ。だから、さっき言ったようなことが裁判でもまかり通ることになる」

「つまり、被害者の汗と犯人の体液が混じったから血液型が変わったと……」

「そういうこと。遺伝子鑑定が、もっと正確になれば、そんなことは言えなくなるんだがなあ」

「今回も、血清学的に検査をした結果なんだな？」

「そうだ。だが、結果は明らかだ」

「明らか？」

「捜査会議で言ったとおりだ。被害者の血液型はB型で間違いない。そして、遺体の周辺で採取された汗などの体液から判定した血液型は、ほぼA型で間違いない」

「だが、O型の可能性もあると、あんたは言った」

「だから、それは科学的な良心に従っただけだと言っただろう。より正確な報告をしようと思っただけだ。それが裏目に出たけどな。つまり、検事は、こちらの誠意を逆手に取ったというわけだ」

「ずばり聞くけど、容疑者の血液型がA型である確率と、O型である確率はどの程度の差があると思う？」

「九十対十」

菊川はうなずいた。

「それを、捜査会議でもう一度説明してくれるか？」

「呼ばれれば、いつでも説明するさ」

「裁判で証言を求められたら？」

小森はとたんに慎重な態度になった。

「それは刑事の言うことじゃないな。それは、今は考えないでおくよ」

たしかに、小森の言うとおりだった。

菊川は、礼を言って立ち去ろうとした。

「あ、それとね……」

小森が呼び止めた。「一つ、ちょっと気になることがあってね」

「気になること……？」

「微物《びぶつ》鑑定なんだ。現場から微物を採取して調べたら、衣類の繊維が見つかったんだけど、その種類がちょっと多いように思える」

「種類が多い……？　どういうことだ？」

「さあね。あくまで印象だけどね。野外で、被害者と犯人しかいなかった現場、という状況を考えると、ちょっと種類が多いような気がする。まあ、それだけのことなんだがね……」

小森の口調からすると、それほど重要なこととは思えなかった。それより、血液型のことのほうがずっと大切だと思った。

菊川は、もう一度礼を言って警視庁を後にした。

捜査本部に戻ると、菊川は小森から聞いた話をなるべく正確に滝下に伝えた。

「わかった。鑑識の言うことが、どの程度の援護射撃になるかわからんが、いちおう理事官に報告しておいてくれ」

「自分が報告するんですか？」

「その類の報告は、伝言ゲームで正確さが失われていく恐れがある。話を聞いたあんたが、直接報告するのが一番だ」

たしかにそのとおりかもしれない。

「三枝さんは、田代のところですか？」

「ああ。津久井美香の供述内容を聞かせてやったら、田代に訊きたいことを山ほど思いついたと言ってた」

「そうでしょうね」

菊川は、牧野理事官に近づいた。牧野は、さりげなく菊川に尋ねた。

「何か報告か？」

「はい」

声を落とした。

「何だ?」

「血液型のことで、鑑識から詳しく話を聞いてきました」

「例の件か……」

牧野理事官は、しかめ面になった。「トイレにでも行くふりをして、刑事課の会議室で待っていてくれ。すぐに行く」

「はい」

捜査本部内の眼を気にしているのだろう。菊川たちの行動は、なるべく烏山検事には知られたくない。どこで誰が見聞きしているかわからないし、誰が味方で誰が敵なのかもわからない。用心に越したことはない。

言われたとおりに、刑事課の会議室に向かった。誰かが、会議室を使っていたらどうしようと思った。だが、それは杞憂だった。理事官は、会議室があいていることを確認していたのかもしれない。

五分ほど待つと、理事官がやってきた。二人きりになると、さすがに緊張した。

理事官は、椅子に腰を下ろすと言った。

「話を聞こう」

菊川は、立ったまま報告を始めた。一度、滝下に説明しているので、かなり円滑《えんかつ》に話すことができた。

牧野理事官は、無言で報告を聞いていた。菊川が話し終わっても、しばらく黙っていた。

やがて、理事官が言った。

「つまり、犯人はA型だと考えていいんだな？」

菊川は、慎重に言葉を選んだ。

「現場に落ちていた汗などの体液は、A型である可能性が九十パーセント以上の確率だということです」

「つまり、O型の向井原は、犯人ではない確率が九十パーセント以上だということだ」

「そういうことになると思います」

「だが、現場で採取された体液の血液型が、O型である可能性もゼロではないということだな。検事は、そこに固執するはずだ」

「常識で考えれば、そんな可能性は排除されて当然だと思います」

「世間の常識と検事や判事の常識は違うのさ。彼らは、現実を知らない。彼らが知っているのは、判例と裁判所の中のやりとりだけだ」

これは言い過ぎだと思ったが、牧野理事官にも何か苦い記憶があるのかもしれないと思った。いや、刑事は多かれ少なかれ、同じような思いを抱いているのだろうか。

「滝下から、津久井美香の供述についての報告を受けた。生田と田代の関係については、知らないと言っていたそうだが、その発言はどうも怪しい気がする。おまえは、どう感じた？」

「そうですね」

菊川は、考えをまとめてからこたえた。「何かを隠しているというほどじゃないですが、自分は事件とは関係ないと思わせたがっているようでした」

「時間が気になる」

「時間ですか……？」

「津久井美香は、二時半には自宅に着いたと言っている。だが、田代が通報をしたのが、三時過ぎ。正確に言うと、三時十分頃だ。その三十分ないし四十分の間、いったい田代はあのあたりで何をしていたんだ？」

牧野理事官が言うとおりだ。

当然ながら、滝下もそのことに気づいているだろう。

「その間に何が起きたか……。今、三枝さんたちが田代に質問していると思います」

「もう一度、地取りをやり直して目撃情報を集めようと思う」

「人手が足りないとおっしゃいませんでしたか？」

「目撃情報を集めるのは、通常の捜査だ。別に問題はない。集まった情報をどう分析するかが重要なんだ」

たしかにそのとおりだ。

牧野理事官は、表面上はまだ捜査本部全体を指揮している。通常の地取りを捜査員に命じることについては、何の問題もない。

捜査員たちは、向井原が犯人であることを裏付ける情報を求めて歩き回るだろう。だが、牧野理事官たちは、集まった情報の中から、逆に、向井原が犯人でないことを裏付ける要素を見つける努力をするということだ。

「わかりました」

「現場近くの歩道で、紺色の背広を着た男が走っていくのを目撃した女性がいたな」

「はい」

「彼女に、向井原と田代の写真を見せろ。何か覚えているかもしれない」

「わかりました」

理事官は立ち上がり、先に会議室を出て行った。

菊川は、三分ほど待ってから出た。刑事課にいた署員たちは、誰も菊川のことを気にしていない様子だった。それを確認してから、捜査本部に戻った。

すぐに、滝下に牧野理事官の指示を伝えた。

「たしか、その女性は、後ろから走ってくる男性に追い抜かれたんだったな」

「ええ」

「じゃあ、顔は見ていないだろう。写真を見せたところで、望み薄だな……」

「やってみなければわかりませんよ」

菊川が言うと、滝下はにっと笑った。

「なんだか、刑事らしくなってきたじゃないか。その目撃者の住所と名前をメモしてこい。それと、向井原と田代の顔写真だ」

目撃者の住所・氏名は、ひな壇の脇のホワイトボードに明記してある。菊川はそれを書き写し、写真を管理している係員から向井原と田代の写真を入手した。

目撃者の名前は、折原恵美《おりはらえみ》。年齢は二十二歳。住所は、津久井美香と同じ西台一丁目だが、美香の家とは公園を挟んで反対側になる。

二人はすぐに出かけた。

折原恵美が住んでいるのは、小さなマンションだった。独身者を対象にしたワンルームが中心のマンションだ。

オートロックだったので、玄関で部屋番号を押した。二度目のチャイムで返事があった。

「はい……」

滝下が言った。

「すいません。警視庁の者ですが、ちょっとお話をうかがいたいんですが……」

「警視庁？」

「はい。この近くであった殺人事件の捜査本部の者です」

「これから人が来るんですが……」

「長くはかかりません。ちょっと、写真を見ていただくだけです」

しばらく無言の間があった。どうするべきか考えているのだろう。やがて、声が聞こえた。

「どうぞ」

玄関の自動ドアが開いた。

部屋を訪ねると、こざっぱりとした服装の背の高い女性が戸口から顔をのぞかせた。おそらく、これから訪ねてくるのはボーイフレンドだろうと、菊川は思った。

「写真ですって……？」

「ええ、近くの公園で起きた殺人事件について捜査していまして……。あなた、あの夜、紺色の背広を着た男を目撃されたのだとか……」

「ええ……」

「その男は背後から駆けてきて、あなたを追い抜いていったのですね？」

「そうです」

滝下は、二枚の写真を取り出した。

「それはこのどちらかの人物ではありませんでしたか？」

恵美は、眉間にしわを寄せて、しばらく写真を見つめていた。やがて、彼女は言った。

「この人だと思います」

それは田代裕一の写真だった。

19

「それは間違いないんだな？」

牧野理事官が、菊川と滝下の顔を交互に見ながら尋ねた。

滝下がうなずいた。

「折原恵美が、はっきりと証言しました。彼女が見た紺色の背広の男とは、田代裕一だったんです」

午後一時半頃に、捜査本部に戻り、滝下と菊川は、牧野理事官に報告をしていた。

「顔を見ていたのか？　たしか、紺色の背広の男は、背後から駆けて来たんだろう？」

「ええ。でも、追い抜かれる瞬間に、肩がぶつかり、男が一瞬振り向いたんだそうです」

「暗かったんじゃないのか？」

「その点も、確認しました。街灯のそばだったので、比較的明るかったそうです。そして、とても怖い思いをしていたので、相手の顔が印象に残ったのだと、彼女は言っていました」

「怪しいじゃないか」

牧野理事官が考え込んだ。「現場のほうから駆けてくるなんて、通報者がやることじゃない」

「言い訳はいくらでもできますよ」

滝下が言った。「急いで通報しようと、公衆電話を探して走り回っていた、とか……」

菊川はそれを補うように言った。

「殺人現場を見て、度を失っていたとか……」

「だがな……」

牧野理事官は、さらに真剣な眼差しになった。「田代裕一が目撃したという黒っぽいスーツの男はどうなったんだ？　彼以外の目撃者というのは、その折原恵美だけだったんだろう？　その折原恵美が、紺色のスーツの男は、田代裕一だったと証言した……」

滝下がこたえた。

「田代が見たという黒っぽいスーツの男なんて、もともといなかったのだと、考えることもできますね」

「つまり、田代が嘘をついていたということか？」

「その可能性は大きいですね。なにせ、他に目撃者はいないんです。そして、現場近くを走っている田代裕一本人が目撃されている……」

「だが、それを証明できるかどうかだ。物的証拠が何もない。さらに問題なのは、烏山検事が、その黒っぽいスーツの男が、向井原だと考えていることだ」

菊川が言った。

「本来、血液型が物的証拠となり得るはずなのですが……」

「鑑識の慎重な報告が仇《あだ》になったな……」

「しかし、客観的な傍証《ぼうしょう》としては、まだまだ役に立つと思います。検事がいくらわずかな可能性に固執しても、裁判官がその証拠をどう判断するか……」

滝下が菊川に言った。

「裁判官に期待するな。刑事裁判では、裁判官は、検事の言うことを鵜呑《うの》みにするんだ」

「おい」

牧野理事官が、顔をしかめた。「いくらなんでも、それは言い過ぎだぞ」

「でも、刑事裁判の有罪率が、九十九・九パーセントですよ。そんなの、他の先進国じゃ考えられないでしょう？」

「送検された被疑者がすべて起訴されるわけじゃないんだ。検事は、有罪を見込める被疑者だけを起訴する。送検された者のうち起訴される率は六十三パーセントに過ぎない。これは、アメリカなどに比べればずいぶん低いんだ。裁判の有罪率だけを問題にしては、本質を見誤ることになる」

「しかし、今回の事案では、烏山検事は、何が何でも向井原を起訴するつもりでしょう」

牧野理事官は、声を落とした。

「だから、それが無理だと思わせるように持っていくんだ」

「その前に、向井原が落ちたらどうするんです？」

牧野理事官は、ますます苦い顔になっていく。

「自白して起訴されたとしても、裁判での罪状認否《ざいじょうにんぴ》がある」

つまり、裁判になっても被告が罪を否定する機会があるというわけだ。

それでも滝下は引かない。

「罪状認否で公訴事実を否認したとなれば、弁護側と検察側が、本格的な論戦を始めるわけですが、それでも有罪になるケースがほとんどなんです」

菊川は不思議なものを見ているような気分だった。本庁の理事官といえば、捜査一課のナンバーツーだ。その理事官と所轄の一捜査員が対等に意見を戦わせている。

この捜査本部では、いつのまにか人間関係に変化が生じている。それが実感できた。

同じ目的を持っているという共感のせいだろうか。もちろんそれもある。だが、滝下が捨て身になっていることが大きいと、菊川は思った。

自暴自棄《じぼうじき》になっているのとは違う。上司に叱責されようが、処分されようがかまわない。やるべきことをやると、覚悟を決めているのだ。

無気力、無関心に見えていた滝下は、今は別人のようだった。彼は、仮面を脱ぎ捨てた。

なぜだろうと、菊川は考えた。

彼は、決して無謀《むぼう》な男ではない。自分を守ることを知っている。

勝算が見えたのかもしれない。勝ち目のある戦いだからこそ、己《おのれ》を賭ける覚悟ができたのだ。

牧野理事官は、滝下が本気であることをしっかりと感じ取っている。だからこそ、こうして階級や立場を越えた議論ができるのだ。

「向井原のアリバイでもあればなあ……」

牧野理事官が言った。滝下がこたえる。

「十時頃帰宅して、ずっと一人でいたということですから、現場不在証明は難しいでしょうね」

「人手があればな……。向井原の周辺をしらみつぶしに当たって、何とかアリバイを見つけるんだが……」

菊川は言った。

「通話記録はどうでしょう？　本人は、忘れていても、誰かと電話で話しているかもしれません」

牧野理事官は、菊川を見て言った。

「令状がいるな。烏山検事に内緒で令状を取るわけにもいかない」

滝下が言う。

「犯行を裏付けるために必要だ、とかなんとか言えばいいでしょう」

「アリバイを探すんだぞ」

「誰とも電話していないということになれば、アリバイがないということが証明されてしまうわけですから……」

「その線で行くか。よし、検事に話して、大至急、捜索令状を手配しよう」

そのとき、三枝が一人で戻って来た。いっしょに組んでいる檀は、田代裕一に張り付いているのだろう。

三枝は、まっすぐに牧野理事官に近づいてきた。牧野理事官が尋ねた。

「田代はどうだ？」

「あくまでも事件の第一発見者だと言い張っていましたが、ミミのことを追及しはじめたら、急に非協力的になりました」

「非協力的……？」

「自分は、善意で通報したのだから、しつこく尋問されるいわれはない、と……」

「身に覚えがなければ、何を訊かれても平気なはずだ」

「そういうことですね」

滝下が尋ねた。

「あの日の足取りは、聞き出せたのか？」

「しゃべりました。店を出て鮨を食べて、カラオケをやってから送って行ったと供述しました」

滝下がうなずいた。

「それは、ミミ、つまり津久井美香の供述と一致している」

「被害者の生田を知っていたかと尋ねたら、必死で何か言い訳を考えている様子でした。でも、結局、認めましたよ」

滝下がまたうなずいた。

「認めるしかないだろうな。嘘をつくと、もっと面倒なことになる。それで、事件の通報者が、被害者を知っていたことについて、彼は何と言っていた？」

「驚いたと言っていました」

「驚いた……？」

「ええ、遺体を発見したときは、それが誰なのかわからなかったと言っています。離れていたし、現場は暗かったので……。そして、ニュースで殺害されたのが生田だったと知って、心底驚いたと言っていました」

それまでじっと話を聞いていた牧野理事官が言った。

「田代の話は、筋が通っているように聞こえるが、どうも不自然だな。同じミミというホステスをひいきにしている二人が、ミミの自宅近くにいた。そして、片方は殺され、片方がその第一発見者となった。そんな偶然があるもんか」

滝下がこたえる。

「そういうことですね」

三枝が報告を続けた。

「送ってもらって、田代と別れたのが午前二時半頃だったと、津久井美香が供述していますね。そして、田代が事件を通報したのが、午前三時十分頃。これは通信司令センターに記録が残っているので明らかです。つまり、田代は、約四十分もの間、津久井美香の自宅や現場の付近にいたことになります。いったい、何をしていたのかと思い、尋ねてみました」

理事官の眼の輝きが強くなった。

「こたえは？」

「タクシーを探していたと言っていました」

「銀座や六本木じゃないんだ。タクシーくらいすぐに捕まったはずだ」

「私も同じことを思ったので、田代にそう言ってやりました」

「それで……？」

「事実、見つからなかったのだから、仕方がないと……。現場周辺は住宅街なので、タクシーがなかなか通らなかったと……」

「そいつも妙な話だな。タクシーが通らないのなら、捕まえられそうな場所に移動しそうなものだ。幹線道路まで歩くとかな……。だが、田代は、同じところでじっとしていたようだ。そして、事件直後、現場付近を駆けているところを目撃されているんだ」

　三枝が、怪訝《けげん》な顔をした。

「駆けているところを目撃されている？」

　牧野理事官がうなずいた。

「現場のほうから紺色のスーツの男が駆けてくるのを目撃したという女性がいただろう。折原恵美というんだが、滝下たちがその女性に向井原と田代の写真を見せに行った。折原恵美は、駆けて来た紺色のスーツの男が、田代だったと証言したんだ」

「紺色、または黒っぽいスーツの男を目撃したと言っているのは、田代とその折原恵美の二人だけですね？」

「目撃証言は、その二件だけだ」

「折原恵美が見た紺色のスーツの男が、田代だったとしたら、現場から走り去る黒っぽいスーツの男を目撃したと言っているのは、田代一人ということになります」

　滝下が言った。

「あんたの考えていることはわかるよ。そんな男はいなかったんじゃないかって思ってるだろう。俺もそう思う」

　牧野理事官がたしなめる。

「あせるな。予断は禁物だ。まだ、物的証拠がないんだ」

滝下がさらに言う。

「だから、それは血液型についての話を再評価すれば済むことじゃないですか」

牧野理事官は難しい顔をした。

「検事が一度出した結論をくつがえすとも思えない」

「しかし、鑑識によれば、犯人の血液型が、A型である確率は、ほぼ九十パーセントだと言ってるんです」

「検事は残りの十パーセントに固執するだろう」

滝下は押し黙った。

菊川は、鑑識の小森の話を思い出しながら言った。

「DNA鑑定の信頼性がもっと高ければ、と鑑識係員が言ってました」

牧野理事官が聞き返した。

「DNA鑑定……？」

「ええ、血液型を決定する遺伝子を調べれば、もっとはっきりとしたことが言えるはずです」

「血液型だけじゃない」

三枝が言った。「DNAの型というのは、指紋と同じく固有のものだ。DNAを調べれば、犯人を特定できるはずだ。血液型よりもずっと確かだ」

「でも……」

菊川は言った。「担当の鑑識係員の話だと、まだまだＤＮＡ鑑定は不正確だということですが……」

「だが、実際に証拠として採用された例はある」

三枝は、牧野理事官に言った。「やってみるべきでしょう。科学捜査は、最も客観的な証拠になり得ます」

牧野理事官は、しばらく考えた後に言った。

「よし、科捜研《かそうけん》に依頼してみよう」

「うまくすれば、烏山検事に対する恰好の説得材料となるでしょう」

滝下が言った。「周囲の証言や、本人の供述の曖昧さを考えると、田代の容疑は固いと思います。引っぱってきて追及してはどうでしょう?」

「任意か……」

牧野理事官は考え込んだ。「もし、吐かなかったら、烏山検事の神経を逆なでするだけの結果になりかねない」

「吐かせるんですよ」

「あせりは禁物だ」

「しかし、向井原がいつ落ちるかわからないんです。今日も、烏山検事が直々に取り調べをやっているんでしょう？」

たしかに、滝下の心配はもっともだった。

向井原の精神力にも限界がある。今、彼は孤立無援だと思っているに違いない。とんでもない恐怖と緊張の中にいるはずだ。絶望しているかもしれない。いくら本当のことを言っても、鳥山検事は信じようとしないだろう。

取調室の中では、弁護士を呼んでもらうなどという発想すらないだろう。向井原は追い詰められているに違いない。

絶望すると、人は嘘の自白をしてしまうことがある。それでも自白は自白だ。

滝下が言うとおり、田代を任意で引っぱるというのも有効な手段かもしれない。牧野理事官は、慎重すぎるのではないかと、菊川は思った。だが、慎重になる気持ちもわかる。鳥山検事に知られないように捜査を進めなければならない。失敗は許されないのだ。

勝負の時は必ず来る。それほど先のことではないと、菊川は感じていた。

## 20

午後二時近くなってから、ようやく昼食をとった。あんなに、食事にこだわっていた滝下が、そそくさと天ぷらそば一杯で食事を済ませてしまった。

食後のお茶もなしだ。署に戻ると、滝下は言った。

「津久井美香をもっと攻める必要があるな……」

「今朝会ったばかりですよ」

「刑事はそんなことは気にしなくていいんだよ」

「日に何度も訪ねていったら、警戒されてしまうんじゃないですか？」

「警戒しようがしまいが、向こうの勝手だ。俺は聞きたいことを聞き出す。それだけだ」

「彼女は共犯だと思いますか？」

「共犯かどうかはわからない。だが、事件に何らかの関係があることは間違いないと思う」

「理事官が、あせりは禁物だと言ってましたよ」

「そんなことを言っているときじゃないさ。向井原の身にもなってみろ」

滝下は冷静さを失っているだろうか。菊川はしばらく考えた。いや、充分に冷静だ。

「わかりました。津久井美香を訪ねてみましょう」

滝下は即座に部屋の出入り口に向かった。

タクシーで津久井美香の自宅に向かう。時間を節約するためだ。今の菊川たちにとって時間が何より大切なのだ。

到着したのは、午後三時近くだった。

津久井美香は、朝会ったときよりも、ずいぶんとすっきりした顔をしていた。顔色もよくなっている。おかげで、いっそうきれいに見えた。

「あら、またですか……」

津久井美香は、目を丸くした。驚いた様子だが、緊張したり、不安に思ったりはしていないようだ。

滝下が言った。

「あれから、署で話し合った結果、またうかがいたいことがいろいろと出てきましてね……。ご迷惑だとは思いますが……」

美香は、小さく肩をすくめた。

「別にいいんです。どうせ、休みで暇だし……。上がってください」

「失礼します」

二人は、さきほど話を聞いたリビングルームに通された。そして、ソファのまったく同じ位置に座った。

美香が滝下に言った。

「訊きたいことって、何です？」

「まず、田代裕一さんと、殺された生田忠幸さんの関係についてです」

滝下は、「殺された」という言葉をちょっとだけ強調した。殺人事件の捜査でやってきたのであり、曖昧な受け答えは許さないということを、美香にわからせたかったのだろう。

「二人ともお客さんだけど……。二人が知り合いだったかどうかは、私、知らないですよ」

「さきほども、そうおっしゃいましたね。でも、何か心当たりはないですか？　お二人が話をしているところを見たとか、お店で挨拶をしているところを見たとか……」

「さあ、二人が話しているところなんて、見たことありませんね……」

「本当ですか？」

「刑事さん、私を疑っているんですか？」

「疑いますよ」

滝下は平然と言った。「疑うのが仕事なんです」

津久井美香は、少し落ち着きをなくしたように見えた。

滝下は攻め時と判断したのか、続けて言った。

「あなたは、彼らの席に着くことが多かったはずです。当然、二人の関係がどういうものだったか、ご存じのはずです」

「知りません。私は何の関係もないんです」

「関係ないかどうかは、いずれ明らかになります」

滝下は、確実に美香にプレッシャーをかけている。彼女は、ますます落ち着かない態度になってきた。滝下は追い込むような調子で言った。

「田代裕一さんと生田忠幸さんの関係について、何か知っていることはありませんか？」

「私は何も知りません」

「じゃあ、別の質問をします。あなたは、事件の夜、田代裕一さんと午前二時半に別れたとおっしゃいましたね？」

「ええ」

「田代さんが、遺体を見つけたと通報してきたのは、午前三時十分なのです。あなたと別れてから四十分も後のことです。それまで、田代さんは、いったい何をしていたんでしょうね？」

「私にはわかりません。本人に訊いてみたらどうです？」

「訊いてみました」

「それで……？　何とこたえたんです？」

「タクシーを拾おうとしていたと……」

「だったら、そうだったんでしょう」

「いくら何でも、四十分もタクシーが拾えないなんてことはないでしょう。それにね、事件のあった頃に、歩道を駆けている田代さんが目撃されているんです」

美香は眉をひそめた。

「目撃されている……？」

「そうです。田代さんは何のために走っていたんでしょうね？」

「さあ、私にはわかりません」

津久井美香は、だんだんと不機嫌になってきたように見える。痛くもない腹を探られていると感じているからだろうか。それとも、何かを隠そうとしているのか……。

他人に知られたくない事実を質問されると、とたんに不機嫌になる人がいる。

一方、滝下の態度は、ますます自信に満ちてきたように思える。何らかの確信をつかんだのだろうか。確信とは言えないまでも、ある感触を得たのは確かだろう。菊川も、美香が隠し事をしているに違いないと思いはじめていた。

「事件の後、田代さんとはお会いになりましたか？」

「いいえ、会っていません」

「事件のことを話し合っていないというのは、本当のことですね？」

「本当です。ですから、あの日、私と別れた後、田代さんがどこで何をしていたのか、私は知らないんです」

「なるほど……」

滝下は、少しだけ間を置いた。

効果的な間だと、菊川は思った。それまで畳みかけるように質問していた滝下が沈黙することで、美香は不安を感じるはずだった。

やがて、滝下は言った。

「あの夜、生田さんがあなたがたをつけて来たのではないかと、あなたはおっしゃいましたね。どうして、そう思われたのですか？」

「さっきも言いましたけど、ただそんな気がしただけです。だって……」

美香は言い淀んだ。

「だって、何です？」

「生田さん、間違いなくうちの近くにいたわけでしょう？」

「前にもそういうことがあったんですか？」

この質問に、美香は即答できなかった。言葉を探している様子だった。

「タクシーで送ってもらったことはあります」

「それだけですか？」

美香は、また言葉を呑み込んで、思案顔になった。

彼女は話すべきかどうか迷っている。それが、菊川にもはっきりとわかった。

美香がなかなか話しださないので、滝下が言った。

「何か知っていることがあったら、話してください。どんなことでもいいんです。それが捜査の参考になるんです」

「私は、事件とは関係ありません」

「生田さんが、あとをつけてきたと思った理由は何ですか？」

美香は、眼をそらした。唇を噛んでいる。黙っていれば、いずれ菊川たちは帰ると考えているかもしれない。

少し前までの滝下ならそうしたかもしれない。日を置いて、またじっくりと話を聞くか、あるいは、張り込みをして美香の行動を探るという方法に出ただろう。

だが、菊川たちには時間がない。時間をかけて捜査をする余裕がないのだ。そして、滝下は今、勝負に出ている。津久井美香から、必ず何かを聞き出せると信じているのだ。

滝下が、急に話題を変えた。

「包丁を見せてもらえませんか？」

美香はびっくりした顔で滝下を見た。

この質問には、菊川も不意を衝かれた気分だった。

美香が不安げに尋ねた。

「包丁ですか？　何のために……」

「もし、よろしければ、ぜひお願いします」

凶器の包丁は、いわゆる文化包丁というタイプだった。柄が黒いプラスチックでできていた。そういう包丁は、セットで売られていることが多い。もしかしたら、凶器と同じ特徴を持った包丁があるのではないか。滝下はそう考えているに違いない。

ここで、凶器とセットになっている包丁が見つかれば、美香を参考人として引っぱることも可能だろう。

美香は、明らかに動揺していた。滝下は何も言わない。彼女が何か言い出すまで待っているつもりだ。

菊川も、無言で美香の言葉を待っていた。

どれくらい沈黙が続いただろう。実際にはそれほど長くはなかったかもしれない。だが、菊川には、ひどく長く感じられた。

美香が立ち上がった。

「台所はこちらです」

滝下と菊川は美香のあとに続いた。建築当時は、最先端の近代的な台所だったに違いない。今は、油汚れなどがこびりついているが、それでも立派な台所だ。

流し台の下の扉を開くと、その裏に包丁を納めるラックがついていた。

大小の包丁が並んでいる。

滝下が言った。

「写真を撮らせてもらっていいですか？」

美香は、開き直ったように言った。

「ええ、どうぞ」

滝下は、菊川に言った。

「近くのコンビニか何かで、使い切りカメラを買ってきてくれ」

「わかりました」

菊川はすぐに津久井美香の自宅を出て、コンビニを探した。徒歩五分くらいのところに交番があり、その近くで見つかった。

滝下に言われたとおり、使い切りカメラを買って、走って戻った。

二人は、まだ台所に立っていた。菊川は、滝下に言った。

「買ってきました」

滝下がうなずく。

「包丁全部の写真を撮ってくれ。今の段階じゃ、押収《おうしゅう》することはできないからな」

押収という言葉も、美香にプレッシャーを与えるはずだった。

菊川は、まず台所の流し台の脇にすべての包丁を並べた。大小全部で四本の包丁があった。そのうちの、二本はまったく同じようなデザインで、大きさと刃渡りだけが違っていた。セットで売られていた包丁に違いない。そして、それらは、凶器と同じような特徴を持っているように、菊川には見えた。

四本全部の包丁を撮影し終えると、菊川は一本ずつ撮影していった。その間、滝下と美香は、無言で立っていた。

菊川がすべての撮影を終えたとき、突然、美香が言った。

「私、生田さんのことで、すごく困っていたんです」

菊川は驚いて美香の顔を見た。

滝下は、落ち着いた様子で美香に言った。

「ほう、お困りだった……？」

「生田さんは、すごく強引な人でした。それに、お金のこともあって……」

「詳しくお話をうかがいましょう」

三人は、リビングルームに戻り、それぞれソファの元の位置に座った。

美香はうつむいていた。だが、どこか緊張が解けたような感じだった。被疑者が落ちるときがそうだ。

菊川は、何度か経験していた。取り調べを受けている被疑者が自白を始めるとき、一気に緊張が解けて、ときには涙や鼻水を垂れ流しにすることがある。

滝下は、今までとは打って変わって、穏やかな口調で尋ねた。

「生田さんは、どういうふうに強引だったのですか？」

「しょっちゅう電話をかけてきましたし、アフターにも何度も誘われました。それは、水商売の仕事の一部と割り切って、何度かごいっしょしました。そのうちに、休日などに、突然自宅のそばから電話してきて、今から行っていいか、なんて言ってくるようになりました」

「そういうとき、あなたはどうなさったんです？」

「とんでもない勘違いだと思いましたが、そのつど、いろいろ理由をつけてお断りしました」

「事件の夜、生田さんが、あなたがた二人をつけてきたんじゃないかとおっしゃいましたが、過去にも同様のことがあったんですね？」

「ありました。これまで何度か田代さんに送ってもらっているんですが、そのたびに、電話がかかってくるんです」

「どういう内容の電話ですか？」

「男に家まで送ってもらっただろう。家で何をやってたんだ、とか……」

菊川は、その内容を正確に書き取った。こうした記録が後々どういうふうに役に立つかわからない。重要な証言だと感じた。

「実際に尾行されたことは？」

「あったと思います」

「タクシーで送ってもらっただけでなく？」

「はい。別のお客さんに送ってもらって、家の前で別れると、突然、生田さんから声をかけられたことがあります。おそらく、つけてきたんだと思います」

もはやストーカーと言っていい行為だ。客あしらいに慣れていなければ警察に訴えていたかもしれない。水商売だからこそ、受け流すこともできたのだろう。

滝下が尋ねた。

「先ほど、お金のこと、もあったとおっしゃいましたね？　それはどういうことです？」

「例えば、タクシーで送ってもらったとします。そういうときに、今日はちょっと持ち合わせがないといって、私の家までのタクシー代を立て替えさせた上に、帰りのタクシー代を貸してくれと言うんです。そうやって、会うたびに二万円、三万円と私からお金を取って行ったんです」

「貸してくれと言っておきながら、返してはくれなかったということですね？」

「はい。一度に渡すお金は、二万とか三万とかたいした金額ではないのですが、これまでの額をトータルすると、三十万円ほどになります」

寸借詐欺《すんしゃくさぎ》と言ってもいいかもしれない。

生田は、それほど金に困っていたのだろうか。ならば、六本木のクラブなどで飲まなければいいのにと、菊川は思った。

おそらく、それがバブル経済の恩恵を被った者たちの悲しい性《さが》なのだろう。被害にあっているのは、美香だけではないはずだと、菊川は思った。寸借詐欺をやる者は、必ず複数の者に同じことを繰り返しているものだと、先輩刑事から聞いたことがある。

「返済を迫ったことはあるんですか？」

「もちろん。でも、そのたびに、今にまとまった金が入ってくるから、そのときに利子をたっぷりつけて返してやる、って……。そんなことばかり言ってました」

これも、バブルから抜け出せない者に共通する発言だ。世の中の変化についていけないのだ。あるいは、変化を受け容れたくないのかもしれない。

「生田さんが一方的に、あなたに言い寄っていたということですね」

滝下がそう尋ねると、美香は一瞬間を置いてから「はい」とこたえた。

菊川は、その間を不自然なものと感じた。滝下も、当然ながらそれに気づいたようだ。

「生田さんは、いつ頃からあなたに言い寄るようになったのですか？」

「私がお店で働きはじめたのが、一年半ほど前で、生田さんの席に着くようになったのが、一年ほど前です」

質問のこたえになっていない。だが、滝下は、その点を責めようとはしなかった。理解を示すようにうなずきながら言った。

「ずっと、ただのホステスさんとお客の関係だったと……？」

美香が視線を横にそらしてから、眼を伏せた。何かまだ話していない事実がある。菊川はそう思った。

美香が言葉に詰まっているので、滝下がさらに質問した。

「お客がホステスさんに入れあげるというのは、よくある話ですね。でも、生田さんの場合はちょっと度が過ぎるという気がします。何かきっかけになるようなことがあったのではないですか？」

美香はうつむいたまま、何事か考えていた。滝下は、じっとこたえを待っていた。

長い沈黙の後、美香が言った。

「私、脅されていたんです」

「脅されていた？　生田さんにですか？」

美香は顔を上げて、滝下を見た。

「一年ほど前のことです。私は、生田さんが企画するイベントに誘われました。行きたくはなかったんですが、断れませんでした」

「断れなかった？」

「ずいぶんと高価なものを買ってもらったりしていましたから……。洋服やアクセサリーやバッグなんか……」

ブランド物だろう。生田が羽振りのよかった時期の話だ。

滝下が先をうながした。

「それで？」

「イベントは、ディスコを借り切って一晩中続きました。私もかなり酔ってしまって、気がついたら、ＶＩＰルームで生田さんと二人きりになっていました。何か、薬物を飲まされたのだと思います。意識が朦朧《もうろう》として……」

「性的な暴行をされたのですか？」

「必死で抵抗して、何とか逃げ出しました。ふらふらでしたけど……。でも、その後、生田さんが、おまえは、あのとき薬物を使用したんだとか、写真を撮ってあるとか言い出して……。警察に薬物使用のことを密告するとか、写真を昼間の仕事先にばらまくとか言われました。それが嫌なら俺のものになれと……」

滝下は、溜め息をついてかぶりを振った。

「それはお困りでしたね。そういうことを言われると、どうしていいかわからなくなるものです。しかしですね。薬物は知らないうちに飲まされたのでしょう？　あなたに罪はない。しかも、薬物使用は、現行犯か、尿検査《にようけんさ》などで証明できない限り、逮捕できないんです」

美香は、驚いたように滝下を見た。

「でも、写真が……」

「私たちは、被害者の持ち物も徹底的に調べます。そのような写真があれば、当然、私たちが見つけます。しかし、そんな写真は見つかっていません。つまり、写真を撮ったというのは、嘘なんだと思います」

美香は、驚きの表情のままおろおろとした声で言った。

「でも、私、そんなことはわからないので、すっかり怖くなって……」

「わかります。そういうものです」

美香が再び眼を伏せた。

「三十万ほどお金を貸していると言いましたが、実は、過去にいろいろとプレゼントされているので、強く返済を迫れなかったんです」

「そのことを、誰かに相談しましたか？」

美香はこっくりとうなずいた。彼女は、こたえることに躊躇しなくなっていた。

「田代さんに相談しました」

滝下は、しばらく考えてから質問した。

「そのとき、田代さんは、どういうふうにおっしゃっていました？」

「あのやろう、殺してやる、と……」

菊川は、その文言も、しっかりとメモした。

「殺してやる……」

滝下がその言葉を繰り返すと、美香はあわてた様子で言った。

「あ、でも、もちろん本気で言ったわけじゃないと思います。言葉のアヤです。誰でも、よくそういうことを言うじゃないですか」

「事件の日、実は生田さんが尾行してきたのに、お気づきだったんじゃないですか？」

美香は、眼を伏せた。

「気づいていました。六本木でタクシーを拾うときに、姿を見たんです。彼もタクシーを拾うところでした。私、またか、と思って、車の窓からずっと様子を見ていたんです。そしたら、生田さんが乗ったタクシーがずっとあとをつけてくるのに気づいたんです」

「そのことを田代さんに伝えましたか？」

「ええ、伝えました」

「そのとき、田代さんは、何と……？」

「心配するな。俺が何とかする、と言ってくれました」

「何とかする……」

滝下は、また美香の言葉を繰り返した。確認を取っているのと同時に、それがどういう意味を持つのか、あらためて美香に考えさせようとしているのだ。

美香は言った。

「田代さんは、いろいろとよくしてくれるんです。悩みも聞いてくれるし、わがままにも付き合ってくれます。食事をごちそうしてくれたり、誕生日やクリスマスには、プレゼントをくれたり……」

クリスマスに何かもらったのだとしたら、彼らの付き合いは、少なくとも半年以上ということになる。

「失礼な質問ですが、田代さんと肉体関係は……？」

「ありません。これは本当です。田代さんは、いつも紳士的でした」

「奥さんがいらっしゃるのですよね」

「関係ありません。田代さんは、いいお客さんで、言ってみれば父親のような存在です」

これは、女性の一方的な言い草だろう。

水商売の客なら、多かれ少なかれ下心はあるはずだ。うまく隠せるかどうかの違いなのだと、菊川は思った。まだ、肉体関係がないというのは本当かもしれないが、田代がずっとそうした関係を続けたいと思っていたかどうかは疑問だ。

「包丁のことをうかがいたいのですが……。台所の包丁は、全部そろっていますか？」

「いいえ。一本足りません」

「その一本はどうされたのですか？」

美香は、視線を上げて滝下の顔を見た。その態度は、明らかにある覚悟を感じさせた。

「田代さんに貸しました」

これは決定的な一言だと、菊川は思った。体中の血が熱くなるように感じた。

包丁の写真を撮ったことで、美香の対応が変わった。彼女にも、包丁を貸したことの重大さがわかっているのだ。

「それは、柄が黒いプラスチック製の、刃渡り二十センチの文化包丁ですね？」

「そうです」

「台所にあったセットの中の一本ですね？」

「はい、そうです」

「田代さんに、包丁を貸したのはいつのことですか？」

「水曜日の夜。正確に言うと、木曜日の午前です。タクシーで送ってもらったときのことです」

「事件の夜ですね？」

「そうです」

「どういう経緯で、包丁を田代さんに貸すことになったのですか？」

「生田さんが、タクシーでつけて来ていると教えたんです。そうしたら、田代さんが、話をつけるから、と言って……」

「話をつける。つまり、もうあなたには近づくなと、生田さんに言いに行ったわけですね？」

「はい。そのときに、田代さんは、何か脅しに使える武器のようなものはないかと、私に訊きました。そんなものはないとこたえると、じゃあ、包丁を貸してくれと、田代さんが言いました。私は、驚いて、話をするのに、包丁なんて必要ないだろうと言いました。でも、田代さんは、脅しに使うのに必要だからと言って……」

「それは何時頃のことですか？」

「それが二時半です」

「それから、あなたはどうしたのですか？」

「ずっと家にいました。田代さんと二時半に別れたというのは本当です。その後、田代さんが何をしていたか知らないというのも本当です」

「生田さんがタクシーであとをつけてきたこととか、包丁を田代さんに貸したことを、朝我々が来たときに、どうして話してくれなかったのですか？」

「私は、事件とは無関係でいたかったのです。田代さんが、あの夜別れるときに、私にこう言いました。生田が二度と付きまとわないようにしてやるから安心しろ。これから、何が起きようと、おまえには関係ないから、誰に何を訊かれても、知らないと言い通せ、と……」

滝下は、ごく日常的な口調で尋ねた。

「今後、長期でどこかにお出かけになったり、という予定はおありですか？」

「いいえ。明日は昼の仕事と、お店がありますが……」

「わかりました。居場所がすぐにわかるようにしていただけると助かります」

「あの……」

美香は不安そうな顔で尋ねた。「私も、何かの罪に問われるのでしょうか？」

滝下は、即座に言った。

「私は、ご協力いただいた方には、それなりの礼を尽くすことにしています」

「それは、どういうことですか？」

「あなたに逮捕状が出ることはありません。約束します」

滝下は、立ち上がった。


津久井美香の自宅を出ると、菊川は滝下に言った。

「津久井美香に逮捕状が出ないなんて、断言しちゃっていいんですか？」

「いいんじゃないの？」

「だって、殺人の幇助《ほうじょ》に当たるんじゃないですか？　凶器を貸しているんだし……」

「包丁が殺人に使われるとは思っていなかったんだ。殺人の幇助にはならないよ」

「だって、充分想像できることじゃないですか」

「田代は脅しに使うだけだと言って、彼女から借りたんだ。彼女はそれを信じていた。そういうことでいいだろう」

「まあ、結果的には、彼女は重要なことをしゃべってくれましたから……」

「協力者をないがしろにしていたら、刑事なんて、誰も信用してくれなくなるぞ。今、あんたが言ったとおり、彼女が重要な供述をしてくれたことが大切なんだ」

たしかに、滝下の言うとおりかもしれない。警察官は、法律に従って仕事をしなければならない。だが、法にがんじがらめにされる必要はないのだ。

日本の警察は、司法取引を認めない。だが、捜査の過程で、ある程度のさじ加減は容認されるべきだろう。

菊川は、滝下に言った。

「津久井美香の供述は、決定的ですね」

「ああ、この証言があれば、田代の逮捕状が取れるだろう。あとは、証拠固めだ」

菊川はうなずいた。

「向井原の通話記録、現場の血液や体液、その他のDNA鑑定、そして、津久井美香の包丁セットの写真などですね」

「それに津久井美香の証言があれば、いくら烏山検事だって、考えを変えるだろう」

二人は、タクシーを拾って捜査本部のある板橋署に戻った。

21

部屋の中の空気が妙だと、菊川は感じた。

まず、烏山検事の笑顔が眼に飛び込んできた。その隣には百目鬼課長と上原管理官がいて、複雑な表情をしている。

離れた場所に、牧野理事官と夏木係長がいた。この二人は、じっと苦しみに耐えるような表情をしている。その場にいた捜査員は少なかったが、それぞれに、烏山検事か牧野理事官かのどちらかに近い表情をしている。

何があったのだろう。菊川は、訝った。

滝下はまっすぐに、牧野理事官に近づいていった。菊川は、それを追った。

「何かあったんですか？」

滝下が、牧野理事官に尋ねた。理事官は苦い顔のままこたえた。

「向井原が落ちた」

菊川は、衝撃を受けた。

滝下の声が聞こえる。

「自白したんですか？」

「そうだ。これから、送検のための疎明資料を作成する」

「待ってください」

滝下は言った。「津久井美香から、有力な証言を得たんです。凶器はおそらく彼女の家から持ちだした包丁です。包丁セットの残りの写真を撮ってきました」

「もう、遅い。烏山検事は、向井原を起訴すると決めたんだ。同一の事案で、複数の被疑者を起訴することはできない」

「遅くはありません」

滝下は食い下がった。「田代の容疑は固いんです。今からでも話をすれば、烏山検事もわかってくれると思います」

「しかしな……」

「冤罪を防ぐんでしょう？　そのために、自分らは、これまでがんばってきたはずです」

菊川も、何か言わなければならないと思った。滝下を援護しなければならない。

そのとき、離れた場所から烏山検事が言った。

「滝下君といいましたか？」

滝下は、はっと烏山検事のほうを見た。

同時に、牧野理事官と菊川も振り返っていた。

「はい、滝下です」

「君たちは、私の捜査方針に疑問を抱いていたようですが、どうやら結果が出たようですね」

滝下は、まっすぐに烏山検事を見て言った。

「何が真実か。自分は、それを問題にしたいと考えております」

「容疑者が自白しました。それが真実ですよ」

「信憑性《しんぴょうせい》のある自白かどうか、充分に検証する必要があると思います」

「もちろんだ。被疑者立ち会いで、現場検証もやりますよ」

現場検証は、たいていは、検事や捜査員が決めた段取りや台詞を、被疑者がただ認めるだけ、という形で進められる。

もし、被疑者の供述と事実が一致しなくても、どこかで調整してしまうのだ。

「繰り返させていただきます。何が真実か、ちゃんと調べていただきたいと思います」

烏山検事は、少しだけ怪訝な顔になって尋ねた。

「君たちは、私に隠れて、何かこそこそとやっていたようですが、いったい、何をやっていたのですか？」

滝下がこたえようとしたが、牧野理事官が、その肩に手を置いて制した。滝下に代わって、理事官がこたえた。

「我々は、向井原とは別に、犯人がいると考えて、捜査を進めていました」

烏山検事は、表情を曇らせた。

「私の指示に逆らったということですか？」

「そうではありません。万全を期したかったのです。万が一にも、間違いを犯したくはなかった」

「それで……？」

烏山検事は、興味深そうな表情になった。「捜査の結果はどうだったんですか？」

牧野理事官が、滝下を見た。発言しろという意味だ。

滝下は烏山検事に向かって言った。

「第一発見者であり通報者である田代裕一の容疑が濃いと思われます」

烏山検事は、一瞬呆気《あっけ》にとられたような顔をした。しばらく無言で、滝下の顔を見ていたが、やがて言った。

「なるほど。第一発見者を疑えという、基本に立ち返ったというわけですね。ですが、それはあまり信憑性がありませんね。田代裕一は、現場から走り去る黒っぽい背広姿の男を目撃しています。それが、向井原だったのです」

「現場から走り去る黒っぽい背広姿の男……。それを証言しているのは、田代裕一ただ一人です。その発言こそ、信憑性がありません」

「何を言っているのです。もう一人目撃者がいたじゃないですか」

「折原恵美ですね。彼女が見たのは、向井原ではなく、田代裕一本人でした。写真を見せて確認を取りました」

烏山検事は、しばらく無言で滝下の顔を見つめていた。

捜査員たちも同様だった。幹部はその事実を知っているが、まだ捜査員たちのほとんどが知らないはずだった。

　烏山検事は、今滝下が言ったことについて、どう判断すべきか熟慮《じゆくりよ》しているのだろう。

　長い沈黙の後に、気を取り直したように烏山検事は言った。

「しかし、現場から逃走した黒っぽい背広の男というのは、間違いなく向井原だったのです。本人がそれを認めたのですよ」

　滝下は退《ひ》かない。

「自白が万能なわけではないでしょう。どういう状況で自白したかにもよります」

「私が、自白を強要したと言いたいのですか？」

「そう考える人もいるかもしれませんね」

　菊川は、この強気の発言に驚いて、思わず滝下を見ていた。百目鬼課長や牧野理事官も同様だった。

　滝下は、本気で腹をくくっているのだ。向井原と個人的な関係があるわけではない。目をつむれば、済んでしまうことだ。

　向井原は、起訴されて、裁判にその運命を委ねることになる。そうなれば、菊川たち事実を知る捜査員たちは、しばらくは嫌な思いをすることになるだろう。だが、いずれは忘れ去ってしまうかもしれない。

だが、滝下は見過ごしにはしないと決めたのだ。過去の過ちを二度と繰り返したくないと考えたのだろう。

たった一人の被疑者のために、警察官人生を棒に振ることになるかもしれない。それは、まったく割に合わない。だが、それでもいいと、滝下は覚悟を決めたのだ。菊川は、滝下を孤立させてはいけないと思った。

烏山検事が言う。

「厳しい取り調べをしたことは事実ですが、それが違法だとは言えません。私の取り調べは合法的なものであり、向井原の自白は裁判での証拠となり得ると、私は判断しています」

「我々が調べたことも、考慮に入れた上でそう判断していただきたいと思います」

「自白という結果が出ているのです。これ以上の考慮など必要ないと思いますが……」

「あらゆる事実を知って、総合的に判断されるべきでしょう」

「一捜査員が、検事に対して言う台詞ではありませんね」

「相手が誰だろうと、言うべきことは言わせていただきます」

烏山検事が、わずかにたじろいだように見えた。

短い沈黙の後に、彼は言った。

「いいでしょう。田代裕一の容疑が濃いという、そちらの根拠をうかがいましょう」

「我々は、なぜ被害者と第一発見者が、自宅とも職場とも遠く離れた、あの現場にいたのか、ということを疑問に思い、調べる必要を感じました。捜査の結果、津久井美香という女性が関係していることがわかりました」

「それは何者ですか?」

「『ソレイユ』という名の、六本木のクラブのホステスです。第一発見者であり通報者である田代裕一は、『ソレイユ』で飲んだ後、津久井美香と二人で、鮨を食べ、カラオケをやってから、タクシーで自宅まで送って行ったのです。津久井美香の自宅が、現場の近くにあります。そして、被害者の生田忠幸は、田代裕一と津久井美香をタクシーで尾行して、現場付近にやってきたのです」

烏山検事は、冷ややかな眼差しを滝下に向けている。

検事が何も言わないので、滝下は説明を続けた。

「つまり、第一発見者と被害者の関係性が浮かび上がってきたのです。両者は、津久井美香を巡って対立関係にあったとも言えます」

「対立関係?」

「津久井美香は、生田忠幸にしつこく言い寄られていたそうです。寸借詐欺まがいの目にもあっていました。さらに、脅迫まで受けていたようです。生田について、津久井美香は、田代裕一に相談をしていました。そして、事件の夜、生田が尾行していることを、津久井美香が田代裕一に告げると、田代は、何とかすると言ったそうです」

菊川は、思い切って発言することにした。

「津久井美香の家に着いて、田代裕一は、『話をつける』と言ったと、津久井美香は証言しています」

その場にいた全員が、菊川に注目した。検事に立ち向かう無謀な刑事がもう一人いたと思ったのかもしれない。

滝下も菊川を見ていた。

菊川は、滝下を一人にはしないと決めたのだ。滝下はそれをわかってくれたに違いない。

「第一発見者が、被害者に会いにいったということですか？」

烏山検事は、眉をひそめていた。滝下がこたえた。

「そうです。津久井美香と別れたのが、午前二時半、そして、田代が通報したのが午前三時十分頃……。その間、四十分、田代はいったい何をしていたのだろうと、我々は考えました。彼は、生田に話をつけに行ったのです。津久井美香が日頃使用していた包丁を持って……」

「津久井美香が日頃使用していた包丁……？　それが、凶器だったとでも言うのですか？」

　その質問には、菊川がこたえた。

「津久井美香の自宅の台所には、包丁のセットがありました。凶器の包丁はそのセットの中の一本だと思われます」

　使い切りカメラを取り出して掲げた。「その包丁セットを写真に収めてあります。メーカーなど詳しく調べれば、さらにはっきりしたことがわかるはずです」

　滝下が言った。

「これは、物的証拠になり得ると思います」

　烏山検事は、少し苛立った様子で言った。

「そう思ったら、どうして現品を押収してこなかったのです？」

「検事の指示にない捜査でしたので……」

　検事は思い出したように言った。

「そう言えば、ＮＴＴに対する捜索令状を申請すると言っていましたね？　向井原のアリバイがないことを証明するためだとか……」

　牧野理事官がこたえた。

「はい。現在手配中です。令状が下り次第、ＮＴＴに捜査員を向かわせます」

「アリバイがないことを証明するためじゃなく、アリバイを探すためじゃないのですか？」

牧野理事官は、平然とこたえた。

「そのどちらになるか、捜査してみないとわかりません」

鳥山は、牧野理事官から眼をそらし、滝下に視線を戻した。

「凶器が、津久井美香の台所から持ち出されたものかどうか、まだ証明されたわけではありません。しかし、何度も言いますが、向井原は、すでに自白したのです」

「脅しに使うから貸してくれと、田代に言われ、自ら包丁を手渡したのだと、津久井美香は証言しました」

鳥山検事は、言葉を呑んだ。

滝下はすでに、外堀を埋めた。菊川はそう感じていた。

菊川は、滝下を援護するために発言した。

「血液型について、鑑識からあらためて詳しく話を聞いてきました。現場で発見された血液型は、B型とA型。B型の血液は、被害者のものです。もう一つの血液型は、犯人のものと思われますが、鑑識の係員は捜査会議のときに、客観性を重んじるために、O型である可能性もあると発言しました。しかし、実際には、A型である確率が九割以上で、O型ではないと考えるのが自然だということでした。ご存じのとおり、向井原はO型で、田代はA型です」

烏山検事は、菊川に対して言った。

「その話はもう結論が出ているはずです。A型である可能性が九割……。しかし、O型である可能性だって一割程度あるということです」

やはり、そこに固執するか。

DNA鑑定のことを持ちだそうかと思ったが、今はやめておくことにした。DNA鑑定が最後の切り札になる可能性もあるのだ。

手札をさらす必要はない。

牧野理事官が検事に言った。

「滝下の報告を聞く限り、私にはどうも、向井原よりも田代の容疑のほうが濃いように思えるのですが……」

烏山検事は、理事官に厳しい眼差しを向けた。

「幹部のあなたまでがそんなことを言っては困りますね。すでに自白が取れているんです。あとは、疎明資料を添付して送検・起訴するだけです。それ以上の何が必要なんです？」

「さきほど、滝下も申しましたが、事実を明らかにする必要があります」

牧野理事官は言った。「それこそが、我々の仕事です」

「事実はすでに自白によって明らかになっています。生田忠幸を殺害したのは、向井原勇です」

　この人は、本気でそう考えているのだろうか。菊川は信じられない思いで、烏山検事を見つめた。

「お気持ちはわかります」

　百目鬼課長が発言した。「峰弁護士のお体のこともあり、結果を早く出そうとお思いなのでしょう」

　その一言が、烏山検事の表情を変えた。そして、その場の空気を凍り付かせた。

22

　しばしの沈黙の後で、烏山検事が、百目鬼課長に向かって言った。

「峰弁護士のお体のことというのは、どういうことですか?」

「それは、私に質問されるまでもなく、ご自分でよくおわかりのことと思います」

　烏山検事は、平静を装っている。だが、明らかに動揺していた。眼の動きが落ち着かない。顔色がわずかに青白くなった。緊張のせいだろう。あるいは怒りのせいかもしれない。怒りで顔が赤くなる人もいれば、青くなる人もいる。

「捜査と峰さんのことは、何の関係もありません。私は、仕事と個人的な事柄は、ちゃんと区別して考えているつもりです」

百目鬼課長も引かなかった。

「では、そんなに送検をお急ぎになる必要はないと思いますが……」

百目鬼課長までが、鳥山検事に反旗を翻した。菊川は、その事実に驚いていた。

鳥山検事の機嫌をそこねないように、百目鬼課長は、当たらず障《さわ》らずという態度を取りつづけるものと思っていた。牧野理事官に損な役割を押しつけ、自分の立場を確保しようとしているのではないかと……。

だが、ここに来て、百目鬼課長は、はっきりと鳥山検事の捜査方針に逆らった。

鳥山検事の、あまりに理不尽な方針に業を煮やしたのだろうか。それもあるだろうが、牧野理事官と同様に、滝下の説明を聞いて、田代の容疑が濃いことを実感したのだろう。

普通の捜査感覚を持っていれば、誰だって田代が被疑者だと思うはずだ。

鳥山検事が言った。

「送検を急ぐ……？　別に急いでいるわけではありません。被疑者が自白したのですよ。すみやかに手続きを踏むのは当然のことじゃないですか」

「被疑者について、もっと検討すべきだと思います。通話記録は結果待ちですし、あらたな証言も出てきました。凶器の出所もわかったことですし、いろいろと洗い直す必要があると思います」

烏山検事は、理解できないという表情で、百目鬼課長を見つめた。

「洗い直す必要などないと思います。初動捜査の結果に従って、向井原勇を重要参考人とし、尋問をしたところ、自白したのです。一方、あなたがたが提示している田代裕一の容疑についてですが、何一つ確実な証拠はないのです。もし、田代裕一を送検・起訴しても、私は公判を維持する自信はありませんね」

それは、滝下の話をちゃんと聞いていないからだろう。菊川は思った。

最初に、向井原が被疑者であるという結論ありきなのだ。他の可能性について検討しようという気がない。それでは、本当のことは見えてこない。

滝下が言った。

「田代について調べさせてください。その結果、被疑者が向井原だったということでもけっこうです」

これは、ずいぶんと譲歩《じょうほ》した言い方だ。滝下は、ほぼ百パーセント、田代が被疑者だと考えているはずだ。

菊川も同様だった。そして、今や牧野理事官や百目鬼課長もそう思っている。

捜査員の多くは、課長や理事官が検事に異議を唱えるという成り行きに、すっかり戸惑っている様子だ。だが、おそらく滝下の説明を聞いて、ほとんどの捜査員が、田代被疑者説に傾いているのではないかと、菊川は思った。

にもかかわらず、烏山検事は納得しない。検事を説得するということが、どれほど難しいか思い知った気がした。

捜査員たちが自分の指示に従わないので、烏山検事は意地になっているのかもしれない。起訴するかどうかを決めるのは検事だ。その点は、捜査員が束になってかかっても、どうしようもない。烏山検事を説得するしか方法はないのだ。

「明確な理由がないかぎり、田代裕一について調べる必要はないと思いますね」

烏山検事が滝下に言った。滝下は、こたえた。

「理由は、冤罪を防ぐためです」

烏山検事の表情が硬くなった。しばらく何も言わずに、滝下を見つめていた。

部屋の中は静まりかえっていた。

やがて、烏山検事が言った。

「それは、私の判断が誤っているということですか？」

「そうは申しておりません。あくまで、さまざまな可能性を検討すべきだと、申し上げているのです」

大人の発言だと、菊川は思った。

今の滝下は、最初に会ったときとは別人のような印象があった。

いっしょに仕事を始めた当初は、やる気のない、いい加減な捜査員だと思った。すべてを諦めてしまったような虚無的《きょむてき》な感じがした。

だが、本当の滝下はそういう男ではなかった。一度火がついたら止まらないタイプだったのだ。彼自身、そのことをよく自覚しているに違いない。だからこそ、最初は慎重に自分を抑えていたのだろう。

烏山検事は、百目鬼課長を見た。

「私は、自ら向井原を取り調べ、自白を引き出しました。そのことについて、何か不満がありますか？」

百目鬼課長は言った。

「不満はありません。それは、一つの結論だと思います」

「だったら……」

百目鬼課長は、烏山検事の言葉を遮るように続けて言った。

「しかし、私は、捜査員たちが調べだした事柄に耳を傾ける責任があります。滝下たちが言っていることを無視することはできません」

烏山検事は、またしてもしばらく無言でいた。

「わかりました」

彼は言った。「そこまで言うのなら、しばらく時間をあげましょう。しかし、おそらく私の考えが変わることはないと思います」

一瞬にして、部屋の中の空気がなごむのがわかった。

最初に頭を下げたのは、滝下だった。

「ありがとうございます」

次が百目鬼課長、そして、牧野理事官と続いて礼をした。菊川も慌てて頭を下げた。

烏山検事は、無言で捜査本部を出て行った。その場にいた捜査員たちは、百目鬼課長の顔を見た。

課長は、言った。

「新たに班分けをする。向井原勇の疎明資料を作成する班と、田代裕一を洗うための班だ」

田代を調べる人員を増やすということだ。これで、仕事はやりやすくなる。

百目鬼課長は、滝下に指示した。

「津久井美香の調書を取れ。彼女の自宅の包丁セットの写真をすぐに現像するんだ。その写真を根拠として、押収・差し押さえ令状を請求する。令状が下り次第、押収してこい」

滝下はこたえた。

「了解しました」

課長は牧野理事官に尋ねた。

「ＤＮＡ鑑定は手配したか？」

「はい。しました」

「どれくらいかかるんだ？」

「一週間ほどだということです」

「一週間か……」

百目鬼課長が考え込んだ。「それまで待てないな。では、津久井美香の調書と包丁セットの押収を済ませ、証言どおり、凶器が津久井美香の所持する包丁セットの中の一本であることが判明した段階で、田代裕一に逮捕状を出す」

捜査がにわかに現実味を帯びてきたと、菊川は感じた。逮捕状の請求と聞くと、捜査も大詰めという実感がわく。

課長の声が続く。

「今、田代に誰か張り付いているのか？」

牧野理事官が、滝下と菊川を見た。滝下がこたえた。

「三枝と檀が付いてます」

「張り込みを増員する。すぐに人員を補充して、二人と連絡を取れ」

牧野理事官がこたえる。

「了解しました」

やはり、指揮官がてきぱきと指示を出すと、捜査本部は活発に動きだす。

今まで、頭の上に重しを載せられていたように感じていた。烏山検事の眼が気になっていたし、向井原が自白したらそれで終わりだと思っていた。

だが、それが一気に取り払われたような気がしていた。

菊川と滝下は、すぐに津久井美香の自宅を訪ねた。この日、三度目だった。調書を取るために、任意同行を求めると、津久井美香は、ちょっと迷惑そうな顔をした。

「何のために、警察署に行くのですか？」

滝下がこたえる。

「さきほど、私たちに話してくれたことを、書類にしなければなりません。それを確認していただいて、最後にあなたの拇印《ぼいん》か印鑑が必要なのです」

「私、自分がしゃべったことの意味にようやく気づいたんです。私のせいで、田代さんが警察につかまることになるのですね？」

まずい流れだ。菊川は思った。

滝下は落ち着いて言った。

「あなたが、証言をしなくても、いずれ真実は明らかになるのです。問題は、田代さんが捕まるかどうかというより、何が真実かということなのです。あなたの協力が必要なのです」

津久井美香は、しばらく迷っている様子だった。

あらためて話を聞かなくても、さっき聞いた話で調書をまとめ、拇印か印鑑だけをもらうという手もある。いざとなったら、それでいくしかない。

菊川がそんなことを考えていると、美香は言った。

「わかったわ。どうせ、もう話しちゃったことなんですしね……」

外出の用意をするのに、たっぷりと十五分は待たされた。だが、文句を言うわけにはいかない。

美香は、タンクトップの上に白いシャツを羽織り、ジーパンをはいていたが、別に着替えたわけではなさそうだった。女の外出準備というのは、男にはわからないものだ。

署に到着すると、すぐに調書を取った。滝下と菊川で、さきほど聞いた話と食い違っていないかを確認した。

書類を完成させて、美香の判をもらうまで、二時間ほどかかった。時計を見ると、午後七時になっていた。

すでに、包丁セットの写真が上がり、それをもとに、押収・差し押さえ令状が下りていた。

「もう、帰っていいんですね？」

美香にそう言われたとき、菊川は、なぜか落ち着かない気分になった。なぜかはわからない。何かがひっかかっているのだ。

「ちょっと待ってください」

菊川は、滝下とともに、美香のもとを離れ、言った。

「彼女を張ったほうがいいと思います」

滝下は、ちょっと意外そうな顔で菊川を見た。

「なぜだ？」

「田代は彼女を助けようとして犯行に及んだ……。彼女はそれを気に病むかもしれません。どんな行動に出るかわかりません」

「田代と接触するということか？」

「それも含めて、予期せぬ行動に出る恐れがあると思うんです」

滝下は、しばらく考えてから言った。

「顔を知られていない捜査員のほうがいいかもしれない。理事官に言って、手配してもらおう」

菊川は、それから、調書の内容をいくつか確認するふりをして十分ほど時間を稼いだ。

滝下が遠くからうなずきかけてきた。菊川はそれを見てから、美香に言った。

「ご協力ありがとうございました。実はもう一つだけお願いがあります」

「何でしょう？」

「例の包丁セットをお借りしたいのです」

美香の表情は硬かった。

「断るわけにはいかないんでしょうね」

菊川は令状を見せた。

「強制力があるんです」

「別にいいわ」

「では、行きましょう」

今回は、捜査車両を使わせてもらえることになった。本来ならば、若手の菊川が運転すべきなのだが、地理をよく知っているからと、滝下が運転すると言った。任せることにした。

美香の自宅の門近くに駐車し、包丁セットを押収すると、菊川と滝下はすぐ署に戻ることにした。一刻も早く凶器がその包丁セットの一部であることを証明しなければならない。

車を出すとき、張り込んでいる捜査員に気づいた。

昼間、話を聞いたときに、滝下がはっきりと、美香が逮捕されることはないと言った。その点については、美香は、心配していないと思う。問題は、美香が田代のことをどう思っているか、だ。調書を取られたことを、後悔しているかもしれない。

とにかく、捜査は急展開している。今は、前に進むしかない。菊川はそう思った。

烏山検事が、向井原の帰宅を認めないので、翌日も勾留が続いていた。

凶器と津久井美香の自宅から押収した包丁セットのメーカーと品番が一致したという知らせが、担当の捜査員から入ったのは、午後三時過ぎのことだった。

百目鬼課長が言った。

「よし、田代裕一の逮捕状を請求しよう」

いよいよ大詰めだ。菊川は血が熱くなるのを感じていた。

そのとき、戸口で声がした。

「待ってください」

烏山検事が立っていた。その場にいた捜査員は、一斉にそちらを見た。

「自白した被疑者がいるのに、別の人間を逮捕するわけにはいかないでしょう」

百目鬼課長は、言葉を失った様子で立ち尽くしていた。牧野理事官が烏山検事に言った。

「しかし、津久井美香の供述調書もありますし、凶器の出所も明らかになりました。津久井美香が田代裕一に貸したのだと供述しているのです。田代裕一の容疑はもはや明らかだと思います」

「検事である私が、それを認めていないのです。田代裕一から話を聞きたいのなら、任意で引っぱってください」

牧野理事官が、百目鬼課長の顔を見た。課長は苦慮している。

やがて、課長は言った。

「わかりました。任意で話を聞きましょう」

それを聞いて、烏山検事は満足げにうなずいた。

課長の言葉が続いた。

「検事にお願いがあります」

「何でしょう？」

「津久井美香の供述調書に、あらためて眼を通していただきたいのです。凶器についての報告書もあります。それらを、熟読していただきたい」

「私は、向井原を直接取り調べ、自白を取りました。私の仕事は、もう終わったと思いますが……」

「どうか、お願いです。供述調書と凶器についての報告を読んでいただけるだけでいいのです」

課長は、書類を差し出した。烏山検事は、冷ややかにそれを見ていた。

無視するかもしれない。菊川はそう思った。烏山検事は、向井原の自白にこだわっている。刑事裁判では、自白が重要視される。だからこそ、彼は自白にこだわっているのだ。

状況証拠を百並べるより、自白のほうが有効だ。検事はそれを知り尽くしているのだ。

烏山検事は、手を伸ばして、課長から書類を受け取った。

菊川は、安堵した。ちゃんと読んでくれるかどうかは、まだわからない。だが、この場で拒否しなかったということは、まだ望みがあるのだと思った。

その間に、牧野理事官は、三枝と連絡を取ろうとしていた。ポケベルを鳴らして、電話がかかってくるのを待つ。

烏山検事が、ひな壇で、書類を読みはじめた頃に、三枝から電話があった。

牧野理事官は、田代裕一の任意同行を指示した。

余計なことは一切言わなかった。だが、三枝には、自分の役割が充分にわかっているはずだ。

任意同行というのは、基本的には拒否することができる。だが、捜査員は何が何でも身柄を引っぱってこなければならないのだ。

そのためには何でもする。公安が使う「転び公妨」もその一つだ。何もされないのに、あたかも突き飛ばされたかのように転び、「公務執行妨害」と叫ぶのだ。

理事官がそれを命じることはできない。不正な捜査を指示したということになりかねないからだ。あくまでも現場の捜査員の判断に任せるということだ。

電話を切ると、牧野理事官は滝下と菊川に言った。

「田代裕一の取り調べには、おまえたちも立ち会ってくれ。津久井美香から話を聞いたのはおまえたちだからな。田代裕一の供述と矛盾することがあったら指摘するんだ」

「了解です」

滝下はこたえた。

菊川は、次第に緊張が高まり、同時に体中に力がみなぎるのを感じていた。

ああ、これが捜査が大詰めに来たという実感なんだ。菊川はそう感じていた。

## 23

田代裕一の身柄が署に到着したのは、午後七時過ぎのことだった。仕事が終わるまで待ってほしいと言われ、三枝たちはそれを承知したのだ。会社から田代裕一の身柄を引っぱって来た。

ネクタイとベルトを預かり、取調室に案内する。田代は、どんな指示にも素直に従った。

取り調べは、牧野理事官が担当する。菊川が記録係をやることになった。滝下は、戸口近くに立っていた。

田代裕一は、落ち着いているように見えた。署まで連れてこられたことについて、文句も言わない。

ただ、ひどく不機嫌そうではある。

牧野理事官は、まず氏名、年齢、住所、職業を尋ねた。すでにわかっていることだが、この場で相手にこたえさせることが必要なのだ。

田代裕一は、即座にこたえた。そこまでは、単なる手続きに過ぎない。取り調べの本番は、これからだ。

牧野理事官は言った。

「さて、あなたは、六月十三日の夜、六本木の『ソレイユ』というクラブに飲みに行かれ、その後、ホステスのミミ、本名・津久井美香さんといっしょに食事とカラオケに行かれた。その事実に間違いはないですね？」

「アフターに行ったかということですね？　行きましたよ」

「そして、タクシーで津久井美香さんを板橋区西台一丁目の自宅近くまで送った。津久井美香さんと別れたのは、六月十四日午前二時半頃のことですね？」

「さあ、時間ははっきり覚えていませんね」

「津久井美香さんは、そのようにおっしゃっています」

「ならば、そうなのでしょう」

「はっきりおこたえいただきたいのですが……」

「そうだと思います」

「津久井さんと別れたあなたは、近くの公園で争うような物音と声に気づいて様子を見に行かれた。そのときに、事件に気づいて、一一〇番通報された。それが、午前三時十分。これは、通信指令センターに記録があるので、間違いありません。我々が知りたいのは、それまでの時間、あなたが、現場付近で何をされていたかということです」

「その質問には何度もこたえましたよ。タクシーを捕まえようとしていたんです」

牧野理事官は、何度かうなずいてから言った。

「しかし、津久井さんは、そうはおっしゃっていないのです」

田代裕一は、眉をひそめた。

「どういうことです？」

「あなたは、被害者の生田忠幸さんとは、お知り合いでしたね？」

「ええ、まあ……。顔は知ってました」

田代裕一は、牧野理事官から眼をそらし、滝下と菊川を順に見た。牧野理事官がさらに言った。

「あの日、生田忠幸さんは、あなたと津久井さんが乗ったタクシーを尾行していたのですね。それを、あなたはご存じだった」

「ちょっと待った。そういう話なら、弁護士を呼んでください。それまで、何も話しませんよ」

「たしかにあなたには弁護士を呼ぶ権利があります。しかし、時間を節約するためにも、ここで正直にお話しいただくほうが、我々としてもありがたいのですが……」

「弁護士を呼んでください」

牧野理事官は、かまわずに話しつづけた。

「あなたは、以前から、生田忠幸さんが、津久井美香さんにしつこく付きまとっているのをご存じだった。津久井さんは、生田忠幸さんから脅迫されていたし、寸借詐欺にもあっておられた。彼女が、そのことであなたに相談していたとおっしゃっているのです」

田代裕一は、無言で眼を伏せていた。自分が追い詰められていることに、ようやく気づいたようだ。

牧野理事官の言葉が続く。

「あの日も、生田忠幸さんは、あなたと津久井美香さんがいっしょにタクシーに乗るのを見て、それを尾行してきたのです。津久井さんは、それをとても恐れていらした。あなたは、それを何とかしようと思った。そうですね？」

田代は、まったく同じ姿勢で、無言のままだった。

「『俺が何とかする』『話をつける』、あなたは、そうおっしゃったそうですね？　実際、あなたは、生田忠幸さんに会うために西台公園に行った。だが、それは、話をするためではありません。生田忠幸さんを殺害するためです。あなたは、脅すのに必要だからと言って、津久井美香さんから包丁を借りていますね。それが、生田忠幸さん殺害の凶器となったのです」

「弁護士を……」

田代はうつむいたまま、力なく言った。

「現場に落ちていた凶器が、津久井美香さんの家の台所にあった包丁セットの中の一本であることを、我々は確認しました。あなたは、その包丁を津久井美香さんから借り、生田忠幸さんを殺害するために、西台公園に行った。そうですね？」

「違う」

田代裕一が顔を上げた。

「犯行直後、現場付近で駆けているあなたを目撃した人がいます。あなたは、現場から黒っぽい背広を着た人が走り去ったと供述なさいましたが、それを見たと言っているのはあなた一人だけなのです。つまり、そんな人物はいなかった。現場から走り去ったのは、他でもない、あなた自身だったのです。津久井美香さんと別れてから、あなたが一一〇番通報するまでの四十分間。それは、あなたが、犯行に及んだ時間だったのですね？」

「違う」

田代裕一が同じ言葉を繰り返した。顔に汗を浮かべている。

もうじき落ちる。菊川はそう確信した。

牧野理事官は、さらに攻めた。

「津久井美香さんから、生田忠幸さんについて相談を受けたとき、あなたは、こう言ったそうですね。『殺してやる』。あなたは、十四日の午前二時半から三時十分の間に、その言葉を実行に移したのです」

「違うんだ」

牧野理事官は、静かに尋ねた。

「何がどう違うんです？　説明してください」

田代は、汗だけでなく、鼻水を流した。涙があふれている。落ちる瞬間だ。

「殺すつもりなどなかった。本当に、話をつけようとしただけです」

「だが、あなたは、津久井美香さんから包丁を借りたじゃないですか」

「ただ脅すつもりだったんです。自分の身を守る必要もあると思いました。本当に、話をつけるために、公園にあいつを連れて行ったのです」

「あいつというのは、誰です？」

「生田です」

菊川は、一言も書き漏《も》らすまいと、ボールペンを走らせていた。

「公園で何があったんです？」

「話をしようとしたのですが、最初から向こうは喧嘩腰でした。おまえこそ、ミミに近づくな、そう言われました。そして、あいつは、つかみかかってきたのです。揉み合いになりました。包丁を取られそうになりました。夢中でそれに抵抗しているうちに、はずみで包丁があいつの腹に刺さったのです」

「あいつというのは？」

牧野理事官は、同じ質問を繰り返した。

「生田忠幸です」

「はずみで包丁が生田忠幸さんの腹に刺さった。腹のどのへんですか？」

「ちょうど真ん中あたりだと思います」

「それからあなたはどうしました？」

「包丁から手を離して、後ずさりました。生田は、地面に倒れていきました。私は、彼に駆け寄りましたが、どうしていいかわからず、その場から逃げ出したのです。そして、走って公園から離れようとしました」

「そのとき、誰かに会いましたか？」

「歩道を歩いている女性にぶつかりました」

それが、折原恵美だろう。彼女の供述と一致する。

田代は訴えかけるように言った。

「本当です。殺すつもりなどまったくなかった。ただ脅すだけのつもりだったのです。あいつを刺してしまったのは、本当にはずみなんです」

牧野理事官は、振り向いて、菊川のほうを見た。ちゃんと記録したかという意味だと思った。菊川は無言でうなずいた。

不意に理事官は立ち上がった。そして、菊川と滝下に廊下に出るようにうながした。理事官も廊下に出てきた。入れ替わりで、移送のための係員が二名、取調室に入って行った。田代を監視するためだ。

廊下に出ると、牧野理事官は言った。

「どう思う？」

滝下がこたえた。

「これまでにわかったことと、矛盾はしていませんね」

「だが、田代の供述どおりだったとすると、殺人罪かどうかは微妙だな。殺意を否定している」

「しかし、嘘を言っているとは思えません。殺意を証明できなければ、殺人罪にはなりませんが、それが事実なんでしょう」

牧野理事官は、菊川に尋ねた。

「君の印象は？」

菊川は思ったとおりにこたえた。

「自分も、田代が嘘を言っているようには思えませんでした」

「刃物を持って生田に会いに行ったことは確かなのだから、それが殺意と判断できるかどうかだな……」

　菊川は、津久井美香の調書を取ったときから、ずっと心にひっかかっていたものが、何だったのか、今気づいた。

「もし、田代が嘘をついていないとしたら、津久井美香が嘘をついているのかもしれません」

　牧野理事官と滝下が同時に、菊川を見た。理事官が尋ねた。

「どういうことだ？」

「生田の遺体には、四ヵ所の刺し傷がありました。そのうちの一つが肝臓に達していて致命傷になったんです。田代が嘘を言っていなければ、彼が刺したのは一ヵ所だけです。あとの三ヵ所を刺した人物がいるはずです」

「とどめを刺したというわけか？」

「そして、その動機を持っていて、田代が刃物を持って生田に会いに行ったことを知っている人物はただ一人。津久井美香だけです」

　滝下が、眉をひそめる。

「たしかにそのとおりだが……」

　菊川は、もどかしい思いで言葉を続けた。

「鑑識の小森が、微物鑑定で、衣類の繊維の種類が多すぎる気がすると言っていたのです。殺人現場に、被害者と犯人の二人しかいなかったという前提で考えたから、妙だと感じたのでしょう。でも、もし、現場に足を運んだのが、二人でなく三人だったとしたら……」

牧野理事官と滝下が顔を見合った。牧野理事官はまったく躊躇しなかった。

「すぐに津久井美香の身柄を押さえろ。おまえたちも急行しろ。俺は、引き続き、田代が刺したのは、本当に一回だけだったか追及してみる」

滝下が、牧野理事官に言った。

「現時点で逮捕令状は無理でも、家宅捜索・押収差し押さえ令状は取れるはずです。津久井美香と田代の自宅から衣類を押収して、鑑識に調べてもらうべきです」

牧野理事官がうなずいた。

「わかっている。さあ、早く行け」

滝下と菊川は同時に駆けだしていた。

署の外に出ると、滝下が菊川に言った。

「あんた、この事態を予想して、津久井美香に張り付くべきだと言ったのか？」

「予想なんてしていません。あのときは、言ったとおり、彼女が何か妙なことをしでかさないか、心配だっただけです」

「だが、おそらく無意識に気づいていたんだろうな」

「何か、ずっとひっかかってはいました」

滝下は、意外なほど真面目な口調で言った。

「あんた、いい刑事になれるよ」

津久井美香の自宅を張り込んでいた二名の捜査員と合流して、滝下が事情を説明した。

張り込みの捜査員の一人が言った。

「身柄押さえろって、逮捕状はあるのか？」

滝下がこたえる。

「検事が認めない。任意同行だ。だが、逃亡をはかるようだったら、緊急逮捕する」

「わかった。それで行こう」

滝下と菊川が正面玄関に、他の二人が裏口に回った。

門柱のインターホンのボタンを押すと、しばらくして、返事があった。

「はい……」

「何度もすいません。板橋署の滝下です。また確認したいことが出てきまして……」

戸惑うような間があった。

「わかりました。待ってください」

待つ問、滝下は小声で菊川に言った。

「俺は、彼女が逮捕されることはないと言い切ったんだ……」

菊川は言った。

「彼女は、その言葉を信じたから、自宅でおとなしくしていたんだと思います」

「俺は、彼女をだますことになるかもしれない」

「仕方のないことだと思います」

滝下は、ちょっと考えてから言った。

「そうだな。仕方のないことだな……」

玄関のドアが開いて、津久井美香が姿を見せた。さきほどと同じ恰好をしている。

「確認したいことって、何ですか？」

滝下が言った。

「また署にご足労いただかなければなりません」

「今から出かける予定なんですけど……」

「すいません。重要なことなんです」

津久井美香は、滝下をしばらく見つめていた。やがて、諦めたような口調で言った。

「わかりました。用意をしてきますので、待っていてください」

彼女は、自宅の中に消えた。

さきほどは、十五分ほど待たされた。菊川は、またそれくらいの時間を覚悟しなければならないと思った。

十分ほど経ったとき、滝下が言った。

「彼女の態度、妙だと思わなかったか？」

「え……？」

「こちらの申し出に対して、素直すぎるような気がした」

「そうですか……？」

滝下は、玄関に向かった。そこで、大声で「津久井さん」と名前を呼んだ。返事がない。滝下は、土足のまま玄関から上がった。

菊川は驚いた。

「ちょっと、滝下さん……。令状ないんですよ」

菊川は一瞬、躊躇したが、後を追うことにした。さすがに靴は脱いだ。

滝下と津久井美香の姿を探す。さきほど話を聞いたリビングを通り過ぎる。そのとき、滝下の声が響いてきた。

「おい、救急車だ」

「え……」

菊川は声のほうに走った。廊下の先のドアが開いている。どうやら浴室のようだ。滝下がかがみ込んでいるのが見えた。

そこに駆け寄ると、浴室のタイルが血にまみれているのが、まず眼に入った。

「うかつだった……」

滝下がそれだけ言った。浴室内に津久井美香が倒れていた。手首を切ったらしく、おびただしい血を流している。

滝下は、ハンカチを傷に巻き付けきつく締めて止血をしていた。

菊川は、すぐにリビングに駆けていき、一一九番に電話した。救急車を要請する。続いて、その電話で、捜査本部に連絡した。

救急車のサイレンが聞こえてきたのは、五分後のことだった。

津久井美香は、救急病院に搬送《はんそう》された。滝下と菊川が救急車に同乗した。すぐに応急処置が取られた。医者の話だと、ずっと意識があり、出血の量も命に関わるほどではないということだった。

話は聞けるかと尋ねたが、明日まで待つべきだと言われた。滝下と菊川は、このまま病院に詰めるつもりだった。

滝下が病院の廊下で言った。

「彼女は、O型だそうだ」

「え……?」

「鑑識の報告は間違っていなかったんだ。おそらく、被害者の着衣や遺体の周囲には、田代の汗や唾液といった体液が多く残されていた。だが、わずかながら、津久井美香の汗なども残っていたんだ」

「だから、結果が、A型ないしO型という曖昧なものになったと……?」

「DNA鑑定で、はっきりしたことがわかると思う」

菊川は、さらに滝下を見直していた。

彼は、津久井美香が自殺を図《はか》ったことで、自分を責めているのではないかと思った。たしかに、そうだったのだろう。だが、それだけでなく、この状況で、鑑識の結果のことを考えていた。間違いなく滝下はプロの捜査員だ。それがうれしかった。

午後九時に、公衆電話から捜査本部に定時の連絡を入れた。すると、牧野理事官が直々に電話口に出てきた。

「知らせておきたいことがある」

「何でしょう?」

「NTTに行っていた捜査員からの報告だ。事件当夜、午前二時に向井原の自宅に着信があった。本人は、寝ぼけていたので、すっかり忘れていたらしい。その事実を指摘すると、酔った友人からの電話だったことを思い出した。その友人の確認も取った」

「……ということは……？」

「午前二時に自宅にいたのなら、犯行時間に現場に行くことは不可能だ。アリバイ成立だよ」

「検事は、どう言っているのです？」

「今のところ、沈黙を守っている。これで、津久井美香の供述調書や、田代の調書などを本気で読んでくれると思う」

「了解しました」

そのことを滝下に伝えると、彼はちょっと淋しげに言った。

「どうしてこんなに遠回りしなければならなかったんだろうな」

菊川はその言葉の意味について、無言で考えていた。

24

翌朝の午前八時に、医者が滝下と菊川を呼びに来た。津久井美香が話したがっているという。

彼女は、ベッドの上半身の部分を少し起こしてそれにもたれていた。左手首に包帯が巻かれていて痛々しい。

向こうから話をしたいと言ってきたのは意外だった。何を言い出すのだろう。菊川は身構えていた。

なんとか言い逃れを試みるつもりだろうか。こちらには、それを許さないだけの根拠と材料があるはずだ。

とにかく、最初の一言が肝腎《かんじん》だと、菊川は覚悟していた。

津久井美香が、まっすぐに滝下のほうを見て言った。

「ご迷惑をおかけしました」

意外だった。

だが、滝下は、まったく驚いた様子がなかった。彼は言った。

「すべてを話してくださいますね?」

「はい」

それほど長い話ではなかった。

事件の日、午前二時半に、田代と別れるまでは、これまでに聞いていたのとまったく同じだった。

その先があった。菊川が推理したとおりだった。

田代が包丁を持って生田に会いに行くところを、彼女はこっそりと尾行していたのだ。そして、二人が揉み合いになるのを見ていた。

生田が地面に崩れるように倒れ、田代が走って逃げた。

「その一瞬、私は、何かに取り憑《つ》かれたような気がしました。本来なら、救急車を呼ぶべきだったでしょう。でも、このチャンスを逃したら、また生田に付きまとわれることになる。そう思うととても我慢ができなくなり、気がついたら、包丁を持って生田を刺していました」

「とどめを刺したのは、あなただったというわけですね」

「あの一瞬が、私の人生の分岐点《ぶんきてん》だったんですね……」

「そうですね」

滝下が言った。「まさに魔が差したのでしょう」

「取り返しのつかないことをしてしまいました」

滝下はあくまで冷静だった。

「罪は償《つぐな》わなければなりません。でも、一生刑務所に入るわけではありません。充分にやり直しはききます」

「はい……」

「今の話を書類にします。拇印をいただけますね」

すでに菊川が書き留めていた。その書類に彼女の拇印をもらった。その後、滝下が言った。

「私はあなたに嘘をつきました。謝らなければなりません」

「嘘……？」

「あなたが逮捕されることはないと言いました。結果的にあなたをだましたことになります」

美香は、ぽかんとした顔で、滝下を見た。それから、言った。

「刑事さんがそんなことを気にするなんて……」

「言っておかなければならないことだと思いました」

美香は、しばらく滝下を見つめていた。その目にみるみる涙が溜まっていき、やがてぽろりとこぼれた。それから、彼女は堰《せき》を切ったように泣き出した。

滝下は、礼をしてから病室を出た。菊川も無言でその後に続いた。

二人はしばらく何も言わなかった。

地域課の警官に彼女の監視を任せて、菊川たちは捜査本部に戻ることにした。病院を出ると、滝下が言った。

「返り血のことが気になっていたんだ」

「返り血……？」

「折原恵美が、走ってきた田代裕一を目撃したんだろう。だが、彼女は血のことは一言も言っていなかった」

「黒っぽい色の背広を着ていたんでしょう？　血は目立たなかったかもしれません」

「もし、四回も刺したなら、相当の返り血を浴びているはずだ。いくら黒っぽい背広だって、折原恵美は気づいたはずだ。刺したのがたった一度で、しかも包丁を抜かなかったから、返り血が少なかったんだ。おそらく、津久井美香は、たっぷりと返り血を浴びていただろうな。すぐに自宅に帰って、着替え、シャワーでも浴びたに違いない」

なるほどと、菊川は思った。返り血という観点からも、田代と美香の供述は嘘ではないことが証明されるかもしれない。

二人が捜査本部に戻ったのは、午後十一時になろうとする頃だったが、烏山検事はまだ残っていた。彼は、熱心に書類を読んでいる。津久井美香と田代裕一の供述を中心とした資料だ。

滝下は、牧野理事官に、病院で聞いた津久井美香の供述を報告しようとした。理事官が言った。

「その前に、知らせておきたいことがある」

「何です？」

「向井原勇が、放免になったよ。検事が、送検・起訴を諦めた」

滝下は、淡々としていた。「そうですか」と言ってうなずいただけだった。彼が、向井原を救ったとも言える。おそらく、心の中では快哉《かいさい》を叫んでいるだろう。

だが、それを表に出す男ではない。きっと一人になったときに、しみじみと喜びを嚙みしめるのだろう。

まだ、仕事は終わっていない。田代裕一と津久井美香に対して、正式に逮捕状を執行し、送検しなければならない。そのためには、鳥山検事が首を縦に振らなければならないのだ。

「じゃあ、津久井美香の話を聞こうか」

滝下が説明した。彼の報告には、無駄がない。必要なことを過不足なく述べる。

報告を聞き終えると、牧野理事官は言った。

「それを調書にしてくれ」

滝下がこたえた。

「すでに、病院で書類にしました。まだ、署に連行できる状態じゃないと思いまして……」

「ごくろうだった」

牧野理事官が、滝下と菊川に言う。菊川はまったく疲れを感じていなかった。

捜査本部にいる捜査員の中に、三枝の姿を見つけた。なんだか、ひどく久しぶりに会ったような気がした。

眼が合うと、三枝のほうから近づいてきた。彼は言った。

「津久井美香がすべて吐いたそうだな」

滝下が言った。

「菊川が機転をきかせてくれたおかげだ」

初めてちゃんと名前を呼ばれたような気がする。

三枝が言う。

「これで、検事も納得してくれるものと思うが……」

「あれだけ意地になっていたんだから、すんなりいくかどうか……」

菊川も、それを心配していた。

滝下や三枝たち一部の捜査員は、独自に捜査をして真実にたどり着いた。冤罪を防いだのだから、検事を救ったともいえる。だが、検事が立てた捜査方針に逆らったのは事実だ。滝下をはじめとする捜査員たちに、何らかの処分が下される恐れもある。

菊川自身にも……。

いずれにしろ、すべて烏山検事次第だ。

その烏山は、さきほどからずっと書類を読みつづけている。新たな指示は何も出ない。

百目鬼課長以下、捜査員たちは、すでに田代裕一と、津久井美香に対する逮捕状請求書を用意して、検事からのゴーサインを待っている。

今日中にも、その指示が出されるものと思っていた。だが、鳥山検事は、何の指示も出さぬまま、捜査本部を出て行った。

その姿を見た滝下がぽつりと言った。

「そう簡単に、負けを認めるわけにはいかないよなあ……」


翌朝、捜査本部は、奇妙な雰囲気に包まれていた。昨日までの熱気がすっかり冷めてしまっている。

菊川も、他の捜査員と同様だった。何もやる気がしない。いや、やることがないのだ。やるべきことがあるときは、がむしゃらに働き続けることができる。前進しているという実感があるからだ。今、菊川たちにできるのは、待つことだけだ。

できることはすべてやったという充実感はある。だが、それがまだ結果に結びついていない。実に中途半端な状態なのだ。

「いつまでこの状態が続くんでしょう」

菊川が言うと、滝下は、皮肉な笑いを浮かべていった。

「何もせずに給料がもらえるんだ。ラッキーだと思えよ」

三枝は、何かの書類を読んでいる。どうやら、鑑識の報告書のようだ。何か考えるところがあるようだ。

午前十時、捜査本部内に緊張が走った。

鳥山検事が姿を見せたのだ。彼自身、いつになく緊張しているように見える。

捜査会議のように、ひな壇に幹部と検事が並び、捜査員たちが着席した。

鳥山検事が立ち上がった。厳しい表情をしている。ゆっくりと捜査員たちを見回した。

今度はどんな手を打ってくるのか……。菊川は鳥山検事を見つめた。

「みなさん」

鳥山検事が言った。菊川は、それに続く言葉を待った。だが、なかなか次の言葉が聞こえてこない。

やがて、鳥山は深呼吸をしてから話しだした。

「私は危うく間違いを犯すところでした。それを皆さんが防いでくださった。その事実を認めなければならないと思います」

捜査員たちは、ただ無言で鳥山検事の顔を見つめていた。

菊川は、すっかり驚いていた。

鳥山検事が、こんなに潔《いさぎよ》く自分の過ちを認めるとは思ってもいなかったのだ。

検事の声が続いた。

「田代裕一の殺人未遂、ならびに、津久井美香の殺人罪。これらの逮捕状をすみやかに請求し、執行してください」

検事が着席すると、百目鬼課長が言った。

「聞いてのとおりだ。さあ、始めよう」

幹部たちが席を立ち、捜査員たちは一斉に起立した。

逮捕状請求のために、裁判所に捜査員の何名かが向かった。

菊川たちは、捜査本部で待機だ。逮捕状が下りたら、それを持って病院に行き、津久井美香に対して執行しなければならない。

滝下が言った。

「田代裕一は、傷害じゃなくて、殺人未遂か……」

三枝がいつもの、冷静な口調で言った。

「やはり、包丁を持って二人きりになったという状況から、殺意があったと判断したんでしょうね……」

「津久井美香は、生田忠幸から多大な迷惑を被っていた。精神的に追い詰められていたんだろう。田代裕一はそれを救おうとした……。そのへんの情状をどの程度酌《く》んでくれるか、だな……」

「後味の悪い事件でしたね」

菊川がそう言うと、滝下がまた皮肉な笑いを浮かべた。

「後味のいい事件なんてないさ」

三枝が言った。

「でも、我々は検事を説得することができました」

「そうだな……」

滝下は、三枝を見てほほえんだ。


逮捕令状が捜査本部に届き、まず田代裕一に執行された。

滝下と菊川は、病院に向かい、津久井美香に逮捕状を執行した。

送検のための疎明資料は、ほとんどそろっている。これで、菊川たちの仕事は終わった。そう思って、捜査本部に戻ると、百目鬼課長に呼ばれた。

鳥山検事が話をしたいと言っているらしい。

滝下と菊川は、ひな壇の課長のところに行った。そばに鳥山検事と牧野理事官がいる。

滝下と菊川は気をつけをしていた。

「まあ、楽にしてください」

鳥山検事が言った。それでも、楽な姿勢を取る気になれなかった。

「さきほど、皆さんの前で言ったことは、本音です。特に、あなたがたには敬意を表したい」

滝下が気をつけをしたままこたえた。

「恐縮です」

「ただし、これから、被疑者たちを私が直接取り調べて、起訴の時期を決めたいと思います」

検事が直接被疑者を取り調べるのは、別に珍しいことではない。わざわざ捜査員に断るまでもないので、菊川は戸惑っていた。鳥山検事が何を言いたいのかわからない。

鳥山検事は、さらに言った。

「これまでの調書や報告書を丹念に読みました。その結果、確実に二人を有罪に持ち込むためには、もう一つ、何か決定的なものが必要だと感じました」

そこが、彼の最後の砦だったか。

菊川は思った。

「あなたたちは、ＤＮＡ鑑定を依頼したそうですね。まだ、ＤＮＡ鑑定は一般的ではありません。しかし、もし、それで二人の被疑者の容疑を確実にできるのなら、証拠として積極的に採用しようと思います」

つまり、ＤＮＡ鑑定の結果次第で、捜査を振り出しに戻すことも考えているのだろうか。

菊川がそんな疑問を抱くと、まるでそれにこたえるように、検事は言った。

「誤解しないでいただきたい。私は、あなたたちが言ったように、慎重になっているだけです。何か決定的な物的証拠がほしい、それだけのことなんです」

烏山検事は、百目鬼課長を見て言った。

「峰弁護士の話をされましたね」

「あのときは、失礼しました」

「いえ、あなたのおっしゃったとおりです。今日、峰さんのお見舞いに行って、今回のことを話したら、どやされましたよ。もっと、捜査員を大切にしろってね……」

これは皮肉ではないだろう。おそらく、本人が言ったとおり、検事は慎重になっているのだ。二度と間違いを犯したくない。そう思っているのだろう。

起訴するための最後の一押しがほしいのだ。それが、ＤＮＡ鑑定の結果というわけだ。それで、白黒がはっきりする。

牧野理事官が言った。

「鑑定を急がせます」

菊川は、鑑定の結果を信じることにした。それしか、今の彼にできることはなかった。

検事の取り調べが続いていた。そして、逮捕令状執行から五日目に、DNAの鑑定結果が届いた。

百目鬼課長がその報告書を手にした。

捜査員たちが注目している。その場には、烏山検事もいた。

報告書を読み終わると、百目鬼課長は顔を上げて、事務的に言った。

「現場から採取された血液、唾液、汗などの体液のDNA型は三種類。そのうちの一つは、被害者・生田忠幸のもの。そして、残りの二つは、田代裕一と津久井美香のものと思われる。一致率は、それぞれ九十パーセント以上。さらに、現場で採取された衣類の繊維が、被害者の着衣、および田代裕一、津久井美香の自宅から押収した衣類と一致することが確認された」

百目鬼課長は、烏山検事を見た。検事はうなずいた。

「起訴しましょう」

捜査本部内に、安堵と歓喜の溜め息が洩れた。

これでようやく終わった。

菊川は滝下を見た。滝下は、目を閉じてうつむいていた。感慨に浸っているのだろう。そっとしておくことにした。


捜査本部が解散になり、滝下と別れるときが来た。

菊川は、滝下に言った。

「またいっしょに仕事をさせていただきたいと思います」

「あんたは、きっと俺なんかを追い越していくよ」

「今回、いろいろなことを教わりました。感謝します」

「よせよ。照れくさい」

滝下はそう言って去って行った。

そばにいた三枝が菊川に言った。

「ずっと考えていたことだが、今回、またその必要性を強く感じた」

「何のことです？」

「誰もが納得する客観的で説得力のある証拠だ。間違いを犯さないための、そして、捜査員も、検事も、判事も、誰もが納得する裏付けだ」

「そんな都合のいいものがありますか？」

菊川が尋ねると、三枝はうなずいた。

「科学捜査だ。これからは、科学捜査が重要な役割を果たすだろう」

そういえば、三枝は鑑識の報告書を熱心に読んでいた。結局、起訴を決めるための決定打となったのはＤＮＡ鑑定と、微物鑑定だったのは事実だ。

「科学捜査ですか」

「いつか、専門の組織を作りたい。そのときは、君にも手伝ってもらうかもしれない」

「科学捜査専門の組織ですか。ぴんと来ませんね」

菊川が言うと、三枝が穏やかにほほえんだ。

# 解説

西上心太

昨二〇一三年に、今野敏は作家デビュー三十五周年を迎えた。それを記念したサイン会、トークショー、出版四社共同製作の小冊子配布など数々のイベントが実施された。三十五年間たゆみなく作品を発表し、作り手と読み手の期待を裏切らなかった作家であり続けたことが、これらの周年記念イベントにつながっていったのだろう。

学生時代に応募した「怪物が街にやってくる」で、一九七八年の第四回問題小説新人賞を受賞したのが、今野さんの作家デビューのきっかけとなったことはよく知られている。その後大学を卒業し、二年半のレコード会社勤務を経て専業作家となったのが一九八一年のこと。その翌年に初の著作『ジャズ水滸伝』(『奏者水滸伝　阿羅漢集結』と改題)が出版された。作家・今野敏の本格的な胎動はこの時期からだろう。以来、発表された作品数は百七十作を超えている。

今野さんの作品にはシリーズものが多い。一作しか書かれていないものも含めれば、数えてびっくり、三十シリーズほどあるではないか。その中でも現在既刊十二冊を数え、《安積《あづみ》班》シリーズに次ぐ長さを誇るのが《ST　警視庁科学特捜班》シリーズである。

本書は二〇一一年に四六判で刊行された際は『化合』というシンプルな題名だったが、後のノベルス版では「化合　ST　序章」となり、このたびの文庫化にあたって『ST　化合　エピソード0〈警視庁科学特捜班〉』と改題された。実は二〇一四年七月より、STシリーズが日本テレビ系列で連続ドラマ化されることになった。それを期してこれまでのSTシリーズの文庫版が全作表紙を新たにして順次発売されることが決定している。

本書は「エピソード0」と記されているように、ST設立以前の事件を描いた前日譚である。


一九九〇年六月の深夜。板橋区の公園で、刃物によって身体の数ヵ所を刺された男性の死体が発見された。通報したのは、近所に住むホステスを六本木からタクシーで送ってきた男性だった。すぐに殺人と判断され、現場に臨場した警視庁捜査一課第四係の菊川吾郎《きくかわごろう》は、板橋警察署に設置された捜査本部に詰めることになった。菊川は滝《たき》下《した》という所轄署の刑事と組んで、被害者の交友関係を洗う〝鑑取り〟捜査に従事することになった。被害者は港区麻布十番に住む生田忠幸《いくたただゆき》という三十二歳の男で、学生時代からの延長であるイベントサークルの代表者だった。二人の刑事は、規律がルーズなサークル内で生田をめぐる男女関係のもつれがあったことや、会社の資金繰りに困った生田に多額の借金があり、消費者金融の担当者である向井原勇《むかいはらいさむ》が強く返済を求めている事実をつかんだ。しかしサークルの関係者にはアリバイがあり、向井原はアリバイこそなかったが、菊川と滝下には到底彼が犯人とは思えなかった。

　一方、事件の担当となった烏山亮《からすやまりょう》検事は、異例ずくめの行動を取る。事件現場に臨場しただけでなく、毎日のように捜査本部に姿を見せて、捜査の主導権を握ろうと目論《もくろ》む。そして黒っぽい服を来た男が現場から走り去って行ったのを目撃したという第一発見者の証言と、いつも黒っぽいスーツを着ている向井原にアリバイがないことなどから、烏山は向井原を任意同行させ、自白を求めるために厳しい取り調べを行うのだった。

　冤罪《えんざい》を生みかねない強引な烏山検事のやり方に反発を覚えた菊川は、コンビを組む滝下、そして捜査一課の先輩である三枝俊郎《さえぐさとしろう》警部補らとともに、新たに浮上した手がかりから真相を究明しようと奔走する。

　すでにSTシリーズをお読みの方にはいうまでもないことだが、菊川と三枝はエピソード1の『警視庁科学特捜班』から最新作『沖ノ島伝説殺人ファイル』までの正編全十一作に登場する重要人物である。もともとSTは〝科学捜査の積極的な活用〟を謳《うた》い〝警視庁首脳及び警察庁担当と話し合い〟実験的に発足した組織である。それまでは白衣を着て研究室に閉じこもっていた技官に、現場に出てその科学的知識を役立てて、刑事たちと協力して捜査にあたる任務を与えたのだ。警視に昇進していた三枝は、組織のナンバーツーの連絡官という立場で運営を統括し、赤城左門《あかぎさもん》以下五名の特種能力を持つSTを率いる役割を負った百合根友久《ゆりねともひさ》警部をバックアップしていく。

それに対し、捜査一課のベテラン刑事となり警部補に昇進した菊川は、刑事の捜査常識が通じないSTに対し、はじめは激しい拒否反応を示す。だが通常の捜査ではつかめなかった事件の一面を、科学的なアプローチで明かしていく彼らの高い能力に一目を置きはじめ、ついには一番の理解者となっていく。その後は他の刑事たちとSTとの間に立って、円滑な関係を築くように腐心するなど、潤滑油的な役割を負うようになるのである。

だがそれは後の話。本書の菊川は三十歳代半ばだが、捜査一課に来て一年というまだまだ駆け出しの新人刑事である。刑事としてのテクニックや経験は不足しているが、体力とやる気だけはある菊川とコンビを組むのが、板橋警察署のベテラン滝下洋造《ようぞう》である。この滝下という刑事がユニークだ。聞き込みの前に喫茶店で一服したり、捜査会議の時間が迫ってもしっかりと食事を取るなどマイペースを貫くのである。そして菊川に簡単な裏付け捜査を頼んではパチンコに行ってくると姿をくらませてしまうのだ。

　しかし滝下は見た目通りの刑事ではない。生真面目な菊川をいなしたり揶揄《やゆ》しながらも、捜査に臨む刑事の心得をちらりと説いたりする。菊川が私淑する三枝も、どうやら滝下とは旧知のようで、目を掛けている後輩を安心して預けているように思えるのだ。やがて菊川も、「滝下は、警察組織に失望したことがある。やる気がない振りをすることで、自分を守ってきたのかもしれない」と、一見無気力に見える滝下の隠された心情をおもんぱかるようになっていく。

　この二人の捜査におけるやりとりと、気心を通じていく過程が本書の読みどころの一つであろう。犯人逮捕に燃える菊川、韜晦《とうかい》した言動を取りながら刑事の矜持《きょうじ》を秘かに持ち続けている滝下。刑事同士の相棒（バディ）小説の味わいと、老師によって若者が飛躍する成長小説の魅力を合わせ持っているのだ。

　二つめの読みどころが、タイムリミットが設けられていることだ。私的な動機で功を焦った検事の暴走により自白を強要された参考人。彼が自白してしまう前に、真犯人を特定し、検事を納得させるだけの証拠を揃えなければならないのだ。捜査は検事も警察も同等とはいえ、起訴されてしまえば事件は刑事たちの手を離れてしまう。検事にブレーキをかけようと焦る菊川に対して三枝がいう言葉には刑事のプライドがあふれている。

「検事にブレーキをかけるのは刑事の仕事じゃない。私たちの仕事は、事実を証明していくことだ。(中略) 私たちは、無視できないような証拠を集めてきて突きつければいいんだ」

自分たちが取ってきた証言によって、自白を強要される羽目に陥った参考人を思い、滝下はついに韜晦の仮面をはぎ取り、事件をひっくり返す証拠を見つけようと奮闘する。その姿に胸を熱くするのは菊川だけではないだろう。

三つ目が刑事の目を通した検察批判であろう。本書は地方新聞各紙に順次連載された作品なのだが、最初の連載が二〇〇九年十一月から翌年の六月にかけてであった。二〇〇九年は、厚生労働省の村木《むらき》厚子《あつこ》局長をはじめ、多くの〝関係者〟が逮捕された《障害者郵便制度悪用事件》が起きた年だった。連載終了後の二〇一〇年九月に、事件の証拠品であるフロッピーディスクが改竄《かいざん》されていたという朝日新聞のスクープが紙面を飾り、それがきっかけとなって検察による事件のでっち上げが明らかになった。逮捕された大阪地検特捜部の担当検事だけでなく、その上司も部下の犯行を知っていたのではないかとの疑いも浮上し、検察という組織を揺るがす大事件へと発展した。今野さんは本書執筆の時点でこの事件に関するきな臭い噂を聞いていたのか、あるいは作家の想像が現実を先取りしていたのか。どちらであるのかは不明だが、検察による強引な取り調べ、証拠の捏造《ねつぞう》はまさに現実とシンクロしていた。
ちなみに村木厚子さんは無罪判決を受けたが、無実の罪で強いられた五ヵ月に及ぶ長い拘置所生活を支えたのが読書であり、その数は百五十冊に及んだという。そのうちの特に印象に残った十冊に、今野さんの『果断　隠蔽捜査2』が入っているのは嬉しくなる。

また、捜査をねじ曲げていく検事に批判的な、鑑識職員の言葉は重い。

「(検事は) 自分の都合のいい事実だけを拾い集めるんだ。そいつはね、嘘より始末が悪いんだ。一つ一つのフラグメントは本当のことだからね。でも、全体を見ると、間違っている。つまり、説得材料として、都合のいいデータだけをつなぎ合わせるタチの悪い市場調査の連中と同じなんだ」

本書に登場する検事と彼の暴走といってもいい行動は、明らかにデフォルメされている。だが裁判において検察が都合のよい証拠のみで起訴状を作成し、あまつさえ被告側に有利に働く検察側に都合の悪い証拠を弁護側に開示しない（する義務がない）というのはよくあることだという。デフォルメされた検事の姿を通して、誰もが陥る危険がある冤罪の恐怖と、冤罪が生みだされるシステムの不備が浮き彫りにされていく。スピーディな展開に目を奪われがちだが、司法が抱える問題も提起されていることは見逃してはならないだろう。

幸いなことに、本書の中では事件の構図が明らかになり、科学的な分析によって証拠も固められ、正義は守られる。

三枝はこの事件を決定づけたＤＮＡ鑑定と微物鑑定によって、あらためて科学捜査の重要性を認識し、穏やかな微笑みを浮かべながら、いつか科学専門の組織を作りたいという言葉を口にするのである。

彼の願いは、本書の時代からおよそ十年後に実現し、『エピソード１』以降へと続いていく。

ＳＴ発足の遠因となった前日譚をお楽しみいただけただろうか。

●本書は学芸通信社の配信で、佐賀新聞（二〇〇九年十一月二日～二〇一〇年六月十三日）他に順次掲載され、加筆修正の上、二〇一一年七月、単行本『化合』として、二〇一三年二月、講談社ノベルス『化合 ST 序章』として、刊行された作品を改題、文庫化したものです。

（この作品はフィクションですので、登場する人物、団体は、実在するいかなる個人、団体とも関係ありません。）

|著者| 今野 敏 1955年北海道三笠市生まれ。上智大学在学中の1978年『怪物が街にやってくる』(現在、朝日文庫より刊行)で問題小説新人賞受賞。卒業後、レコード会社勤務を経て作家となる。2006年『隠蔽捜査』(新潮社)で吉川英治文学新人賞受賞。2008年『果断 隠蔽捜査2』(新潮社)で山本周五郎賞、日本推理作家協会賞受賞。「空手道今野塾」を主宰し、空手、棒術を指導。主な近刊に『欠落』、『宇宙海兵隊ギガース6』(講談社)、『警視庁FC』(毎日新聞社、講談社ノベルス)、『連写 TOKAGE3 特殊遊撃捜査隊』(朝日新聞出版)、『宰領 隠蔽捜査5』(新潮社)、『晩夏』(角川春樹事務所)、『虎の尾 渋谷署強行犯係』(徳間書店)、『ペトロ』(中央公論新社)、『クローズアップ』(集英社)、『確証』(双葉社)、『アクティブメジャーズ』(文藝春秋)、『廉恥』(幻冬舎)などがある。

ST《エスティー》 化合《かごう》 エピソード0 警視庁科学特捜班《けいしちょうかがくとくそうはん》

今野《こんの》 敏《びん》



2014年6月13日第1刷発行
2014年7月10日第2刷発行

発行者――鈴木 哲
発行所――株式会社 講談社
東京都文京区音羽2-12-21 〒112-8001
電話 出版部 (03) 5395-3510
販売部 (03) 5395-5817
業務部 (03) 5395-3615

Printed in Japan

講談社文庫
定価はカバーに表示してあります

デザイン―菊地信義
本文データ制作―講談社デジタル製作部
印刷――凸版印刷株式会社
製本――株式会社千曲堂



ISBN978-4-06-277798-8

# 講談社文庫刊行の辞

二十一世紀の到来を目睫に望みながら、われわれはいま、人類史上かつて例を見ない巨大な転換期をむかえようとしている。

世界も、日本も、激動の予兆に対する期待とおののきを内に蔵して、未知の時代に歩み入ろうとしている。このときにあたり、創業の人野間清治の「ナショナル・エデュケイター」への志を現代に甦らせようと意図して、われわれはここに古今の文芸作品はいうまでもなく、ひろく人文・社会・自然の諸科学から東西の名著を網羅する、新しい綜合文庫の発刊を決意した。

激動の転換期はまた断絶の時代である。われわれは戦後二十五年間の出版文化のありかたへの深い反省をこめて、この断絶の時代にあえて人間的な持続を求めようとする。いたずらに浮薄な商業主義のあだ花を追い求めることなく、長期にわたって良書に生命をあたえようとつとめるところにしか、今後の出版文化の真の繁栄はあり得ないと信じるからである。

同時にわれわれはこの綜合文庫の刊行を通じて、人文・社会・自然の諸科学が、結局人間の学にほかならないことを立証しようと願っている。かつて知識とは、「汝自身を知る」ことにつきていた。現代社会の瑣末な情報の氾濫のなかから、力強い知識の源泉を掘り起し、技術文明のただなかに、生きた人間の姿を復活させること。それこそわれわれの切なる希求である。

われわれは権威に盲従せず、俗流に媚びることなく、渾然一体となって日本の「草の根」をかたちづくる若く新しい世代の人々に、心をこめてこの新しい綜合文庫をおくり届けたい。それは知識の泉であるとともに感受性のふるさとであり、もっとも有機的に組織され、社会に開かれた万人のための大学をめざしている。大方の支援と協力を衷心より切望してやまない。

一九七一年七月

野間省一

講談社文芸文庫

佐伯一麦

# 日和山 佐伯一麦自選短篇集

「私」の実感をないがしろにしない作家は常に、「人間が生きて行くこと」を見つめ続けた。処女作から震災後の書き下ろしまで、著者自ら選んだ九篇を収めた短篇集。

解説=阿部公彦　年譜=著者

さN2

978-4-06-290233-5

小島信夫

# 公園／卒業式 小島信夫初期作品集

一高時代の伝説的作品「裸木」や、著者固有のユーモアの淵源を示す「汽車の中」「ふぐりと原子ピストル」など、〈作家・小島信夫〉誕生の秘密に迫る初期作品十三篇を収録。

解説=佐々木敦　年譜=柿谷浩一

こA8

978-4-06-290232-8

大西巨人

# 地獄変相奏鳴曲 第一楽章・第二楽章・第三楽章

十五年戦争から現代に至る日本人の精神の変遷とその社会の姿を圧倒的な筆致で描いた「連環体長篇小説」全四楽章を二分冊で刊行。旧作の新訂篇である第三楽章までを収録。

おU2

978-4-06-290235-9

# 講談社文庫　目録

黒木　亮　冬の喝采(上)(下)
黒木　亮　リスクは金なり
熊倉伸宏　あそび遍路〈おとなの夏休み〉
黒野　耐《たえる》　「たられば」の日本戦争史〈もし真珠湾攻撃がなかったら〉
楠木誠一郎　火除け地蔵〈立ち退き長屋顚末記〉
楠木誠一郎　聞き耳地蔵〈立ち退き長屋顚末記〉
群像　編　12星座小説集
玖村まゆみ　完盗オンサイト
草凪　優　ささやきたい。ほんとうのわたし。
草凪　優　わたしの突然。あの日の出来事。
草凪　優　芯までとけて。最高の私。
黒岩比佐子　パンとペン〈社会主義者・堺利彦と「売文社」の闘い〉
けらえいこ　ハヤセクニコ　おきらくミセスの婦人くらぶ～
けらえいこ　セキララ結婚生活
玄侑宗久　慈悲をめぐる心象スケッチ
玄侑宗久　阿修羅
小峰　元　アルキメデスは手を汚さない
今野　敏　蓬萊
今野　敏　ST　警視庁科学特捜班　エピソード1〈新装版〉

今野　敏　ST　警視庁科学特捜班〈毒物殺人〉
今野　敏　ST　警視庁科学特捜班〈黒いモスクワ〉
今野　敏　ST　警視庁科学特捜班〈青の調査ファイル〉
今野　敏　ST　警視庁科学特捜班〈赤の調査ファイル〉
今野　敏　ST　警視庁科学特捜班〈黄の調査ファイル〉
今野　敏　ST　警視庁科学特捜班〈緑の調査ファイル〉
今野　敏　ST　警視庁科学特捜班〈黒の調査ファイル〉
今野　敏　ST　為朝伝説殺人ファイル〈警視庁科学特捜班〉
今野　敏　ST　桃太郎伝説殺人ファイル〈警視庁科学特捜班〉
今野　敏　ST　沖ノ島伝説殺人ファイル〈警視庁科学特捜班〉
今野　敏　ST　化合　エピソード0〈警視庁科学特捜班〉
今野　敏　ギガース〈宇宙海兵隊〉
今野　敏　ギガース2〈宇宙海兵隊〉
今野　敏　ギガース3〈宇宙海兵隊〉
今野　敏　ギガース4〈宇宙海兵隊〉
今野　敏　ギガース5〈宇宙海兵隊〉
今野　敏　特殊防諜班　連続誘拐
今野　敏　特殊防諜班　組織報復
今野　敏　特殊防諜班　標的反撃

今野　敏　特殊防諜班　凶星降臨
今野　敏　特殊防諜班　諜報潜入
今野　敏　特殊防諜班　聖域炎上
今野　敏　特殊防諜班　最終特命
今野　敏　茶室殺人伝説
今野　敏　奏者水滸伝《そうしゃすいこでん》　阿羅漢集結《あらかんしゅうけつ》
今野　敏　奏者水滸伝　小さな逃亡者
今野　敏　奏者水滸伝　古丹《こたん》、山へ行く
今野　敏　奏者水滸伝　白の暗殺教団
今野　敏　奏者水滸伝　四人、海を渡る
今野　敏　奏者水滸伝　追跡者の標的
今野　敏　奏者水滸伝　北の最終決戦
今野　敏　フェイク〈疑惑〉
今野　敏　同期
小杉健治　灰の男
小杉健治　隅《すみ》田《だ》川《がわ》浮《うき》世《よ》桜《ざくら》
小杉健治　母《はは》子《こ》草《ぐさ》〈どぶ板文吾義侠伝〉
小杉健治　つぐない〈どぶ板文吾義侠伝〉
小杉健治　闇《やみ》鳥《とり》〈どぶ板文吾義侠伝〉

## 講談社文庫　目録

小杉健治　境界殺人〈新装版〉
後藤正治　奪われぬもの
後藤正治　牙〈江夏豊とその時代〉
後藤正治　奇蹟の画家
小嵐九八郎　蜂起には至らず〈新左翼死人列伝〉
小嵐九八郎　真《ま》幸《さき》くあらば
幸田文　崩れ
幸田文　台所のおと
幸田文　季節のかたみ
幸田文　月の塵
小池真理子　記憶の隠れ家
小池真理子　美神《ミューズ》
小池真理子　冬の伽藍
小池真理子　映画は恋の教科書《テキスト》
小池真理子　恋愛映画館
小池真理子　ノスタルジア
小池真理子　夏の吐息
小池真理子　秘密〈小池真理子対談集〉
幸田真音　小説ヘッジファンド
幸田真音　マネー・ハッキング
幸田真音　日本国債(上)(下)〈改訂最新版〉
幸田真音　eの悲劇〈IT革命の光と影〉
幸田真音　凜《りん》冽《れつ》の宙《そら》
幸田真音　コイン・トス
幸田真音　あなたの余命教えます
小森健太朗　ネヌウェンラーの密室
五味太郎　大人問題
五味太郎　さらに・大人問題
鴻上尚史　あなたの魅力を演出するちょっとしたヒント
鴻上尚史　あなたの思いを伝える表現力のレッスン
小林紀晴　アジアロード
小泉武夫　地球を肴に飲む男
小泉武夫　納豆の快楽
小泉武夫　小泉教授が選ぶ「食の世界遺産」日本編
小泉武夫　夕焼け小焼けで陽が昇る
五條瑛　熱氷
五條瑛　上陸
近藤史人　藤田嗣治「異邦人」の生涯
古閑万希子　美しい人〈9 Lives〉
古閑万希子　ユア・マイ・サンシャイン
小前亮　李《り》世《せい》民《みん》
小前亮　趙《ちょう》匡《きょう》胤《いん》〈宋の太祖〉
小前亮　李巌と李自成
小前亮　中国皇帝伝〈歴史を動かした28人の光と影〉
小前亮　朱元璋　皇帝の貌《かお》
香月日輪　妖怪アパートの幽雅な日常①
香月日輪　妖怪アパートの幽雅な日常②
香月日輪　妖怪アパートの幽雅な日常③
香月日輪　妖怪アパートの幽雅な日常④
香月日輪　妖怪アパートの幽雅な日常⑤
香月日輪　妖怪アパートの幽雅な日常⑥
香月日輪　妖怪アパートの幽雅な日常⑦
香月日輪　妖怪アパートの幽雅な日常⑧
香月日輪　妖怪アパートの幽雅な日常⑨
香月日輪　妖怪アパートの幽雅な日常⑩
香月日輪　大江戸妖怪かわら版①〈異界より落ち来る者あり〉
香月日輪　大江戸妖怪かわら版②〈異界より落ち来る者あり　其之二〉

# 講談社文庫　目録

香月日輪　大江戸妖怪かわら版③〈封印の娘〉
香月日輪　ファンム・アレース①
近衛龍春　直江山城守兼続（上）（下）
近衛龍春　長宗我部元親
小山薫堂　フィルム
小林　篤　足利事件〈冤罪を証明した一冊のこの本〉
香坂　直　走れ、セナ！
小林正典　英国太平記
小　鶴　カンガルーのマーチ
木原音瀬　箱の中
木原音瀬　美しいこと
木原音瀬　秘密
神立尚紀　祖父たちの零戦〈Zero Fighters of Our Grandfathers〉
古賀茂明　日本中枢の崩壊
近藤史恵　薔薇《ばら》を拒む
佐藤さとる　だれも知らない小さな国〈コロボックル物語①〉
佐藤さとる　豆つぶほどの小さないぬ〈コロボックル物語②〉
佐藤さとる　星からおちた小さなひと〈コロボックル物語③〉
佐藤さとる　ふしぎな目をした男の子〈コロボックル物語④〉

佐藤さとる　小さな国のつづきの話〈コロボックル物語⑤〉
佐藤さとる　コロボックルむかしむかし〈コロボックル物語⑥〉
佐藤さとる　天狗童子
早乙女　貢　沖田総司（上）（下）
早乙女　貢　会津啾々記〈脱走人別帳〉
佐藤愛子　戦いすんで日が暮れて
佐木隆三　復讐するは我にあり（上）（下）
佐木隆三　成就者たち
佐木隆三　慟哭〈小説・林郁夫裁判〉
澤地久枝　時のほとりで
澤地久枝　私のかかげる小さな旗
澤地久枝　道づれは好奇心
沢田サタ編　泥まみれの死〈沢田教一ベトナム戦争写真集〉
佐高　信　日本官僚白書
佐高　信　孤高を恐れず〈石橋湛山の志〉
佐高　信　官僚たちの志と死
佐高　信　官僚国家＝日本を斬る
佐高　信　石原莞爾その虚飾
佐高　信　日本の権力人脈《パワー・ライン》

佐高　信　わたしを変えた百冊の本
佐高　信　佐高信の新・筆刀両断
佐高　信　佐高信の毒言毒語
佐高　信　田原総一朗とメディアの罪
佐高　信　新装版　逆命利君
佐高信編　男の美学〈ビジネスマンの生き方20選〉
佐高　信／宮本政於　官僚に告ぐ！
さだまさし　日本が聞こえる
さだまさし　いつも君の味方
さだまさし　遙かなるクリスマス
佐藤雅美　影帳　半次捕物控
佐藤雅美　揚羽の蝶（上）（下）〈半次捕物控〉
佐藤雅美　命みょうが〈半次捕物控〉
佐藤雅美　疑惑〈半次捕物控〉
佐藤雅美　泣く子と小三郎〈半次捕物控〉
佐藤雅美　髻《もとどり》塚《づか》不《ふ》首尾《しゅび》一件《いっけん》始末《しまつ》〈半次捕物控〉
佐藤雅美　天才絵師と幻の生首〈半次捕物控〉
佐藤雅美　御当家七代お祟り申す〈半次捕物控〉
佐藤雅美　恵比寿屋喜兵衛手控え

2014年6月15日現在